都市传奇 / 张欣经典长篇系列

张欣 著

我的泪珠儿

花城出版社
中国·广州

图书在版编目（CIP）数据

我的泪珠儿 / 张欣著. -- 广州：花城出版社，2024.4
（都市传奇：张欣经典长篇系列）
ISBN 978-7-5749-0116-2

Ⅰ. ①我… Ⅱ. ①张… Ⅲ. ①长篇小说－中国－当代 Ⅳ. ①I247.5

中国国家版本馆CIP数据核字(2023)第255940号

出 版 人：张 懿
责任编辑：周思仪　王子玮　邱奇豪
技术编辑：凌春梅
责任校对：卢凯婷
封面设计：L&C Studio

书　　名	我的泪珠儿
	WO DE LEIZHUER
出版发行	花城出版社
	（广州市环市东路水荫路11号）
经　　销	全国新华书店
印　　刷	深圳市福圣印刷有限公司
	（深圳市龙华区龙华街道龙苑大道联华工业区）
开　　本	787毫米×1092毫米　32开
印　　张	10.875　1插页
字　　数	190,000字
版　　次	2024年4月第1版　2024年4月第1次印刷
定　　价	398.00元（全13部）

如发现印装质量问题，请直接与印刷厂联系调换。
购书热线：020-37604658　37602954
花城出版社网站：http://www.fcph.com.cn

所有的爱，所有不求回报的付出，皆是命中注定。

一

华丽的家庭和生活是人人都向往的，不管它背后有多少鲜为人知并且让人内心隐隐作痛的故事。

自从有真正的都市以来，伴随它日益成长的便是各种各样层出不穷数也数不清的楼盘，取名也是"上天落地下碧泉"，应有尽有。住在什么地段，什么居所，已经是无形的名片，更是身份的象征。

盛世华庭当年是外销房，五十万美金一套的公寓楼，你可以想见它尊贵的地位。

当然它的外墙并不是金子打造的，只有暴发户才会想出这么没有品位的主意。楼房看上去很普通，暗红色的外墙沉稳、踏实，却不失王者风范。室内的布局合理，除了厅大房大之外，洗手间和厨房更是超乎寻常的大，不像现在的许多"伪华庭"，厅大得倒是可以翻跟斗，洗手间小得像鼻孔。

房价昂贵的重要原因是，盛世华庭坐落在这个城市唯一的风水宝地——金银岛，名称虽然有点土气但是意头好。这里确实是个聚积财富的地方，除了一座造型别致、耗资上亿元的音乐厅之外，便是母亲江缓缓流淌，金银岛上是成片的、极其奢侈的绿地。如果不是市领导急于吸引外资，他们是断然不肯批这块地的。

那么，盛世华庭的花园与会所，自然也是超一流的。

泪珠儿搬进盛世华庭的时候，年龄还小，当时她的态度有点无所谓，这太不像贫穷的孩子面对奢华应有的态度了，不至于受宠若惊，至少也应该目瞪口呆吧。

这使得她的养母严沁婷也觉得她是一个特别的孩子。

令人称奇的是，福利院的院长是一个男人，以前是精神科的大夫。可能是过于健全的神经以及他所从事的职业弱化了他雄性的一面，他说话慢慢的，没有波澜起伏，甚至音量也需俯首倾听，他的目光相当平和，神情是淡而又淡。有时你会觉得他与一位上了年纪的慈祥女性没有什么区别。

他说，这个孩子刚抱来的时候就很爱哭，从早到晚，泪水涟涟，不知哪个保育员开始叫她泪珠儿，大伙也就跟着叫。这里的许多孩子似乎从出生起就了解了自己的身世，大多比较安静，也知道如何讨人喜欢，可是泪珠儿总是像受了天大的委屈那样，不认命地大哭。

他还说，她是一个特别的孩子。说这话时，他不经意地看了严沁婷一眼。泪珠儿活在她自己的世界里，院长说，长大也不会太漂亮，而且是姥姥不疼舅舅不爱的那种人。就领养本身而言，她的年龄也有点偏大了。

陪严沁婷一块去福利院的，是她的好朋友邵一剑，目前已经是名气颇大的专栏作家，大报上有她固定的版面，尤其是她的"一剑酷评"，是那些"忽然中产"的白领们追捧的必读文章。不过当年只是一个普通记者的她，被院长说得有点犹豫了。既然是领养，一定挑个好的，这是她的观点。

一剑所说的好，不是要有多漂亮，她是一个血统论者。一开始她认同泪珠儿，是因为泪珠儿的父母分别是律师和医生，在孩子刚刚满月的时候遇到空难双双辞世。听说他们生前感情很好，虽然命运黑如锅底，但总算完成了不能同年同月同日生，却在同年同月同日死的心愿。一剑说，太完美了，完美得像编的似的。

一剑悄悄对沁婷说，不如找个年龄小点的，模样乖巧的，甜姐儿在这个世界上总不吃亏。不过出身一定不能卑贱，至少不能差过泪珠儿。

可是严沁婷认准了这个孩子，她与泪珠儿有眼缘。

院长不紧不慢地说，带泪珠儿走，可以，但有一个条件，不能退回来。

难道她被退回来过吗？沁婷似乎愣了一下，问道。

她已经两次被退回来，即便是个不成材的孩子，也不能，并且不应该第三次受到心灵上的打击，那么她将会永远生活在阴影里。

不知为什么，沁婷鼻子有点发酸。是什么原因退回来呢？她佯装淡漠地问。会掩饰七情六欲，是现代人的重要标志之一，谁见过一身洋装的淑女整天大惊小怪的。

详细的原因不知道，只说她的卫生习惯不好，怎么纠正也不听；她没有礼貌，不懂得感恩戴德；性格方面，既封闭又怪异，总之她不讨人喜欢。她曾有过咪咪和小华两个名字，当然回到福利院之后，她仍然是泪珠儿。

一剑眼睁睁地看着沁婷签下了这份"生死合约"。

泪珠儿的卫生习惯是不怎么好,首先是她不喜欢洗手,却十分爱摸整洁、柔软的东西。沁婷不止一次地看见她长久地、投入感情地抚摩织锦软缎的靠垫,或者是洗过的洁白蓬松的浴巾。沁婷也不止一次地提醒她洗手,泪珠儿就会沉下脸来,一副兴趣索然的表情。她不再抚摩什么,至少在沁婷的视野之内,并且她也不洗手。

你洗洗手,地球不会爆炸。沁婷尽量温柔地说。泪珠儿不理她,径自走了,直到她发火,对她发号施令。为这么小的事,沁婷的感觉糟透了。

她不喜欢自己在家和在公司是一种形象。

同时,泪珠儿有一些福利院带来的收藏,全是些捡来的糖纸,上面印着兔子或者花卉,有机玻璃的纽扣、橡皮筋、已经滚得很脏的小小的毛线团等等。沁婷曾经无数次地劝她把这些东西丢掉,还给她买了芭比娃娃、史努比之类的玩具试图改变她的兴趣,但结果都是徒劳。泪珠儿爱玩的,还是她的那些肮脏的东西。

高贵的玩具总是备受冷落。

有一回沁婷执意要丢掉那些肮脏的东西,泪珠儿当然不肯,她虽然没有大哭大闹,但是眼睛里投射出来的是十分仇恨的目光。这让沁婷冷不丁地打了一个寒战。

然而这些都不是问题,关起门来数落,打开门时伸着大拇指夸奖,这是咱们龙的传人的生活模式。只要出丑出在家里，什么都好说。毕竟人们是称赞沁婷的爱心的，她现在是一位母亲了，在人们心目中的形象更加完美了。

可是很快就发生了一件事，让沁婷简直不知道说什么好。

那天她把泪珠儿打扮得像个安琪儿，娃娃领的白衬衣，带丝绒花边的红格子背带裙，总之插上翅膀便可以飞起来直接做小天使了。

她们到国贸的超市去买东西。要说这里与百货商店有什么区别，那就是物品精良，价格也贵出几倍，所以国贸超市总是冷清清的，让人担心它第二天会不会关门大吉。沁婷觉得这里的购物环境好，又不必担心假冒伪劣，你要想过高质量的生活就得付出代价，这方面她是很想得通的。

买完所需的物品，走过付费通道，她们被门口的保安拦住了。一个年轻、消瘦的保安给沁婷敬了一个举手礼，他说需要对二位检查一下。

这对于沁婷来说简直是一种侮辱，甚至是人身侵害。她的脸色铁青，却又不便与小保安吵起来，她在心里骂了一句真瞎了狗眼！准备在他们例行完公事之后就找值班经理，一定让这个不知天高地厚的毛栗子饭碗难保。

她们被带进一间四壁白墙的房子，探测器一样的东西在相隔身体一拳的位置优雅地扫移，如果是百货商店断然没有这样的礼遇。探测器在泪珠儿身上亮起了红灯，原来她偷了一支口红藏在怀里。

那一瞬间，严沁婷差点没晕过去，脑袋"嗡"的一声，顿时满面潮红，像被人当众剥去了衣服般无地自容。她恶狠狠地盯住泪珠儿，泪珠儿的脸上却是与她年龄不符的从容。

小保安的眼光里充满蔑视，那意思是说，别演戏了，你女儿怎么可能用两百多元一支的名牌口红，谁教她的还不一定呢！如果不是这样，沁婷简直要给这个小保安塞小费了，是他让她们进了这间房子，否则在大庭广众之下，她如何收这个场？

回到家里，沁婷让泪珠儿跪在客厅的地毯上，她手握鸡毛掸喋喋不休地教育女儿。一侧墙壁上的镜子里呈现出她凶恶、歹毒，像用毒苹果害白雪公主的老太婆一般的模样。她头发凌乱，高跟鞋东一只、西一只，人像上了发条焦躁地走来走去，声音尖厉如金属划玻璃……这就是她想要的生活吗？她历经苦难，奋斗多年所规划、实施的这套东西，根本与她想象中的情景面目全非。她陡然丢掉鸡毛掸，蜷在沙发里哭了起来。

她跟泪珠儿一个星期没说话。

沁婷始知，为什么泪珠儿被两次退回福利院，而院长又"逼"她签下"生死合约"。

她没有后悔，如果她是一个患得患失的人，就不可能有今天骄人的成绩，然而她不可能不抱怨。

一剑和她的丈夫老何组成了一个丁克家庭，在不要孩子的问题上理论多多。有一次她说得太振振有词，沁婷不满道，你结婚的时候都三十六岁了，不生也罢。一剑被点了穴，反唇相讥道，你怎么知道我就生不出来？

沁婷没说话，她是一个知道该在什么时候沉默的女人。但她心里想，生不生的，何必有那么多的说法？就像老何，在大学里教历史，自己也像历史一样又老又旧，纵是有一肚子的学问也甭想转化成一分钱，听着他神聊你是真开心，看着他整天喝茶、睡觉、看书、盯着金鱼发呆你是真着急。然而，但凡什么人，相见欢就好。一剑非说他是"和氏璧"，天上难找，地下难寻，仿佛这普天下的女人都不识货似的。

当然当时的一剑还是单身，正在挑挑拣拣寻寻觅觅之中，有较多的时间陪沁婷说闲话。沁婷一直喜欢一剑的尖刻，她的一针见血是无人可以取代的。

诉说泪珠儿的种种不是，沁婷的口气犹如抱怨婆婆。一剑没有切身的感受，不以为然道，泪珠儿如醉如痴地抚摩柔软的东西，自然是渴望一种母爱，那是她想象中的母亲的胸怀，至于她收集的那些破烂，它们伴随她度过寂寞、阴暗的童年，是她不可能离弃的东西，已经成为她情感的一部分。但是说到她偷东西，一剑便不做声了。

过了一会儿，一剑突然说道，我很怀疑泪珠儿的出身，什么原因也没有，就是怀疑，直觉告诉我太过完美的东西事实上很可能是一团糟，根本就不是那么回事，何况院长一看就是一个万事有所保留的人。

沁婷不快道，又是你那套贼的儿子永远是贼的理论。

我可没这么说，但是出身的确很重要。一剑这样辩解了几句。

你的出身也不见得多么高贵。

所以我总也摆脱不了穷人的习气。

沁婷总算无话可说了。

正如院长所预料的那样，在很短的时间内，严女士就两次来到了他的办公室，不过他并不担心，反正他们之间是有协议的，不怕她反悔。事实上严女士也没有反悔，她一看就是那种开弓没有回头箭的性格，她只是来了解泪珠儿是怎么沾染了那么一身毛病，她应该怎么对症下药。

院长语气平和地说，任何一个家庭都是全家人围着一个孩子，可是我们人手有限，一个人要管许多孩子，院里还有百分之七十的残障儿童。很长一段时间，我们都属于社会的阴暗面，原则上不对外，不宣传，所拨的经费也十分有限，当然也就不可能很精心地对待每一个孩子，所以说没妈的孩子像根草嘛。再说这类孩子的教育始终都是问题，打骂是不行的，说轻了他们又不听，还有一大堆的心理障碍。

严女士说，我就是怀疑你们是否虐待过她，打骂恐怕更是家常便饭了吧。

你看电视剧看得太多了,院长变得严肃起来,我这样对你说吧,能留在我们这儿工作的人,都是值得信任的。许多分配到这儿来的人,干三天才走那已经算是很有爱心了,大部分人站了站就离开了。我不敢担保我们会把每一个孩子都搂在怀里,但绝没有打骂过他们。

至于说到泪珠儿,她恐怕很难改变。

为什么?

院长突然说了一句很文艺的话:上帝是不可能公平的,有些人一生下来就没有父母,你说这公平吗?

……

泪珠儿上学的时候,沁婷替她取了大名:严安,希望她一生平安。

现在看起来,长大成人并不是一件特别困难的事,时间总是像在飞一样。泪珠儿上中学的时候,金银岛建好了贵族学校,硬件软件配套成龙,高昂的学费吓跑了许多急于用金钱改变身世的人。

学校由一座六层高的主楼和三个辅助性群楼组成。主楼包括了各个班级的教室、多功能教室和电脑室等。群楼中有一座是集食堂、大型浴室以及学生宿舍为一体的。另一座是校长办公室及老师们备课的地方,外加趣味课室,如钢琴房、雕塑间、阅览室等。还有一座楼相当于体育馆,里面有室内恒温游泳池。二楼以上还有台球、壁球、乒乓球、羽毛球的不同场地。

最气派的是主楼前的运动场,非常之大,绿色的草坪一望无际,除了足球场以外,还有篮球场和两个网球场。因为学校建在岛上,所以是不需要围墙的,所有建筑与岛上的高尚住宅融为一体,如画的景致似乎只能在豪华电影里领略到,这样,它给人的感觉已不是有钱真好,而是地地道道的一个烧钱窝。

然而,巴男一家人并没有成为金钱的奴隶,巴男毅然成为了泪珠儿的同班同学。巴男的父亲是个厕纸商,没有什么文化,基本算是个暴发户。他生产的阿里巴巴牌卫生纸,广告没有用俊男靓女,而是一条再可爱不过的沙皮狗,叼着厕所里的卫生纸围着地球疯跑,而纸卷就那么源源不断地滚动,白色的纸带始终抽拉不尽。家庭主妇们马上意识到阿里巴巴的特点是实惠,同样的价钱,一卷纸可以用好久,而有些所谓的名牌纸,纸是好纸,架不住中心用硬纸壳做的纸撑大得能塞一个小拳头,一卷纸两天就用完了。阿里巴巴的纸虽然糙点儿,可是全家人报仇一样地用也用不完,再说咱们初级阶段的屁股也没那么金贵。

所以说,靠着广告与口碑,阿里巴巴的销售量直线上升,迅速占领了市场。而家庭主妇们用东西是不容易改变的,她们才是城市的消费大军。永远别小看消费品,电视可以十年不换,卷纸一天没有都不行,这就是为什么现在的房地产商个个都是灰头土脸的原因。而一卷再普通不过的"阿里巴巴",却改变了巴男一家人的命运。

巴男的家并不住在盛世华庭，巴男的父亲认为花钱住在那种地方简直就是犯罪，他得卖掉多少阿里巴巴才可能赚来这个天文数字！再说他也不习惯装模作样的生活。但是花多少钱培养孩子，他却觉得是值得的，他希望儿子最终能成为一个体面的人。

本来巴男的同学们并没有看不起他，是他自己的怪癖引起了别人的注意。上体育课的时候，巴男也穿着名牌运动衣裤，但他从来不穿短裤，不管天气多热，也不管自己出了多少汗，他就这么捂着。巴男个子很高，是校篮球队的前锋。学校统一买了耐克的短裤他也不穿，这把体育老师气毛了，叫了一伙男同学扒他的外裤，他的腿其实什么毛病也没有，突然有一个男同学说，他的腿上怎么一根汗毛也没有，像女生的腿似的！

巴男一声不吭地穿上长裤，从此退出了校篮球队。

男人是肉食动物变的。据说小时候家庭富裕的男孩，因为不缺肉，全身的汗毛就长得凶，腿上的尤其明显；吃糠咽菜的穷人，就光溜得多，只看腿跟大姑娘一样。这种情况到了年长以后便无法改变，所以巴男家富了以后，巴男每天吃驰名太爷鸡、德国咸猪手，也还是脱不掉穷人的胎记。

同学们开始笑话巴男，你看你爸多没文化，生男孩就叫巴男，难道生女孩就叫巴女，那不成了三陪啦？！而且是终身的。巴男的确有姐姐妹妹，当然不叫巴女，但他也不想申辩，比起别人做银行家的父亲，他自动就矮了一头。

有了巴男的笑话，男孩子们就在暗中攀比谁腿上的毛最为浓密。老实说，能进贵族学校读书的人都有几个钱，暴发户变得最让人看不起。在运动场上奔跑的男生中，大伙公认谢丹青的汗毛最重，他是一个非常醒目的阳光男孩，虽不是剑眉星目——那样倒显得太俊俏了，有点咄咄逼人，又有点莫名其妙的招人讨厌，就像鲜甜过了头的汤也会败坏人的胃口一样。丹青只是和谐，无论是他含笑的双眼，还是轻抿而有些上翘的嘴唇，以及他匀称的身材和健康、雄性的特征，都让人感到一种和谐含蓄之美。

这多少有点众望所归，因为丹青的父亲谢怀朴一直是做金融业的，他在一家国有的大型信托投资公司工作。你脚下蜿蜒伸展，通向四面八方的公路；你所看到的有着城市标志作用的雄伟壮观的桥梁；你在越夜越温柔的时刻享受到的霓虹灯彩，而发送这些光芒的核电站，都有可能出自他的手笔。他是总经理，不断地融资投入城市基本建设，这才是真正意义上的推动、发展、深化改革开放成果的原动力。相比之下那些自鸣得意的行业，无论做得多好赚得多么盆满钵满，也不过是女人三角裤上的商标，无足轻重。

更何况谢怀朴的父母又是京城的大官，离休多时，余威不减。听说再往上数，他的太姥姥还是宫里的格格呢。

丹青的母亲鲍雪,身世绝不在谢怀朴之下。虽说她的父亲是军界的一介武夫,但当兵当成了将军总不简单吧!而且祖上还是官僚资本家,本人是黄埔四期的,不是饿昏了头才想起来干革命的土包子。

谢丹青自然是吃肉长大的,一看就是优良品种。

更难能可贵的是他压根不是什么花心大少,也没有太子爷天生优越的恶习。丹青不仅学习好,而且行为低调,待人更是礼貌得体,乐于助人,是那种家教极好的男孩。

丹青并不知道"汗毛事件",因为他不是校篮球队而是羽毛球队的。

泪珠儿长大以后,果然并不出众,头发剪得短短的,只穿袋袋裤配运动鞋,喜欢眯着眼睛,目光空洞漂浮,一脸的百无聊赖。沁婷希望她成为黑发披肩、长裙飘曳、一身书卷气的女孩,是根本没戏了。

而且长大以后的泪珠儿再也不哭了,仿佛婴儿时已经把眼泪流完。凡事必定自行解决,等明星签名等三天三夜也绝不叫苦叫累。

其实泪珠儿也是一个体育迷,不光大小球拿起来就会,田径更是她的强项。短跑像一阵风,呼地一下就到达了终点;长跑只觉她脚底一弹一弹的,双腿修长健美,湿漉漉的头发像钢针一样倔强挺拔,不肯低垂,让人感到一股挡不住的青春气息扑面而来。

既然都爱体育，又都住在盛世华庭，好像泪珠儿和谢丹青应该成为志同道合的死党，至少也应该是好朋友吧，可是他们俩就像天体里的看似相近其实隔着十万八千里的星辰，甚至从不互望一眼。一方面，围着丹青的女孩实在太多了，就差没打出横幅"丹青丹青我爱你，就像老鼠爱大米"。丹青不仅没有注意过泪珠儿，就是其他的女孩他也没怎么注意，他的心思还都在电脑、足球、航空表演之类的兴趣上。而另一方面，不知道为什么，泪珠儿对那些名门望族的后代有一种天然的敌意，她每每幻想着只要自己有能力、有可能，一定冷漠残酷地对待他们。她不知道这算不算是穷人与生俱来的烙印。

所以在同学中，泪珠儿和巴男的关系比较好。毕竟他是弱者，是被压迫被损害的一类，泪珠儿就愿意跟他亲近。对泪珠儿来说，这是本能。

一天放学之后，泪珠儿最后一个走出教室的门，家庭对她来说是可有可无的，这几乎世人皆知，所以她每天离开学校时也是拖拖拉拉，不像其他的同学那样，放学如同大赦，往家跑就像赶着去投胎一样。

她无意中发现巴男一个人坐在运动场的篮球架下，整个人垂头丧气的，两眼像死鱼似的黯淡无光。泪珠儿走过去道，你要是想玩球，我陪你玩三步上篮。巴男说，我哪还有心思玩啊，我死的心都有。泪珠儿"哼"了一声，表示不屑，但还是问道又怎么了？巴男说这次考试又考砸了,你说我怎么敢回家!泪珠儿说我考得也不好,回去也是听埋怨,但反正是中段考,不是那么紧要吧。巴男说,中段考还不紧要?我上回就是一个当堂测验不及格,卷子被我爸无意间看到,扔过来一只四十四号大塑胶拖鞋砸在我头上,到现在一按还痛。他这个人是不听你讲什么道理的,脾气又暴躁,全家人都怕他。

两个人你一言我一语地聊着,天不知不觉黑了下来。巴男说我真的是不敢回去,而且也真的觉得做人没什么意思,被老师骂,被爸妈骂,还要被同学看不起。说起我最快意的一件事,那就是我想到我自杀而死,遗书也不留一封,所有认识我的人都在哭,觉得他们对不起我,很后悔很后悔他们曾经那样对待过我。

巴男说这话的时候很轻松,还对泪珠儿笑了笑,但却不是说说而已。

这时的泪珠儿就很感动,因为她除了自己摆弄那些不值钱的收藏之外,再就是在心里自言自语了,还从来没有人对她讲过这么隐秘的话,当下就认定巴男是自己的知己,所以胸口一热道,走,我陪你回家。

中段考的时间是很公开的,巴男一家人都在等着他的考试成绩,见天黑了他都不敢露头,心里也有了七八分的底,所以一家人的脸上都不好看。他父亲更是黑口黑面,根本没有看见走在巴男身后的泪珠儿,一见儿子,便操起手边的小竹凳,但他扬起的手被泪珠儿年轻有力的手架住了。泪珠儿说,阿叔,巴男考试没考好,心里已经很难受了,他不敢回家,差点去买敌敌畏,你不要这样对他好不好?!巴男的爸爸气道,那干吗不去?现在就去死啊,我保证不掉一滴眼泪。

泪珠儿倒不知说什么好了,只好把小竹凳抢下来扔在地上。

巴男的爸这才想起来问,你是谁?

我是巴男的同学。

巴男的爸就连泪珠儿加在一起教训。他说,你们知道上贵族学校得花多少钱?你们活活就是讨债鬼!讲白了就是把父母亲身上的肉一条一条割下来当腊肉卖,我们累死累活挣的钱都交到贵族学校去了,巴男学不好,难道不该去死吗?!

巴男的头都快低到裤裆里去了。

泪珠儿却理直气壮地指着巴男爸爸的鼻子说,你怕花钱你就让巴男去上公校啊,公校里还有"宏志班",吃救济,一个大子儿都不用出。又不是巴男非要上贵族学校,是你非让他去不可,那他学好学坏你都得认。

巴男的爸爸眨巴眨巴眼睛,倒也无话可说了。

虽然这个晚上巴男还是挨了打,但他的心情还比较舒畅。因为泪珠儿帮她说出了心里话,而这话他就是满大街去借胆子也不敢说出口,所以巴男从心里感谢泪珠儿,他想在学校里他总算是有朋友了。

巴男在篮球场被扒了裤子,泪珠儿站在一边冷冷地看着,但是心里十分同情巴男,却又不能冲出来帮他出这口恶气,毕竟那一大伙人人多势众。许多人都觉得是巴男自己太过虚荣,如果他照穿短裤,谁会注意他腿上有毛没毛?只有泪珠儿一个人理解他,因为虽然住在盛世华庭,可是谁都知道她是一个养女,只要目光稍微有点异样,她就会觉得周身不自在,好像她不配住在这里似的。

所以她对巴男有一种感同身受的理解。

后来泪珠儿知道了谢丹青被选为"汗毛皇帝",加上他身上的优越感是压根没有一点优越感,每天无忧无虑,可是被许许多多的人爱着,女同学最爱谈论的就是他,老师也最爱摸他的头,这使得泪珠儿对巴男的同情转变为对谢丹青没有缘由的迁怒。

同学中的肥仔是个名牌迷,有一天他说他的泰格伍兹做广告的手表不见了,他说他就放在课桌上,课间休息回来手表便不翼而飞。这件事班主任很重视,她几乎用了半节课的时间讲做人的道理,她说在我们这样的学校发生这种事是不能原谅的,而且这充分说明了人的道德品质其实是与贫富不相干的,可见重视德育是当务之急的一件事,也应该引起全班同学的注意。

班主任最后说,改正自己的缺点是需要勇气的,但只要拿手表的同学意识到自己的错误,并且愿意改正,可以悄悄把手表放在我办公室的窗台上。

过了两天,谢丹青来找班主任,他说在自己外衣的口袋里发现了那只手表。他把手表交给班主任时,班主任目光如炬，她说丹青你是什么人我心里太清楚了，并且坚定不移地说是有人在恶作剧，而且这个人心理很阴暗。

结果最终被请进班主任办公室的人是泪珠儿。班主任脸上的那股和蔼可亲的劲儿不知什么时候已经荡然无存，她冷着一张脸，眼中是无限的轻蔑，她说严安同学，是你干的吧？

泪珠儿又是那副无所谓的表情。她总是用这种表情抗拒一切她尚无能力抗拒的任何事情，她知道很多像她这样的人是很孱弱可怜的，也只有这样才能得到别人的肯定和同情，如果不那么诚惶诚恐地活着就变成了一个问题。泪珠儿最痛恨的就是这一点，所以她就是要做出不以为然的表情。

我干什么了？她这样回敬班主任。

你干什么了你自己知道。

我不知道。

你为什么把肥仔的手表放到谢丹青的口袋里去？

我根本不知道你在说什么，为什么肥仔的手表会在谢丹青的口袋里？

这正是我要问你的问题，你不要以为你玩的这套东西神不知鬼不晓。上次你叫巴男抄你的考卷，你已经是错得一塌糊涂了，怎么他错的跟你一模一样？！

泪珠儿的眼睛看着别处，嘴上却没有软下来，就算是巴男抄了我的考卷，肥仔的手表就一定是我拿的吗？！

班主任手上也没有证据，但是她坚信这件事是泪珠儿干的。她干教育工作几十年，对每个同学心里都有一本明细账，这种小把戏哪逃得出她的法眼？她对泪珠儿说，严安同学，叫你妈妈明天到学校来一趟。她想这么一吓唬，泪珠儿就很有可能把事情的真相说出来。没想到泪珠儿说我没有妈妈。的确，私下里，泪珠儿一直管严沁婷叫阿姨。但外人都觉得严沁婷是泪珠儿的再生父母，是她让她改变了命运，这是很多亲生父母都不可能给予孩子的灿烂如朝阳般的前途，她怎么可能不管她叫妈呢?!

班主任一听就炸了。她说，严安同学，做人不能没有良心。严女士对你那么好，这是有目共睹的，你却说出这么无情无义的话来，连我都替你脸红。是的，你的身世是很让人同情，可这总不是你怪癖的理由吧?!更不是你憎恨全世界的理由，我希望你好好想一想自己的问题。

她的话并没有对泪珠儿起到振聋发聩的作用。泪珠儿心里照样恨恨的，她心里想你说什么都没用，我是不会听进去的，因为你对我和谢丹青从来都是两种表情，两种态度。如果严女士是我的亲生母亲，我想你是不会这样对待我的。

所以泪珠儿觉得但凡大人的人都是虚伪的，都是不值得相信的。

这件事最终还是不了了之了，到底是谁把肥仔的手表偷偷放在了谢丹青的口袋里?至今不得而知。不过泪珠儿对谢丹青的迁怒因此而上升为仇恨。

虽然,她也知道谢丹青是无辜的。

二

清吧里弥漫着一股浓重的怀旧色彩,周遭挂着放大的黑白照片,上面是芸芸众生既熟悉又陌生的面孔,好像是当年的知识青年在西双版纳的生活照,没有什么特别,但一定是倾注了作者无尽的情感。

店主是一个不苟言笑的中年男人,脸上是任何人都不可能理解他的踏实,所以生意再差对他来说也没有一点触动。总之他一点不急,一看就是社会上那种永远生不逢时,自改革开放之后就没有回过神来的人。

本以为有了泪珠儿,生活就不像过去那么孤独了,但沁婷始终觉得她是一个人生活。尤其是严安上了大学以后,她住在学校里,如果不是为了拿生活费、洗衣服这类非常具体的事,她是很少回家的。沁婷如果闷了,就只能到清吧里坐坐,这还是她以前养成的习惯。

她当然知道坐在这里本身就是一种落伍的表现,但这种地方很适合沁婷。她白天工作忙乱得很,晚上就特别需要清静。这时的清吧里正轻轻地传送出《梁祝》,沁婷拣了一个窗边的位置坐下来,点了一杯鲜榨果汁。

如泣如诉的音乐仍在叙述着一个家喻户晓的故事,然而此刻的沁婷对爱情已经没多少遐想了,不过熟悉的旋律却把她带回了八十年代。那时懂得听《梁祝》还很时髦呢,那是一个诗意的年代,喇叭裤、交谊舞方兴未艾,台湾校园歌曲到处泛滥,如果你不懂朦胧诗足可以自杀谢罪了,所有的讲座都在讲美学、"美的本质"……总之,那又是一个沸腾的年代。

每个人的青春岁月都会涌动着一股激进的潜流。

那时的沁婷刚刚从某师范大学毕业,人单薄得有点让人担心,二十二岁的人看上去只有十七八岁。她皮肤白白的,眼睛也如两汪深潭碧泉,人却并不显得俏丽,大概是她梳着两条过时的辫子,穿着也过分朴素,仅仅是格子衬衣和蓝裤子而已,更重要的是她好像没怎么发育,这当然就不那么诱人了。

那个年代的严沁婷没有写朦胧诗,也没有沉溺于蹦恰恰,但是她的举动又是绝对诗意的——她选择了到山区去当乡村女教师。那时她的想法很简单,她觉得自己天生就不是一个赶浪头的人,但是却愿意踏踏实实地做一点事,在青山绿水之间,和油菜花同栖同宿,还有一帮天真无邪的孩子尾随其后,那不就是她向往的生活吗?

尽管父母和朋友们都觉得她浪漫得太不着边际了,如果是图个政治资本那还情有可原,可是人家团支部书记还没有这种壮举呢,还在积极地活动留校,组织上也没有许诺要培养你,你这么做不是莫名其妙吗?

可是沁婷做事并没有严肃的思想斗争,她觉得这有什么,无非萝卜白菜各有所爱罢了。如果选一个离家近的学校,每天上班下班,说不定还是让她教政治之类的照本宣科的东西,那有什么意思啊?想想都困。不如穿行在山水草木中间,那才能获得真正意义上的身心自由。

那时的沁婷真是太年轻了,几乎是在校园里长大的她,就跟无菌试验室里的小白鼠一样,哪里知道外面世界的每一寸空气里都有凶险的病毒,沁婷她哪里会知道呢?

至今她还记得那是一个明媚的上午,她坐县里教育局的吉普车,由一位科长陪着去贵州某山寨小学报到,一路上虽然颠簸得厉害,但景色却比她想象的还要美。远处青山叠翠,却在白纱一般的薄雾中默默沉睡,一千年一万年的不肯苏醒,业已对尘世间的一切了如指掌,淡然以对;溪水在山涧一往无前地流淌,哗啦啦的似有自己无尽的欢乐;油菜花是没有的,但是叫不出名称来的野花或者成串地悬挂,或者孤芳自赏地摇曳,都是那样的色彩斑斓,恣意开放;还有就是新鲜的空气里有一股植物和泥土混杂起来的味道,谈不上芳香,但好闻极了,是大自然才有的原始气息。沁婷被眼前的景色惊呆了,仿佛自己倏然间闯入了一个巨大而又不可思议的梦境,立刻就没有意识了。

吉普车停了下来,陪同的人抽烟的抽烟,喝水的喝水,熟视无睹地聊天,根本也不注意沁婷陶醉的表情,搞得沁婷连个感慨的对象都没有,只好梦游一般地两眼发直,暗自叹息这世界上果然有世外仙境。

当时的媒体还报道了她的事迹,他们说她是《一朵悄悄开放的红杜鹃》。

村民们很快就接受了沁婷。姑娘们送给她一套民族服饰,沁婷穿上还真像那么回事,她们也穿她的牛仔裤和黑毛衣对着镜子来回照。孩子们每天围着她听格林童话,他们眼睛嘴巴齐齐张着,仿佛在听另一个星球发生的事。

沁婷就住在学校里,尽管吃住都相当简陋,点的也是煤油灯,而且要自己种菜和打柴,应该说生活还是很苦的,但是她是那样被重视,被许许多多淳朴的村民爱着,她的心里每天都很温暖,当然也就很踏实。有时,天大的困难和艰辛在年轻的时候你会浑然不觉,只有它化为了沧桑才变成苦涩。

这样过了一段时间,沁婷基本上熟悉了山区的生活。简单的生活能够净化人的心灵,沁婷一点都没有后悔自己的选择。

但是后来发生了一件事,它很轻易地结束了沁婷青春时代玫瑰色的梦境。

那一天沁婷患了重感冒,她并没有当一回事,只是多加了一件衣服而已。可是这天晚上睡到半夜,她突然发起烧来,沁婷是从城里带了药的,她便摸了一片安乃近吃,结果不一会便大汗淋漓,一身一身的汗止也止不住,她觉得人虚得几乎灵魂出窍,然后躯壳在一片荒野里飘来飘去,她想,这大概就是死亡的感觉吧。一想到这样就消失了，她心里还是有些害怕，可是她连点起油灯的力气都没有了，只好打开了枕边的手电筒，接着就不知不觉地呻吟起来。

学校里并不是只有沁婷一个人，同时还有一个上了年纪的值更的阿伯。他见到亮光，并且听见了沁婷呻吟的声音，赶紧跑进了沁婷屋里，点起了油灯，见到沁婷水洗了一样，他吓了一跳，说，我赶紧去找村长想办法吧。沁婷当时还有一点神志，声线如丝一般地说，大叔你千万不要走，不要走……当时她就觉得只要眼前的这个人一离开，鬼门关就会咣啷一声关上，她当时心里怕极了，只想有个人在跟前。

阿伯似乎是坐了一会儿，又给她喂了水，她因为喝得猛，有一多半都洒在了前襟。可是不一会儿，她又烧了起来，而且时间就像凝固了一样，每一分钟都那么漫长，天黑得是不透气那种没有指望的黑，仿佛再也不会亮了，阿伯实在是坐不住，就去喊人。

也就是在这一个空隙里，她隐隐约约感到屋里闪过一个黑影，紧接着油灯就熄灭了。她感到有一个男人像巨石一样地压在她身上，别说她还是一个虚弱的病人，就是没病她也是没有力量进行反抗的。那个人显出一种非人的饥渴，两只手在她的胸前使劲地乱抓，似乎蹂躏才是他真正的目的。沁婷当然是挣扎了，她拼命地喊叫可能也没有多大声，后来她就什么也不知道了。

等她醒过来的时候，已经躺在乡卫生院的病房里，周围全是她认识或者不认识的极其关切的目光,大家为她的苏醒松了一口气。医生告诉她是得了疟疾,俗称打摆子,这也是山区的多发病,用了药就没事了。村长说你真吓死我们了,要是有个三长两短,我们怎么跟你的父母交代呢?这话让沁婷的眼泪流了出来,这实在是百感交集的泪水。众人却只当她是生病辛苦又远离家园之故,就使劲地安慰她,还给她买了瓶装的水果罐头。

发生在自己身上的遭遇,沁婷几乎是不假思索就决定按下不表,一是她还年轻,而且为人师表,这种事传出去还怎么做人?二是她当时烧得迷迷糊糊,根本不知道这个人是谁,甚至连一点特征也没有在脑海里留下,难道她叫别人去追查一个黑影?!还有她自己有时也会恍恍惚惚,分辨不清到底是做了一场噩梦,还是发生了噩梦一样的事情。

她仔细观察了周围的人,发现他们一样的老实,一样的诚恳而且热心,谁身上也没有哪怕是一丁点儿的流氓习气。这使她不由自主地想起母亲经常说的一句话:人心如古巷,幽深不可测。

然而,有一点是真真切切的,那就是山区巧夺天工的如画景致刹那间在沁婷的眼里竟成了梅雨季节的黄昏,处处尽是愁云惨雾。

生病也是人生的导师,好多人都是在生病以后陡然间明白了很多道理。

出院后的沁婷一直住在卢海花家里调养。海花的歌唱得很好，被称为当地的百灵鸟，她和她的家人对沁婷的照顾可以说是无微不至的，所以，直到沁婷离开这里，也没有搬回小学校住。

沁婷在不知不觉中喝完了鲜榨果汁，至少有三个服务员来问过她加还是不加，可见她们无事可做。沁婷没有加果汁，但是她也没有马上离开的意思，难得在一个清静地方坐坐，而她这个人是不喜欢梳理往事的，可是今天有《梁祝》的引领，也就自然而然沿着思绪往下走了。其实这优美的令人心弦颤动的旋律，与其说是在咏叹两个人的情感，不如说是一代人的青春回顾。人这一生，不就是满怀欣喜的憧憬在现实面前撞个稀巴烂，最后化蝶了事——那还是一个完美的结局呢，大多数人化成了蛾子，自己都不愿意搭理自己。

借着探亲，沁婷再也没有回到村寨里去。走时她什么也没拿，所有的人都以为她很快就会回来，结果一走就没了音信，只收到她给学校墙体斑驳、窗架歪斜并且空空如也的阅览室寄来的两包书。

重新回到城里，多少有点事过境迁了，原来的朋友和同学都已经各就各位，哪个单位都是一个萝卜一个坑，根本没有多余的位置，何况沁婷当时的心情是不愿意见到任何一个熟人。她轰轰烈烈地走，结果说不出任何理由地打道回府，身心都是灰溜溜的，哪有什么脸面去求过去的同学帮忙，她只想他们以为她一直都在山区教书，过着"悠然见南山"的日子。人不就是活一个面子吗?!

沁婷当过代课老师、文秘、家教等等,终不是长久之计。后来她看到一则招聘启事,是冰峰电器工业公司招聘推销员,主要推销电风扇,但是没有底薪,按销售额提成,不过每个月可以报一点车马费。这样苛薄的条件,沁婷也不得不将就,便去报了名。

商场的人说,什么冰峰电风扇?我们听都没听说过,那不是羊毛衫的牌子吗?幸亏还有人的脑子没锈住,说羊毛衫的牌子是雪莲。但总之商场的人说他们只销"钻石"和"华生"牌的电风扇,也不见得有多好卖,你就别凑热闹了。可是沁婷性格里有一种执拗的因子,她每天都到商场去,不管别人的脸多冷,她都是和颜悦色地说自己的电扇怎么好,怎么便宜。慢慢地人熟了,聊一些家常,好像成了一点情面,也就答应她拿一台两台来销。而沁婷每天泡在商场里,见到顾客最爱买什么样的电扇,也赶紧跑回公司当耳报神。譬如一种挂着吊灯的木页电扇,看上去又土又俗,可是那时的人,时尚一件东西多功能,恨不得买了一样东西却解决了无数其他问题,所以好销得很。冰峰厂也忙不及地做了这种吊灯电扇,还火了好一阵呢。

电器公司销售人员中有一个小伙子名叫伍云斌,倒是一个踏踏实实干活的人,但他永远踢不出前三脚,见到生人先自脸红,这么腼腆的人哪当得了销售员?沁婷觉得这个人不讨厌,便对他说,我们两个人搭伙干吧。

伍云斌当然乐意，因为沁婷毕竟是学师范出身，善于表达，坚冰一样的局面她也有办法打开，云斌只要腿勤，紧跟其后地到公司提货，两个人就能配合得像演双簧一样。

本来，青年时代的沁婷对待爱情也有着万丈的豪情，梦想着自己的白马王子拨开众人让自己试水晶鞋，然后相拥策马远离人间烟火。可是经历了那一场身心的浩劫，她的心淡而又淡，只图能够平静地度过自己的一生。

而且她决心埋葬往事，不跟任何一个人提及。

沁婷和云斌结婚的时候，社会上已流行在酒店包上个多少多少围，新娘坐着小汽车大街小巷地绕圈子。他们当然没有这样做，也没有能力这样做，只是两家人以及亲戚和和气气地在酒家吃了一顿饭，如此而已。沁婷去烫了一个头，那时的人，结婚时都要去做头，可是没有谁做了就变漂亮的，全都是死死板板仿佛顶着满头的铁钩子，可是新娘们还是前赴后继地去冷烫或热烫。沁婷当然也不例外，烫完之后的样子傻傻的，倒比她平常的清汤挂面显得老气，穿了一件红外套，暗想着给自己冲冲喜。

沁婷的父母对云斌还是满意的，他们托关系给小两口找了一套一房一厅的住处，因为是底楼，黑暗潮湿得很，搭上情面，租金相当便宜，这已经算是天大的陪嫁了。云斌的父母都是工人，只觉得攀上了高枝。

时光如响箭，转眼就过去了两年。

本来，沁婷以为她的生活不用规划也就是那么回事了，无外乎两口子勤力打工，然后生个孩子，每天忙忙碌碌这日子也就算是过起来了。结果却全然不是这样，首先是肚子里一点动静也没有，两个人虽然没有过干柴烈火般的激情，婚后忙于生计，也就没有什么如胶似漆的日子，但是正常的夫妻生活还是有的，也没有采取什么措施，却不见有任何动静出现。其次是冰峰电器工业公司好不容易做出了一点市场份额，也打出了一点名气，却因为上级领导的一个决策，令它还来不及发扬光大就胎死腹中了。

事实证明这个决策是绝对错误的，那就是上面同意了香港天美工业集团公司与冰峰公司合并的设想。在改革开放的初期，新生事物特别有市场，就连领导层也像摩登青年一样，恨不得一天一个新花样，而上上下下具体操作一件事的经验是却是零，所以在上市公司天美工业的垂青下，合并一事简直就是客大欺店，没费什么周折就成功了。

什么合并，根本就是吞购。在这方面，香港人也不见得比日本人手软。很快，冰峰工业公司就在合并的阳光下消融殆尽，市场上再也见不到一台冰峰牌电风扇，取而代之的是各型各款的天美产品。

天美公司还推出了号称是日本原件组装的天美牌空调机和冷气机，尽管一打开屋里响得就像飞机场，可是一样起到了抢滩大陆市场的作用。

然而，公司管理也还是中国特色，概括成两个字：混乱。

天美公司的董事长罗时音，一年来不了大陆公司几趟，一是集团公司还有其他生意，反正他亲自委派的总经理算是尽职尽责，他也懒得多事。二来他患有慢性支气管炎，对大陆污染的环境很不适应。所以他每次下来无非是走马观花，跟中上层职员喝喝酒，合合影；不过他也还是很敏锐的，大事情他了然于胸，谁也逃不出他的一双鹰眼。

公司上下对他的畏惧多于尊重。

大陆公司有一个仓管员，人称七叔，常有些倚老卖老的架势，这还不算，又自称是罗董八竿子打不着的亲戚。大伙见他也姓罗，办公桌玻璃板下的确也压着他和家人与罗总的合影，所以对他的来头深信不疑，也就不敢得罪。

七叔按提货单给人开仓拿货本来是分内事，但他素来喜欢刁难人，鸡蛋里面也能挑出骨头来。销售人员没办法，既然不能开罪，便只好送礼疏通关系。渐渐地七叔喝着好酒抽着好烟又都是白来而得，大伙不但不觉得他有问题，反而有样学样，连开票的、报账的都开始为非作歹，甚至直接索要好处。

推销员本来在外面就是一脸假笑，回到公司若不是假笑一脸根本拿不到货，还要搭上上贡的东西，真是腹背受敌，里外不是人。对这种现状，沁婷特别地看不惯,想往公司上层反映,但是来自云斌的枕头风都是让她忍。云斌说关系搞僵了,吃亏的还是我们,咱们也不能把仓库砸了,直接破门而入地取货,到时说软话不如现在忍一忍。再说你怎么知道上层就一定会管这种事,人家七叔是什么来头?说不定总经理还要给他几分薄面,那时你才叫真正的里外不是人。

沁婷觉得云斌的话也有点道理,在人屋檐下,哪能由着自己的性子来?也只好哑巴吃黄连,甘苦自知了。

一天,正是酷暑难耐的销售旺季,沁婷磨破了嘴皮子,一个月跑烂了两双鞋,方才在一个大百货公司家电部打开了一道缝儿。然而提货单到了七叔手里就成了丑媳妇见公婆,样样不是,他害沁婷在本公司的楼上楼下又跑了好几个来回,心想,你严沁婷平时总是绷着小脸,对我一副公事公办的样子,更没有对我有过任何表示,要不是看在云斌送过两条好烟的分上,我早就整治你了,今天我就是要给你点颜色看看!

沁婷跑得满头大汗,气喘吁吁,赶回仓库时见到一把大锁,当时肺都要气炸了,所有的艰辛一起涌上心头。刚才她在商场游说,碰到的部门经理是个女的,特别不好说话,还有意把她晾了两个多小时,似乎就是在考验她的耐力,但同时又被她的耐力打动了,开口就要十台遥控的电风扇,如不能按时送到,人家就开会去了,谁还认这笔账?而且这种女人又是最多变的,稍有借口她们又会后悔自己的宽容。想不到回到公司,她还得受这份鸟气。七叔到处散布,说销售员是用公司的产品给自己捞回扣,不让他们放血让谁放血?!简直是一派胡言,他不是销售员怎么会知道销售员的不易?!沁婷越想越气,她想她为什么要受这个气?!而且受的是夹板气!今天她要是不跟七叔吵翻那她还活个什么劲儿?!她想,摆在面前的无非两条路,要么被公司开除,要么气炸了肺,反正都是死,倒不如痛快点。

她低头看了看手表,还差八分钟才下班,便一脸挂霜地在财务室堵住了七叔。七叔正在打"拖拉机",满手的扑克牌,见到沁婷反而和颜悦色,说,小严啊,原谅你七叔老眼昏花,我刚才没看清楚,你要的型号仓库没货了。沁婷道,中午还有销售员提到同样的货,怎么现在就没有了?七叔不快道,那我怎么知道?你应该问产品部去才对。沁婷突然吼了起来,我就是要问你!你是仓管员,没货了为什么不叫车间送!

沁婷尖厉的声音像铁器划玻璃一样刺耳,还分了岔。

大伙全都傻了眼,打牌的人从来没见过乖乖女模样的沁婷有这么大的脾气,更没见过有人敢跟七叔发这么大火,他们完全忘记出牌了,两只眼睛瞪得一样圆,呆呆地看着沁婷和七叔。

七叔正要发作,沁婷已经三步两步地冲到他的面前,他已经完全能够看清楚她微微翕动的鼻翼以及绯红得还相当细嫩的双颊,沁婷抓住他的一只胳膊,厉声道,你跟我见总经理去!你去跟他说仓库没货,所以你上班时间打扑克！七叔甩掉沁婷的手，跳起来吼道，你以为你是谁呀？你有本事你就不会呆在这儿受气！老子就是没货！有货了也不给你！你还能把我怎么样？你咬我啊？

沁婷气不过，掀翻了牌桌，走了。

大伙七嘴八舌道，哇，她不是市长的女儿吧？

当天晚上，云斌提着大包小包上门给七叔赔礼，七叔根本没有让他进屋。

第三天，公司中上层职员的节奏都变了，因为不逢什么有说法的日子，罗董突然来到公司，点名要找严沁婷谈话，所有的人都说她这回死定了。

总经理会客室的门紧闭着，就连总经理也不知道公司的最高领导找一个合同工谈什么。这样大约过了两个多钟头，沁婷和罗董才从会客室出来，看得出来他们谈得很愉快，因为罗董脸上出现了难得的笑容。

和七叔吵架的当天晚上，沁婷再也抑制不住自己愤怒的心情，连夜奋笔疾书，直接给香港的罗时音董事长发了一份传真，后来据知情人士说，这些传真相接起来足有七米之长。她在传真里不仅诉说了自己的遭遇，同时毫不留情地揭露了大陆公司管理方面的种种弊端，并说这种裙带风猖獗又无奖罚制度并且管理混乱的公司根本没有前途可言。同时她还一针见血地指出，七叔现象绝对不是偶然的，这是因为集团公司的理念就是这样，在金字塔形的公司架构图上，董事长、总经理、部门经理以及班组长统统压在销售人员之上，而一个以营销为主的实业公司,这个金字塔恰恰应该倒过来,所有的人都应该为销售服务,因为销售不畅便是公司的灭顶之灾。而什么都不过问的罗董事长应该在倒金字塔的最下面。

发完这个传真之后,严沁婷做好了被开除的准备。

她花了好多钱发传真,回到家后虽然如释重负,但心里仍然闷闷的,感到无比委屈,便坐在桌子前面望着墙壁发呆。墙壁因为潮湿有了一片不规则图案的水迹,看久了像一只大公鸡的轮廓,这使她想到了落地的凤凰不如鸡这句话。

这时云斌推门进来了,手里是没有送出去的礼品,灰头土脸的。她想他一定会埋怨她几句,这也在情理之中。云斌放下手中的东西,在她身边的椅子上坐下,坐了一会儿,才说,你没事吧?又说,既然发了脾气,也就发了,我看也没什么,不然闷在心里会生病的。听他这样说,沁婷反而鼻子一酸,两行清泪流了下来。

当时她心里就想,为了这句话,她会一辈子感谢云斌。

罗时音在跟沁婷谈话时说,你怎么知道那么多的营销理念?沁婷说我原来是学师范的,做梦也没想到自己会推销产品,但是为了把这件事做好,我看了很多这方面的书,中外的都有。作为一个成功的企业家,罗时音不可能没有他的过人之处,那就是他非常善于在平凡的人脑袋中挖宝,只要你说的话打动了他,不管你是做什么的,他都会认真听取你的意见,不轻易打断你,反而用鼓励的目光看着你,使你发挥得连自己都觉得那些滔滔不绝的话语是真知灼见。

第二天,罗时音就召开了一个公司高层领导的会议,对于营运策略做了大幅度的调整,并且明确了销售员在公司的作用和地位,同时指出任何部门不得给他们设置障碍,因为他们才是在商场的炮火下为公司创造利润的义勇军。

这件事情的结局令人们大跌眼镜,不仅让凭脚杆子吃饭到处赔笑的销售员扬眉吐气了,而且公司还派专人调查了七叔的种种表现。自然是怨声载道,而且他根本不是罗董的什么亲戚,照片是他儿子不知在什么地方为他用电脑合成的,而罗时音的照片在任何一家香港经济类杂志上都可以找到,并非天大的难事。

七叔被公司辞退了,许多人都感叹他做人太张狂,但并不觉得他冒充与富豪有瓜葛应该千夫所指,反而说他颇有创意,社会就是如此呀,都是先敬背景再敬人的,你不跟有钱有势的人搭上干系,难道承认一个叫花子是你的亲舅舅?

接触得多了,罗时音觉得沁婷是一个有能力有才华的人,但这样的人并不难找,难找的是既内秀,同时还懂得分寸,这种人才是不可多得的。通常的女人都是近则不逊远则怨,男人居高临下的时候还懂点规矩,一旦给她几分脸面,便不知道自己几斤几两了,假如有了亲密关系，更是一哭二闹三上吊。罗时音阅人无数，也曾涉猎过演艺界、风月场，最终的感觉是不过如此，到了这般年纪，对女人的心早就淡了。然而对于严沁婷这个女人，居然会让他别有一番滋味在心头，那就是沁婷是第一个能跟他谈生意、谈管理、谈营销观念的女人，她不仅有气魄和胆略，不管你董事长的"亲戚"多大来头，照样敢告御状；而且她身上有一种超凡脱俗的平静，根本不拿上司的赏识当一回事，对于突然而至的来自同事的谄媚，她也是一笑了之，的确称得上宠辱不惊。

经过一段时间的考察，罗时音做了一个决定。

这个决定改变了沁婷的一生。

泪珠儿上的大学不是久负盛名的那种，那种名牌大学有古老的课室，有宽敞的绿地，有湖畔和湖畔边的吉他声声，也有图书馆和图书馆门口稠密的人流，在这样的地方成长，是沁婷对泪珠儿的期望。

然而，以泪珠儿当时的成绩，即便是上眼下这种末流的完全没有历史可言的大学，沁婷也是交了数量可观的赞助费。可是泪珠儿似乎并不怎么珍惜这个机会，同时也像以往一样，并没有对沁婷感恩戴德。

两个人的关系，一开始就有点无话可说，沁婷的热忱付出和失望之后的冷漠以对，结果都是一样的，从未改变过泪珠儿什么。

现在回想起来，泪珠儿在十二岁左右的时候，可能患过自闭症，她尤其喜欢独自一人坐在杂物间里发呆，在凌乱的地方她会感到踏实，仿佛华丽整洁的地方就对她形成一种无形的压力似的。因为在这样的地方，多半会有一些冰冷的眼神，至少在她眼里是鄙夷或者不屑一顾的，那些眼神总是在提醒她并不属于这里。她不喜欢也不愿意跟任何人交流，对于沁婷这样富有爱心的人，她始终觉得生疏和不可亲近。

真不知道她们俩到底是谁出了问题。

有好多次，在不经意间，沁婷都主动握住了泪珠儿的手，她希望能牵着她走一会儿，不管怎么说也是传递情感的一种方式，而且可以说她们俩是一样孤独的。但是泪珠儿总是很快地把手抽掉了，一点都不拖泥带水。这样经历了几次，沁婷觉得内心倍感寒凉，要知道她也是鼓足了勇气才这么做的，可是泪珠儿却不领情，她怎么这么乖僻呢？在碰上泪珠儿之前，沁婷也坚信只要心诚，石头里也能开出花来，现在才发现这一类的话全是扯淡，说她们俩之间彼此即是地狱还差不多。

幸好那段时间在不经意中过去了，但不可能不留下一点什么。大学新生报到那会儿，同分在一个宿舍的女孩子是六个人，四个铁架子的上下床，有两个上铺可以堆放东西，还有两个上铺就得住人。大伙在寒暄握手，彼此自我介绍认识之后，面临的总是一些具体问题，最后决定以抽签的形式分配床位。

我就睡上铺吧！泪珠儿表示她不参加抽签，便爬上了靠门的上铺，这显然是宿舍里最差的床位。而且她平常也不愿意在房间里跟同伴嘻嘻哈哈的，她像军人一样来去匆匆，床头也不会张贴偶像级的天王天后的大脑袋之类。

泪珠儿比较信任的人还是巴男，巴男也因为学习成绩不好，由他父亲用钱打通关节上了这所名不见经传的大学。巴男父亲的纸业公司越做越大，阿里巴巴成为带给他们家族幸运的词汇。有人说，并不是巴男的父亲有什么真材实料，多么多么的擅长经营，而是改革开放之初，不少国企改革明星纷纷中箭落马，今天还站在主席台上演讲，诉说自己的雄才伟略，第二天就被匿名信告到小黑屋子里去了，再战江湖时已是赤手空拳。他们的起起落落为巴男的父亲赢得了时间，尽管他瘦削的长脸已经熬成了国字脸，身体也发福得可以，简直就像做了整容手术一样面目全非，但是他的生意真的也是风生水起，今非昔比了。

巴男越来越像一个花花公子，这个世界压根就没有代代相传的以吃苦为乐事的实干家，否则就不会有"前人栽树后人乘凉"的说法，后人如果不败家，好像就对不起前辈似的，即使外人看来也觉得不对头。

为了让大家满意，巴男留着披肩发，有时扎成马尾，一定穿真"保罗"牌的休闲装，有一辆价格不菲的摩托车，是一飙车无数的长长的黑皮穗便迎风飞舞的那种，常常是风驰电掣之后，突然来个急刹车。

说来这也不过是男孩子追求所谓酷的常规版,但是泪珠儿还是喜欢。

如果正巧泪珠儿坐在摩托车后座,紧搂着巴男的腰,又把脸颊贴在他没有肉的后背上,泪珠儿就会闭上眼睛,她喜欢又有速度又踏实的感觉。

在清吧里,透过宽畅的玻璃窗,可以看到都市的夜景。严格地说,窗框是一个不错的取景器,它浓缩了无聊夜晚的浮光掠影,无所不在的巨幅广告或者闪来闪去的霓虹灯,还有就是女咨客高开衩的红旗袍,上身是白丝绒的小披肩。这些场所白天都是静悄悄的,就像已经倒闭了的海鲜酒楼,可是夜晚就"千树万树梨花开",七彩的灯饰给人无穷遐想,小姐脸上的笑容像阳光一样明媚。

似乎人们白天拼命地工作,都是为了有一个堕落的夜晚。这其实就是肮脏都市的全部定义。

取景器里出现了一对还相当稚嫩的青年男女,他们还穿着校服,大概也就是高中生吧。他们像大麻花一样亲热地扭在一起,脸上洋溢着不谙世事的肤浅而简单的笑容,然而目空一切的眼神标志着他们会不辨是非地去做任何一件事。

很快,他们便像过场戏中的龙套一样离去了。但是沁婷却不能再思绪下去,她惦记着泪珠儿,很想亲自去学校一趟,直觉告诉她必须拿出相当一部分精力来关心她的成长。现在的孩子，表面看不出什么，保不准做出什么惊天动地的事来。她的这种担心，从泪珠儿小时候在超市里偷东西，就埋下了令她时时不安的种子。现在这种不确定的隐隐的不安，又开始撕咬着她的思绪，因为从一开始，她就摸不清这个孩子的路数。她了解她吗？她最终真的能和她心心相印吗？事实上，她心中根本没有一点儿底。

照理说她现在应该直奔学校，立刻见到泪珠儿，但她的犹豫也不是没有原因的，每回去，泪珠儿十有八九不在宿舍里，事后问她去了哪里，她又总是爱答不理的。有一次当着一剑的面，一剑都看不过眼了，她说，严安，你这样对你妈是要招报应的。泪珠儿挑起嘴角笑笑，什么也没说。

想到这里，沁婷又很想去见一见邵一剑，目前她也只有跟一剑坦陈她的心迹。一剑多半是埋怨她的，她有时就像受虐狂一样地愿意听到这种发自肺腑的埋怨。

比如泪珠儿上中学的时候，因为数学成绩极差，沁婷决定给她请一名家教，可她不认识这方面的人，就托老何办理这件事。老何在数学系找了一个在校生，每周三次去沁婷的家中给泪珠儿补课。但是这个学习尖子有点牛哄哄的，总是嫌泪珠儿笨，泪珠儿便开始抵触他，逢到他来，泪珠儿便去向不明，连家也不回。无奈，沁婷只好重托老何。老何还真是好脾气，换了若干人，最终找到一个退休的数学老师，人很耐心，教得又好，唯一的不便之处是他不可能上门服务,只能每周让补课的学生到他家去。

这样子每个礼拜,沁婷都得按时陪太子读书。

为什么她不能自己去?一剑当时就说,你陪着她她也当不了数学家。我真搞不懂你,怎么会对这个孩子有着超乎寻常的耐心?沁婷当时的解释是总得负责任吧!她学习不专心,总得有另一双眼睛督促着她。

你老实对我说,你领养这个孩子到底后悔不后悔?

后悔不后悔还有意义吗?

你这个人就是好强,因为当着我的面签下了生死合同,所以就要证明给我看,即便是吃尽苦头也在所不惜。

我没有什么需要证明的。她主课不及格就毕不了业,难道叫她从贵族学校出来就去就业?她能干什么?端盘子当服务员?如果我不能改变她的命运,当初又何必领养她?

她是一个人,不是一项事业,她有自己的生活轨迹。

一剑说完这句话,她们就不吵了,只是沁婷有点若有所思。

这是一个极其普通的夜晚。在离开清吧的一瞬间,沁婷决定回家,她有点累了,白天她工作了一天,她对于工作的投入是没有时间概念的。现在她只想洗个热水澡,然后躺在床上,中断思考,什么都不想地进入梦乡。

过早地经历了生命中的大起大落,她真的是很容易疲倦,许多时候,那些事想一遍都让她感到累。

回到家中，她意外地发现泪珠儿的房间亮着灯。

显然，泪珠儿在等着她回来："我是回来拿生活费的。"她倒是开门见山。

沁婷翻她的手提包，把准备好的信封递给泪珠儿："我昨天到你们学校去过了……"

泪珠儿打断她道："我知道了，所以今天跑回来，你又不在家……不过你以后不要到学校去找我了。"

"为什么？"

"不为什么，别人的父母家人都不去……"

"安安，你今晚还要回学校吗？"

"当然，你有什么事吗？"

"没有，我只是想……算了，你还是回去吧……"

"你到底有什么事？"泪珠儿的口气近乎于严厉。

"也没什么事，我只是想跟你讲讲我的过去，你知道，不是随时随地都有这个兴致的……可能是我刚才喝了点酒……"

泪珠儿想了想，道："下次吧……我今天真的有事。"

说完，她拿起书包走了。

屋里只剩下沁婷一个人，墙上的一幅母子安睡图静静地陪伴着她，他们纠缠在一起，脸颊贴着脸颊，熟睡得翻了天，全然不知世间的无穷烦恼。沁婷自嘲地笑笑，随即走近落地窗前，她看见泪珠儿上了一辆摩托车，在明亮的路灯下，开车的年轻人戴着头盔，她没办法看到他的脸，但两人好像已相当默契。

摩托车绝尘而去,那种隐隐的担忧重又占据了她的心灵,在她的体内慢慢弥散开来。

在当时的天美公司,很多人都以为沁婷会提拔为销售组长,至多也是破格委任部门经理。公司内部的争斗不过如此,有人败走麦城,有人走马上任。但是他们的猜测完全错了,罗时音的确找沁婷深谈了一次,不过不是在公司,而是在五星级酒店的套房。

那天的罗时音披着一件织锦缎的睡袍,房间里的窗帘紧闭。不过罗时音没干什么,也没想干什么。他是一个习惯于把任何一件事都商业化处理的人,在此之前,他不会做任何出格的事,再说他已经不年轻了,早已没有了一颗驿动的心,他只是随心所欲地规划生活,反正他愿意干什么或者不想再干下去都可以用钱来了结。

问题的所在只是,谁,可以进入他的规划。

这便是许多漂亮同时又能干的女人恨恨的心事:被选中的为什么不是我?

罗时音对沁婷说,我准备把你调到香港总部去,当我的私人助理,年薪是……他说了一个数,对于沁婷来说根本是天文数字。

那个年代,香港是比美国还诱人的地方,调去是什么意思?等于是用钱搞掂了你的身份,这是许多偷渡客冒着生命危险,假如抓住一线生机还要奋斗十年或者二十年才能实现的理想。如果在有些事面前,你还能够守住你做人的原则，那也只能说明那件事情的诱惑还不够大，人生就是这么回事。

沁婷没有说话，她完全愣住了，无论她多么优秀还是老到，毕竟只是个二十几岁的年轻人，她怎么可能漠视眼前发生的一切！

你考虑考虑吧，罗时音这样说，因为我希望你在大陆的一切都有个了结。他看了沁婷一眼，对她询问的目光并不感到奇怪。他说，我可以给你开一张支票，你先生可以用这些钱去做他想做的事，你们从此各走各的路。

他始终没有提到离婚，因为离婚是一个结果，以他的身份他不会这样说，他甚至也不问你们的感情如何？生活状况怎么样？这些他都不想知道。人生就是取舍，沁婷只需做一个决定，而她是一个相当聪明的女人。

离开酒店以后，沁婷没有立即回家，她独自一人在沿江路上凭海临风站了很久。

她当然谈不上喜欢罗时音，但也承认他是那种有了年纪却更显尊贵的男人，他身家显赫，很有品位。也正因为如此，他提出来的一定是不平等条约，谁都知道罗时音有一个与他共同创业的结发妻子，在罗时音力捧女明星的那几年也曾闹得很厉害，扬言要穿着红衣服自尽，便可化作厉鬼，令罗时音永世不得安宁。

然而他们的缘分是一生一世的，几经回合，也没有分开。在貌合神离的这些年里，三个儿子都已长大成人，并在海外完成了学业。

到了这把年纪，罗时音的心早就淡了，他想换一种口味，既能够帮他处理庞大的业务，又能够照顾他的衣食住行。反正他的妻子也闹够了，把他的头发也闹白了，现在便每天泡在麻将台前，不再理会他的事。

他选中了沁婷。

沁婷也承认云斌是一个好人，可是这个世界上的好人太多了，不是你好你就有机会的。她和云斌今后的生活一眼可以望到底，无非奔波在营销行业，像蚂蚁一样辛苦和卑微。从这个角度说，比起财富和身份，她更渴望一片驰骋的天地，那里是未知的，可能会面临各种各样的挑战，她需要这样的舞台，她是一个表面循规蹈矩，但内心激情涌动的人。只要一有风吹草动，体内的那种不安分因子在一段时间的蛰伏之后，就会兴风作浪。

她太需要成功了，因为只有成功才是血洗耻辱的唯一出路。

简单的复仇无非是抓住一个坏蛋将他绳之以法，对于烂命一条的人这算不了什么。真正意义上的复仇，是在你拿到卓绝的成绩单之后，完全可以平静地看待以往无法启齿的坎坷与不平。

这个晚上，沁婷跟云斌谈到深夜，她将全部的情况和盘托出。

一开始，云斌也愣了，显得有点心乱如麻。但是后来他说，我随你，你怎么做我都觉得有道理，毕竟这个机会是你的。

沁婷说，我们之间的爱情从来就没有过花前月下，要在一起捱苦日子，也没有什么不可以。可是这难道就是我们的人生吗？这样的人生到底有什么意义？！云斌也说，这种影视故事里才有的情节，怎么轮回到我们头上了？往后我们一定要好好努力，一定要过上让人羡慕的日子，这样才对得起我们今天这么不情愿的分手。

他说完这句话，沁婷莫名其妙地哭了，后来他们两个人干脆抱头痛哭。沁婷说，我真是天底下最坏的女人，为了钱什么都可以不要。云斌又说，还是我没本事，电风扇都得靠你才卖得出去，但凡我是个部门经理，我也有出头的一天，我也会劝你留下，因为怎知留下就不是机会呢？！他们说来说去都是些不着边际的话，谁也没对今后做出任何承诺，因为他们根本就不知道今后的生活会是一个什么样子，而此一分手便是生死两茫茫，不思量，自难忘，一切只有自己担待。承诺显然是很可笑的。

离婚手续办得十分顺利。

云斌在拿到数目可观的现金支票之后，便在天美公司消失了。

初到香港的那些日子，沁婷并没有马上上班。罗时音叫他的形象顾问带着沁婷，每天出没于名牌专卖店，在各种各样的搭配中找到最佳组合。当然这种组合是庄重、优雅、绝不妖冶的。公司分给她的单身公寓，也是在闹中求静的位置，虽然并不豪华，但是布局合理，舒适爽目的家私一应俱全，而且是一梯一户，可见它的规格不低。

沁婷对罗时音说，其实我的物质欲望很有限，而且也受之有愧。罗时音不留情地说，不是为你，而是为我，不能因为你的土气，让全公司的人说我没有眼光。

而且，他说，他们看不起你，你根本就没办法工作。

沁婷的脸色煞白，但她是知道规矩的，她不是真正意义上的小蜜，绝对不能顶撞老板。罗时音又说，这是实话，不要受不起实话，你的那点自尊心是不堪一击的，只有彻底摧毁，重新建立。

她改变了发型，学会了化淡妆，香水也经过形象顾问的指点，买了一种经典的香型，是那种似有似无，时隐时现的暗香。这是她生平第一次用香水，在没到香港以前，她从未怀疑过自己的性别，但是来到这里，她才知道女人可以怎么生活。香港当然也有穷人，但是在中环上班的白领丽人都是天之骄子，都是金钱堆砌而成的，她们可以洁白如雪，手指细得跟铅笔一样，头发是直的，但是要电卷眼睫毛；为了保护肌肤和身段，饭菜一定清淡，但每晚都要吃燕窝，这样的女人，莞尔一笑便有成群结队的男人愿意为她们赴汤蹈火。相比之下，她简直觉得自己没活过，更不要分什么男女了，香水应该擦在什么地方她都不知道。

后来她才慢慢习惯了，好在她有可塑性，不是那种穿了乞丐装还像公主的女人，但是她穿了艾丝格达就一定能让人刮目相看。加上她不动声色的悟性，工作是不成问题的，工作本身就是她的乐趣，需要学的东西很多，她很愿意看见自己一点一点地成长。就这样，沁婷很快便走出了她生命的冬季。

在开始新生活的那段时间里，沁婷决定忘记过去的一切，当然也包括云斌在内。本来她认为这不是一件太困难的事，因为过去的记忆都是些生命中不能承受之重，除了是负担之外并无凄美可言。即便是对于云斌，虽然有些抱歉，但毕竟他也是得到补偿的，而且他们以往也没有爱得死去活来，从某种意义上说，他们更像一对难兄难弟，应该说心理还是比较容易平衡的。何况沁婷不是那种失去之后才要死要活的人，好像天塌下来一样。其实让这种人还原过去的生活，他们更是一百个不乐意。

人就是这点讨厌，失去的总是最好的，得到的好是好，一点失落都没有也不对，总之婊子、牌坊两样都得占全。

沁婷心想，当初她做了这个决定，其实是有充分理由的，谈不上什么后悔不后悔。

而且，抵达香港的那天是傍晚时分，公司派了人去接她，乘坐的也是普通的丰田商务车，沉沉天幕下的街道并不宽畅，反而像兜来转去的鸡肠子，远景和近景都是高楼林立，灯饰却是无处不在，犹如鼠色丝绒上缀满钻石，但就是这块弹丸之地，不知为什么却能释放出能量无比的磁波，令人希望毫无保留地亲近她。

一踏上香港的土地，沁婷就有一种异样的感觉，她觉得一切都像是在做梦，一点真实感都没有，包括她自己也是梦中的人物，正被一只无形的大手差来遣去，可是内心又激动地怦怦直跳，或者说她心甘情愿地当这个抽线木偶。

当年的香港真是魅力四射，但是沁婷在短暂的眩晕之后，那些原本已十分模糊的东西，渐渐地又清晰起来。就算一切的一切都像抑郁画的背景，至少有一个形象是相当明确的，那就是云斌的身影。只是单纯的身影，并不是依恋、难舍或者更复杂的情感，只不过是他的一些习惯动作，还有侧脸时的轮廓，以及他劝她时的那种忍气吞声——他被七叔骂出来却反过来安慰她，做出分手决定的那个夜晚，更是跳来跳去地出现……沁婷不得不想到，或许她的一生，就应该跟云斌走到底，她中途放弃了，无论是为了什么原因，她都将不再被婚姻光顾。

有好几次，沁婷都拿起了电话，但是她想，这算什么呢？游戏都是有规则的，她倒不是害怕罗时音会派人查她的电话单，而是深知不能开这个头，这样对谁都不好，还是各人过各人的日子吧。

沁婷跟老板的第一次就像第十次、第一百次一样自然，平静。生活如水，不是只有电闪雷鸣的夜晚才会发生什么，在这个世界上，有多少委身于人的女人是无辜的？又有多少男人的面目是像文艺作品里渲染的那样恐怖狰狞？说到底，还不是你情我愿？就算没有激情、幸福可言，至少不必感慨自己的身世苍凉吧。

这就像一出酝酿了很长一段时间的闷戏，结果自然是不过如此。事毕，沁婷在浴室的莲蓬头下冲洗，她都为自己的平静感到惊奇，是不是我已经堕落得不可救药了？她想。

她就是在香港认识邵一剑的。

那时候邵一剑还是年轻气盛又有几分姿色的小记者，奉命来写罗时音的专题报道，由于是大篇幅的特写，采访工作也必须做得详细周到一些。但是罗时音不喜欢邵一剑这么外向型的人，他只客客气气跟她谈了十五分钟就借故离开了。以后邵一剑再到公司来，便是沁婷接待她。一剑是大报的记者，脑袋、笔头都来得快，哪里受过这般冷落？而且，当时她年纪轻轻的，已经写了香港富商某某某传，那个人的知名度只在罗时音之上，人家都能礼贤下士，坐而论道，令人如沐春风，你罗时音又有什么了不起？！

但是这些情绪终是不能拿到桌面上来的，一剑便把邪火撒在沁婷头上。

沁婷一直好言好语，你想知道的任何情况，我都可以给你详细介绍。

人物是有生命的，那种活灵活现的感觉，你能给我吗？

当然可以，我能给你讲一些他的生活细节。

你倒是很自信嘛，是不是你们的关系也很特殊？

如果你是采访我，我可以告诉你。

一剑的眼中露出了些许的不屑，你大概是成功男人背后的女人，我不想知道你的故事，无非是一些不道德的交易。

她的眼光激怒了沁婷，不过沁婷的声音并没有提高，你既然这么讨厌富人，又深知他们背后的肮脏，为什么还要采访他们？为什么还要孜孜不倦地想见到他们？为什么对他们的态度这么在意？甚至还给他们写传记呢？如果你真的清高，完全可以远离富人。

一剑愣住了，这时才仔细打量了一眼沁婷，她们的目光像冰凌一样相撞，但是很快又偏移了。

以后的采访就变得异乎寻常的顺利，虽然双方都是认真的态度和公事公办的语气，但是再也没有彼此刁难。采访结束以后，一剑说想买点东西，沁婷便给她介绍了几个商店，后来一剑回到公司吃工作餐，还把自己买的一件降价名牌外衣展开给沁婷看。衣服的式样还可以，但是颜色有些暧昧，沁婷还没有说话，一剑便说，如果颜色也好，就不会降价了。

她们两个人就是这样，总是一个人还没有开始表达，另一个人却了解了她的心迹。就像谈起罗时音的性格，一剑已不便再多说什么，沁婷便开解她道，有人和蔼可亲，就一定有人古怪挑剔，有钱人是不用修正自己性格的，要不成功就失去了意义。

不过直到这时，沁婷也不觉得她会跟一剑成为朋友，因为她们的现状和身世都太不相同了，性格也差得很远，如果不是一些工作上的来往，她们就显得无话可说。

后来也不知道是怎么回事，她们就成了朋友，过程真的是像薄雾一般时隐时现。

靡靡之音里唱的真是没错，好花不常开，好景不常在。

在香港的两年，由于沁婷的特殊位置，也因为她的聪颖好学和实干精神，对于大公司的营运有了比较全面的了解。其间她进过两个高价专业培训班，也具体负责过市场部和内务总监，更练就了她实战的本领。

本来，沁婷是可以一步一个脚印地成为商界女强人的。

然而在第三年，令人难以意料的情况出现了，罗时音的身体突然每况愈下，他患了肺气肿，在很短的时间内，发展得不但不能工作，即便是晚上睡觉都要半坐在床上，身上像安了一个打气筒，几乎是鼻口一起呼吸，睡眠成了一个大问题，有时会坐到天明。这样的情况，他只能搬到医院长住，而罗太也必须暂时离开牌桌，紧急调回他们在国外成家立业、打理公司的儿子，重新调整家族公司的结构。

家族公司内部无论有多大的矛盾，枪口都是一致对外的。

罗家的二公子正式找沁婷摊牌。他说，严小姐，这两年你的工作做得不错，对我父亲的照顾也还算周到。但是因为各种各样的原因，现在由我正式接管总公司，你知道，我跟我父亲是两代人，我们的价值观和销售理念完全不同，我也准备重新改组公司，老实说，你的位置我没有办法安排。从面子上考虑，你还是自己写辞职报告，我会按照公司的规定，付给你三个月的薪水。

沁婷整个傻了，三个月的薪水？这对她公平吗？虽然她有思想准备，不利于她的事情迟早要发生，但最不济他们也会给她一笔钱打发她，可是在他们眼里，她就是离职的司机或者秘书，连部门经理的安置费都没有，只有区区三个月的薪水。

在这之前，她曾好几次想对罗时音开口，希望他能妥善地安排她，但是看见他病得这么辛苦，无论如何她没办法开口。当然她也心存一点幻想，只要罗时音的家人按牌理出牌，任何一种了结方式都是有参照系的，何况她是公认的勤勉、懂规矩、不贪婪的女人，不至于成为一个难题，但是她错了。

我要见老板。她对二公子沉下脸来。

二公子不屑道，我爸爸现在不见任何人，你想把这件事闹出去也可以，我想，不顾脸面的女人更被人看不起，你又不是鸡。

我就是鸡，陪了你爸爸三年，你现在帮他买单吧。

二公子看了沁婷好一会儿，咬牙切齿地吐出三个字：神经病！然后摔门离去了。

沁婷靠在黑色透气皮的大班椅上，怔怔地坐了一个多小时。

下午，她去了跑马地的养和医院，据说最后一届港督彭定康也是在这家医院做手术，由此可见它的地位非同寻常。

罗时音的私人病房果然是壁垒森严，除了一些名门望族的代表可以送鲜花和补品进去，其他任何人都没有可能接近病人。沁婷买了一束浅粉色的康乃馨，在满走廊争奇斗艳的花篮攻势下，就像捧了一把野草，寒酸至极。

她还穿着一身上班的制服，深蓝色的套装裙，白色的衬衣是小翻领。她等了一个下午又一个晚上，根本没有任何机会进入病房。

在门口轮流值班的公司职员，原来都是对她言听计从，离着大老远便唇红齿白地冲着她笑，现在齐齐地默不作声，似乎从来就不认识她，更不用说帮她递话了。人说当下人的，最会看脸色，你眼看着就出局了，谁还拿你当佛供着？

晚上十点多钟，沁婷离开了养和医院。

她把康乃馨扔进停在路边的垃圾车里。

香港的夜晚还是那么迷人，街道两边的灯饰还是那么有增无减地挤在一块，散发出璀璨的光芒，但是它们在沁婷的眼里，已经不是鼠色丝绒上的七彩钻石，而是发了霉的灰色睡袍上爬满了的绿头苍蝇。暖色调的灯河是冰冷的，重重叠叠的水泥大厦是冰冷的，这里的每一条街道，每一个人都跟她毫无关系，而她的何去何从也是没有一个人会牵挂的。

刚刚过了立春，一场寒潮降临之后还没有离去的意思。作为南方的气候，这样阴冷的天气不多见，那真是一种彻骨的冰凉，但是无论如何也比不上沁婷心中逼人的寒气。她神情肃穆，在路上匆匆地走着，好像有一个明确的目的地，但实际上她心里什么都没有，脑袋里一片空白。

也不知走了多长时间，沁婷才感觉到那种灰暗的情绪渐渐附体，同时也体会到孤寂无依的茫然。

一夜无眠。

第二天清早，她叫了一辆计程车去黄大仙，这几年，每当有不顺心或极为彷徨的时刻，她都会一个人去黄大仙烧几炷香。

清早的香客寥寥，天仍旧是灰蒙蒙的，一如她没有亮色的心情。

沁婷是从来不算命的，她相信这个世界上会有高人，扯出她的过去是她最不愿意面对的事。不过这天她烧完香，心境仍不能释然，便走进一家测字铺，测字先生递过测字盘，沁婷只觉万劫不复，内心已知字字都是陷阱，但心底毕竟还存有一丝死里逃生的侥幸，随手拈来，翻看，是个"梅"字。

测字先生道，是不是照字命说？

当然。

每字加木，是海水干了种树之意，小姐近来可有沧海桑田之变？

泌婷没有马上答，却已惊出一身冷汗，会不会是好兆？她不相信自己这么霉运，她不可谓不勤，也不可谓不善。

测字先生苦笑地摇摇头，不祥之兆，运道坎坷。

不由得你不信，她回到公司，办公桌已被清理出来，东西用大纸箱装着，放在一边。她打开电脑，公司的文件已经全部删除。这时人事部经理走进来，公事公办地问她什么时候可以交接工作。见她神色木木的，便道，早打主意吧，公司的宿舍也会在一周之内收回。这是自出事以后她听到的第一句还有一点同情色彩的话。

沁婷抱着纸箱子，再一次来到大街上，她真是彻底绝望了。

街边的一个电话亭里没人，门却大敞着，似乎是整个香港唯一欢迎她的去处。她神情恍惚地走进去，信手拨了一个三年都没拨过的号码。

那边响了五六声都没有人接听，她准备挂机的时候，听到了那个熟悉的声音："喂喂……请问是哪位？"

"云斌吗？我是沁婷……"

他的第一反应不是惊奇，好像他们昨天还通过电话似的："哦，是你，你好吗？"

"不好……"说完这两个字她就不作声了，叫她从何说起呢？

他等着她说下去，但迟迟没有后话，他的声音还是那样温和、平静："……总之，无论发生了什么事，都不要为难了自己……"

纸箱子从她的手中落下来，砰的一声像一个胖子摔坐在地上。同时落下来的，还有如泉的泪水，沁婷抱着手中的电话，泣不成声。

"要不就回来吧……"他说。

"……云斌，你真的还愿意见我吗？……"

"有什么不愿意的？我开了一家洗衣店，进了一套比较先进的设备，所以生意还挺不错的，弟弟妹妹也有事做了……"

"我……我……"

"我不是那个意思……我知道你是做大事的人，所以碰到点困难才不算什么嘛……"

"谢谢你，云斌……"

"你回来吧，我一直也没有搬家，老觉得你说不定哪一天就会回来。"

他一直也没问她发生了什么事，这让她不至于太为难。

"云斌，你没有再结婚吗？"

"没有……不过不是因为你,处过几个,但没有合适的。"

他还是不想让她为难。

三

九月的一天,天气十分的炎热,黄昏的时候,高温也没有伴随太阳有所降落。光线完全暗下来以后,反倒有一股巨大的暑气从地表弥散开来,显然这是大地被酷晒一天之后的无可奈何的叹息。这样一来,整个城市就像是盖上了盖子的蒸笼。

泪珠儿身穿一身天蓝色的制服短裙,脚上是一对洁白的网球鞋,身上打斜挎着宽宽的绶带,正站在"热带雨林"啤酒屋的门口招揽客人。

谁都认为泪珠儿是不用为钱发愁的,可也不尽然。沁婷给她的生活费是经过计算的,作为一个营销天才,沁婷凡事都要按一按计算器,做到出资有因。

生活费里至少不包括租房的费用,而泪珠儿跟巴男已经在学校外面的附近地段租房同居,这自然就多出一笔费用。巴男的父亲对他管得还是那么严,根本就不会给他多余的钱。

人年轻的时候,都认为钱不是问题。泪珠儿也不例外,无非腿站得酸一点,但是拿到钱还是很快乐的。

巴男有一个朋友叫仁武,说起来是社会上的混混,但又无所不能。有一次,巴男骑着摩托车招摇,不巧的是撞了人，倒也伤得不重，可是那人讹上他了，巴男只好朋友托朋友，认识了仁武，仁武出面干预，此事被他摆平。巴男从小性格懦弱，所以长大之后有英雄崇拜癖，他觉得仁武简直就是力量的象征，见过大世面，走到哪都吃得开，对他来说几乎成为全能的上帝。

这次他也想挣点钱，贴补同居生活。仁武便介绍他去做古装片的群众演员，脸上画得红一道紫一道，被人刀劈斧砍，大叫一声倒地，起身便去领钱。

因此，对泪珠儿和巴男这两个人来说，想办法挣钱，算计着花钱，还给平淡生活增添了一份乐趣。

这也就是泪珠儿满身大汗地站在啤酒屋门口，几乎热得喘不上气来但神情毫不沮丧的原因吧。

"热带雨林"里面还是相当凉爽的，笨拙的大空调像拖拉机一样轰鸣着工作，四周的装潢犹如湿润而透着水汽的岩洞，到处都是虚假的灌木，打上绿光成为货真价实的舞台背景，墙上爬满蜥蜴、蜻蜓和一些不知名的亚热带生物，屋檐处滴滴答答下着人工雨，年轻人便趋之若鹜地跑到这里来。

谢丹青带着他的女朋友藏蕾来到热带雨林的时候，是他先认出泪珠儿来的，他说泪珠儿没变，而他自己，在泪珠儿眼里当然是变了，他已经考上了名牌大学，远远地把同学们甩在身后。泪珠儿好久没见过他了，那张脸依然还是生动、敏感，人也随和一些了。上高中时，谢丹青自虐一样地学习，没考出全班第一的成绩就悬梁刺股，是老师挂在嘴边激励大伙的实例，那时他早上在盛世华庭的院子里跑步，每天三千米这不是人人都能坚持下来的，冬天洗冷水澡和冬泳，全身每一个细胞都在发出这样的信息：我行，我可以。

现在他没有那么激进了，有点回归人间烟火的味道，还跟泪珠儿象征性地客套了几句，这在以前是绝对不可能的，他从来就没有一句多余的话，所以很让泪珠儿像看外星人一样地看了他一眼。他的女朋友看上去有教养，虽然不是太漂亮，但是人很文静，不过也是一副从未经受过丁点风霜的玻璃人的样子。

他们并不觉得泪珠儿打工赚钱有什么不对，泪珠儿也微笑地把他们带到合适的座位上。不过一转身，她脸上的笑容就收敛得一干二净，她才不是那么容易化干戈为玉帛的人，无论谢丹青自身多么努力，她就是觉得他是这个世界不公平的化身，凭什么她和巴男就是另类？就要被人轻视？如果谢丹青的身世不是这么优越，还有那么多人肯定他吗？这是多么虚伪的完美。

啤酒妹的工作并不是像介绍菜式的灯箱一样，立在酒吧门口就行了，还得彼此轮换地推销啤酒，或者干脆陪客人喝酒，进酒吧的人大都是人来疯，有人跟他们拼酒，他们就一打一打地叫酒。也有人跟啤酒妹私下交易，然后双双出走，是不是出去开房了就不得而知。所以这个活儿是一个大家都心照不宣的但绝对认为它不怎么高尚的活儿。

泪珠儿不但会喝酒，而且还会划拳，她对这一类的东西从来都是无师自通，这样她就很受欢迎。

不过这个晚上有谢丹青在场，她当然不想献丑，其实说白了，她才不会因为被男人团团围住地灌啤酒就自鸣得意，这不是更显得自己是贱命一条？所以泪珠儿决定今天晚上滴酒不沾，还要做出清高的样子，至少不能让谢丹青对她更加不以为然。

这样想定，虽然看上去泪珠儿穿梭来去，递杯子送酒，但是小脸一直绷着，神情只比藏蕾傲慢。

其实，丹青和藏蕾坐下来之后，就没有再注意泪珠儿，他们有他们的世界，有一些文件彼此交换着看，还相互商量、讨论。偶尔泪珠儿风一般地吹过，刮到她眼里的是英文表格之类的东西，不难猜出他们是在讨论出国留学的事。

他们的邻桌，是一个脸熟的客人，他倒没有注意到泪珠儿今晚拒人于千里之外的表情，兴致勃勃地招呼她来拼酒。开始，泪珠儿装作不认识他，可他不知趣啊，一个劲地提示，一边夸自己万里长城永不倒，一边说泪珠儿怎么倒到了桌子底下去了，这种话自然会飘到那一对璧人的耳朵里。泪珠儿急了，厉声道："我不会喝酒！"

脸熟的客人当场懵了，他的朋友看不下去，拍案而起质问泪珠儿："你不会喝酒，当什么啤酒妹？！"

另一个人说："真是给脸不要脸，扫我们的兴！"

泪珠儿气道:"我不会喝就是不会喝。"

脸熟的客人觉得很没面子,也翻脸了:"你不会喝就不要让我在这儿见到你,要不是你说你的啤酒有多好多好,谁认你们这种新牌子?难道我不知道要喝纯生?你今天就得陪我们喝!"

他的朋友也说:"他妈的这不是花钱找气生吗?!"

泪珠儿心里只想息事宁人,便忍着不吭气准备扭身走人,不想被脸熟的客人一把抓住,手里的托盘也落在地上,惹来众人的目光。

这时谢丹青走过来打抱不平,他说:"卖酒也不一定要陪酒,你们是不是太过分了?"

那边的一群人仗着人多,本来又在气头上,马上对谢丹青不客气:"又关你事?"一副要打架的派头。

丹青面无惧色道:"当然关我的事,她是我的同班同学。"

然而他话音未落,泪珠儿却突然冲到他的面前,气急败坏道:"我不知道你是谁!我根本不认识你!你也少管我的事!"转身又对那伙人和颜悦色,"来,我们喝酒!"

谢丹青搞不清眼前的事怎么会如此风云突变,他愣在那里,看见泪珠儿果然拿起一瓶酒来大喝特喝,淡黄色的酒液顺着她的嘴角流下来,可是她气也不喘,照喝不误,那伙人的怒气也转为欢呼,没有人再理会谢丹青,藏蕾走过来把他拉走了。

喝完一瓶酒，泪珠儿面不改色，还一只脚蹬在椅子上跟脸熟的客人划拳，那人节节失利，心甘情愿地喝罚酒，可是快乐得满面春风。

这是目前都市酒吧里比较流行的一种划拳法，分别为老虎、鸡、虫子和木棍，四者形成一条摧毁链，那就是老虎吃鸡，鸡吃虫子，虫子啄木棍，木棍打老虎。划拳的双方彼此各拿一支筷子，噼里啪啦地对打，嘴里喊着老虎老虎老虎——直到最后一秒钟才同时喊出自己最终决定的四者之一，结果总是出人意表，笑声像海浪一样一波未平而一波又起，几乎掀翻了酒吧尖帽子一样的屋顶。

谢丹青呆呆地看着泪珠儿，猜不透吧里吧外的她哪个更真实。

这天晚上泪珠儿酩酊大醉，真的滑到桌子底下去了。是丹青和藏蕾把她架到丹青爸爸的奔驰四眼贼上，送她回她的住所。

她把那辆尊贵象征的车吐得面目全非。

应该说，按照巴男的本意，他倒不是多么想搬到学校外面与女孩子同居，因为毕竟还是校园里春色满园，法律系和外文系的女孩都很漂亮，就是泪珠儿上的中文系，也有不少有气质的女孩，谁不想像工蜂一样采得百花蜜！可是他同泪珠儿交往的这些年，都是泪珠儿做他的主，这使他养成了一种习惯，那就是从来也不拒绝泪珠儿，也不敢拒绝她，因为他在心理上还是相当依恋她的，他知道她比他勇敢、坚强、有主意。

当然依恋都是双方的，慢慢长大的泪珠儿总感到自己有一种飘忽不定的感觉。谁都说人是处境动物，放在哪儿都会习惯，可是偏偏泪珠儿特别，她住在盛世华庭就始终也没有投入感，那个人人羡慕的地方也没有对她产生过丝毫的影响。

她还是像小时候那样喜欢独处，而她可以信任的人又只有巴男。

巴男的几个姐姐是很疼爱他的，仿佛他寄宿在大学是住进了看守所，隔三差五就来给他送吃送穿，很快就知道了他跟一个女孩子在校外同居的事，回家当耳报神，第一时间就告诉了父亲。

虽然深知巴男的禀性，但是他的父亲还是很生气，大骂儿子不学好、败家的料之余，决定对巴男进行经济制裁。他说，就像美国对伊拉克一样，反正说也没用，让你知道疼知道厉害才行。他的做法是休克式的，突然就一分钱生活费也不出了，他对老婆和女儿们宣布，你们要偷偷给他钱只管给，将来他没出息你们就一辈子养着他，我这份家业他是不用指望了，我死后会把它作为基金交给董事会管理，这是当下很流行的做法，我再没有文化照葫芦画瓢总还可以吧。

这一招真的很奏效，巴男马上没有那么神气活现了，大叫一声倒地而死就能拿到钱的好事不是天天都有，他又找了一份脚踩滑轮鞋在餐厅滑行传菜的差事，但这都只能挣点零花钱，租房的那一半费用他是拿不出来了。

泪珠儿接受这一现实显得特别的镇定，她也只能悄然无声地搬回集体宿舍，可能是她太不合群了，来去大家都没什么感觉。

唯一让泪珠儿看在眼里的是，巴男一点都不伤感，他好像正等着这个结局似的。

有过同居经验的巴男，真跟开了杀戒差不多，根本不把男女之间的事当成一回事。他跟着仁武又认识了一些洗发妹之类的女孩，她们没有文化也就不矜持，看来羞涩、廉耻之类的东西不过是文明的三宫六院，让她们等着去吧。洗头妹主动跟巴男调笑，给他头部按摩得很舒服，然后裙子一撩就坐到他身上去了，他如果想干什么，把拉链一拉就可以解决问题。轻松让巴男很快活，简直跟上洗手间一样便捷，反正这些女孩也不会追着他让他负什么责任，给点小钱就两清，而且他花自己挣来的钱干这种事更是心安理得，没有负担。

只是她们身上那种廉价化妆品的味道有点呛鼻子。

那段时间，巴男显得魂不附体，由于必修课要点名，他也只好在课堂上打瞌睡，下了课便无影无踪，作业之事也花钱请贫困生帮忙。有同学看到他做荒唐至极的事，风言风语的不可能个刮不到泪珠儿耳朵里，同宿舍的女同学经常用眼角瞟一眼泪珠儿，打量着她到底知道多少巴男在外面的不轨行为。

因为泪珠儿表现出来的情绪实在是太平静了，心如止水，没有波纹。她不但能对巴男的事不闻不问，而且还能踏踏实实地坐在上铺给报纸写什么豆腐干文章，有些还真成报屁股给用上了，无非是些一闪即逝的小感觉。

可是，如果没有良好心境，怎么可能捕捉到那么细致入微的心理细节？

跟巴男同居以前，泪珠儿并不喜欢在宿舍里呆着，现在就像长在上铺一样，任何时候都可以找到她。

终于有一天，也没有什么特别的原因，巴男就像迷途的羔羊一样回到了泪珠儿身边，当他敲开女生宿舍的房门之后，泪珠儿并没有立起眉毛或者瞪圆眼睛，她像什么都没发生过一样跟巴男出去了。

宿舍楼外面有一个花坛，里面长着一些永远模糊不清，半枯不荣并且谁也叫不出名字来的开花结果都呈星状的植物。

巴男说："没有钱的日子真是太难受了。"

泪珠儿就开始掏兜，把身上所有的钱都给了他。

巴男又说："你说我爸他是不是有病？"

泪珠儿被巴男恨铁不成钢的表情逗笑了："他是有病。"

第二天，泪珠儿独自一人去了阿里巴巴纸业公司。巴男的爸爸正在开会，他看了泪珠儿一眼，走出办公室说："好吧，给你一刻钟。"

"五分钟就够了。"

"你想跟我说什么？"

"你是不是想彻底失掉巴男?"

"你这是什么意思?"

"你不给他生活费,他打零工照样跟洗头妹鬼混,你这么做的结果是,总有一天他也不会认你,你有钱又怎么样?!"

泪珠儿没表情地说完就走了。巴男的爸爸在她身后咆哮:"不认就不认,他现在最好就不认我!我告诉你,我不会再给他一分钱,他打零工吃麦当劳也好玩鸡也好,让他去死吧!"

后来还是巴男的爸爸妥协了,人心就是这么回事。

巴男又开始按期回家领生活费,不过两个人都没有再提继续同居的事。

泪珠儿给报纸的《爱情留言板》栏目写文章,人家只肯登五十个字。她说,只有真心实意地爱一个人,你才不会去追究他做了什么,如果你有愤懑伤心和怨恨,那是因为你还爱着自己。

晚餐照例是比较清淡的,除了一条清蒸的多宝鱼以外,其他的都是素菜,尤其是西兰花和椿菜煲,绿得简直不像食物了。

谢怀朴因为平常应酬太多,回家吃饭的机会少而又少,所以家里的饭菜都是按照鲍雪的口味准备,今天他突然回家吃晚饭,鲍雪便叫保姆薛阿姨给他炖一盅燕窝,菜就不必另加什么。可是到了吃饭时间,丹青突然也回来了。薛阿姨说，丹青是一定要吃肉的。丹青也说，家里的伙食怎么跟学校的一样啊，清汤寡水的。

"你怎么突然回来了？"鲍雪拍了一下高出她一个头的儿子，儿子的后背结实得像岩石一样，这种感觉真让她着迷。

丹青转身抱住母亲："肚子太穷了呗，妈你不知道，这几天上课老师总是拖堂，赶到饭堂就剩下煮白菜了。"

"没出息。"鲍雪拍了拍儿子的脸，"怎么不带藏蕾一起回来？"

丹青笑道："不是这么高度一致吧?！她又不馋肉，而且我们其实在学校也不是总粘在一起。"

"要对人家好一点，藏蕾是太难得的女孩了。"鲍雪真的是打心眼里喜欢藏蕾，不仅因为她的父亲，南方医院的院长藏孝和是她和怀朴的世交，而且藏蕾家教很好，称得上聪慧娴雅，她读的是考古系，性格相当耐心文静。这样的女孩，根本就是按照鲍雪的心愿打造出来的，所以见到丹青，她是必定要提藏蕾的。

冷清的家里突然热闹起来，鲍雪很高兴，便叫薛阿姨上街去买半只烧鹅和一斤蜜汁叉烧，谢怀朴平时对儿子管教很严，绝对不会给他没事就可以下馆子的钱，他最讨厌的就是纨绔习气。鲍雪虽然心疼儿子，但也深明大义，不会坏了规矩。

趁着这个空当，鲍雪使眼色给儿子，丹青便拉正在看报纸的父亲到院子里去打网球。其实谢怀朴桌球、网球、高尔夫都行,喝名酒,品美食,熟悉他的人都知道他讲究工作效率但同时又是一个玩家。但有时实在是太忙太累,尤其回到家他就懒得动,鲍雪觉得每天吃应酬又不活动,肯定是健康的大敌。

住在盛世华庭别墅区的人们,通常都喜欢把院子里的花草修剪得整整齐齐,然后把自己喜欢的树移植进去;也有人盖了凉亭,凉亭里挂着藤制的吊椅,一旁是假山、喷泉;只有谢怀朴的院子里是一个网球场,剩下庭院的一角铺着鹅卵石,石上撑着一把大大的老式油纸伞,下面放着简易的木制桌椅以及紫砂茶具。天气不冷不热的时候,鲍雪会坐在这里看书,如果父子在场上打球,她当然也乐意观看。

这么中式、怀旧的构思,很难想象是出自一位法国室内设计师之手。当时谢怀朴决定把别墅交给弗朗斯设计装修,鲍雪就很不以为然,她说,你既然那么喜欢明清旧家具,肯定是需要地道的中国特色,法国人岂不是太洋派和浪漫了?

谢怀朴说,有的时候,外国人更懂得中国,懂得什么是东方魅力。

这话一点也不假,弗朗斯对于中国的吉祥色彩就相当敏感,客厅是橙黄色的,有一面错落有致、纯自然色彩的青砖墙,前面放着一件镂空雕花的老柜子,打开地灯的时候,看上去非常协调、安详,一扫旧家具的幽暗、阴沉。鲍雪的衣帽间的墙壁是令人大吃一惊的酒红色，弗朗斯用色之大胆真叫人瞠目结舌，但这些色彩里无不透露出他那别人无法取代的艺术气质。黑白相间的简约型衣柜倚墙而立，里面整齐地放着主人四季的衣服，户外才可见到的竹制晾衣架，被放在室内一侧，上面挂着手工制作的中式服装，这是鲍雪的至爱。房间的光线十分柔和，白色的纸灯浮在空中，仿佛屋里升起了月亮。

丹青的房间是灰色的墙，让人感到安静，而且注重采光，里面是一套浅白色的橡木家具，式样朴素，非常适合这个阳光男孩。

另外就是鲍雪的琴房，被弗朗斯安排在三楼，这本来是一个储物间，面积不大，有一面斜窗，现在完全被刷成白色，包括窗上的百叶也是白色的，而窗台是黑色的大理石，上面的竹筐里插着几株向日葵，斜窗下是一架钢琴。此外屋里空无一物，只有紫檀木的地板上随意丢着两个草绿色麻织布面的方枕，松软地趴在那里。

鲍雪自幼学琴，后来就读于音乐学院，成绩优秀，但终因身体不好，离开了文艺团体，她现在收几个学生，纯为解闷而已。

对于这个法国人的设计与装修，鲍雪甚至比谢怀朴还要满意。怎么说，这个家也称得上名副其实的华庭。

夕阳的余晖把网球场染成了橘黄色，鲍雪优雅地坐在油纸伞下，欣赏着丈夫和儿子的翩翩英姿。此时的谢怀朴已经换上了那件大红色的运动服，在场上左右开弓地飞跑，显现出成熟男人的完美和潇洒；丹青的T恤反而是深蓝色的，上面还有一只两寸高的熊宝宝，这为他年轻而俊朗的面孔增加了几分稚气。

像这样和谐的场面，多半只会出现在房地产商的广告画面里。谁都知道，这一切不是真的。

在晚餐的饭桌上，话题才进入正轨。

尽管洗完了澡，丹青还是像刚出笼的包子那样散发着热气，这显然是兴奋所造成的。"爸爸，"他说，"我已经找到工作了。"

谢怀朴穿着洁白的棉质衬衣，头发蓬松干净，散发着淡淡的洗涤剂的清香，他已经完全沉静下来，不再是运动场上的那个火球。这时他抬起眼皮，注视着儿子："什么意思？你才上大二，怎么可能找到工作？是不是帮着学校食堂分菜。"

"爸，你别忘了我是计算机系的。"

"那又怎么样？"

"现在是炙手可热势绝伦。"

"你还没有哪怕是一点点生活经历，就开始自我升值了？"谢怀朴的口气有些轻漫，但嘴角挂着微笑。

丹青自然是年轻气盛的，父母的宠爱令他的自信心表现得十分强悍。意大利的一家心理研究所经过调查发现，小时候被父母溺爱的孩子，长大更容易在事业上有所作为，这恐怕是溺爱孩子唯一的不是负面的说法。但是丹青的成长过程似乎证明了这一点。

他说:"爸,你的那一套理念现在早就不时兴了,计算机这个行业需要的不是经验,而是才华,是一个高度年轻化的行业。"

"别说得那么神,讲具体一点。"

"具体地说,就是我们学校的两个校友,当然他们早就毕业了,想搞一个网络公司,其中有一项业务,是买断一个业绩非常差的网站,重新做一个专业性很强的留学中介网站,取名叫'龙行天下'。但他们人手不够,就回到母校来物色人才,可能是有眼缘吧,他们对我很有感觉,说我就是他们要找的人。我们是在一个专题座谈会上认识的,我对他们的印象也很好,真有点相见恨晚。"

谢怀朴显然对这套温情的说法不感兴趣,便不动声色道:"他们是不是投入这个网站的资金还不够。"

"是的,但是有风险投资商对这个商业计划感兴趣。"

"所以他们才找到了你。"

"我又没有钱。"

"你当然没有,可是我有。但我事先声明,我是不会拿公家的钱打水漂玩的。事实证明,大学生的商业计划多半是天方夜谭。"

丹青愣了一下,马上不快道:"爸,我们学校大一有个学生,现在还兼职一家大公司的总经理,在校创业早已不是什么说说而已的事了。再说,"丹青停顿了片刻才道,"你也不要以为全世界都是势利小人,人家根本不知道我的父亲是谁,而且也没有跟我提半个钱字。"

"你以为人家搞调查研究会大张旗鼓的?不提钱字的人恰恰是嘴巴张得最大的那一个。"

眼看着两个人即将发生冲突,鲍雪急忙出来打圆场道:"丹青,万一你去帮人做事,会不会影响你的学业?"

"就是,"谢怀朴马上接过话去,"我看你还是先把学习搞好,上大学本身就是一个文化、心理建设过程,等你完全做好了准备,还愁找不到好工作吗?"

丹青笑道:"爸,我一直不觉得我们之间有代沟,就像朋友一样,但看来不是这么回事。大学毕业找不到事做,现在司空见惯。"

"那就更要警惕人家为什么偏偏选中你!"谢怀朴叹道,"江湖险恶,我如果不提醒你,谁还会提醒你?"

"我可不愿意将来在你的暖翼下工作,无所事事,但是每个人都对你客客气气,"丹青认真道,"边学习边工作的机遇是可遇不可求的,我一定会好好把握。"

谢怀朴道:"但愿人家看中的仅仅是你。"

丹青回学校以后,鲍雪对谢怀朴说道:"你在哪儿不能找点钱出来,就让丹青玩一玩那个什么什么龙行天下的网站?"

谢怀朴诧异地瞪大眼睛:"你说话也太离谱了吧,还讲不讲一点原则?"

鲍雪懒洋洋地拿起茶杯,喝她的顶级贡菊,颇不以为然道:"什么原则不原则的,我只想让丹青高兴。"

这时,两个人不经意地互望了一眼,但是这一眼的确是意味深长。

"请问你是谁?"沁婷是在自己的办公室里见到巴男的父亲的,她完全想不起来曾经在什么地方见过这个人。

巴男的父亲说道:"我是谁并不重要,我们原来也不认识。"

秘书送进来一杯粒粒香乌龙茶,茶香四溢。巴男的父亲喝了一口赞道:"好茶。不过,用这么好的茶叶招待客人,成本也太高了吧。"他的精打细算已经到了无法控制自己多嘴的程度。

沁婷没有接他的话,只是望着他的眼睛说道:"你找我有什么事吗?"

巴男的父亲这才想到自己的使命,忙道:"严女士,我儿子和你女儿是同班同学,他们同居了你知不知道?"

沁婷愣住了,茫然地摇摇头。

"你女儿其实是个好女孩,关键是我儿子,他是一个地地道道的恶棍。我敢说他睡任何一个女孩子都是不会负责任的,对他我是太了解了,也不寄什么希望,你还是叫你女儿赶快离开他吧。"巴男的父亲一边说话一边喝茶,也不客套地自己往里加水,仿佛要把茶叶洗白了才安心。

沁婷还从来没有见过这样痛骂自己儿子的人,一时完全不知该怎样应对。

其实巴男的父亲还是担心儿子在外面厮混的，破费和耽误学业是一回事，还有就是像泪珠儿这样有心计的女孩，眼看着巴男被她完全驾驭，巴男的父亲打心眼里不愿意。如果是那种迷迷糊糊的痴情女孩，倒也睁一只眼闭一只眼罢了，谁叫自己的孩子不争气呢？可是泪珠儿太让人看不透了，连自己都不是对手，何况巴男。

他太不愿意再为这件事劳心费神了，巴男父亲的骨子里是一个旧派人物，他心目中的儿媳妇应该是一个对男人言听计从的人，就像巴男的母亲一样。再说他现在也不缺钱，用不着沾人家的光，用儿女联姻扩展自己的实力。说白了，他就是不情愿把一个精灵请进家来当佛供着。

巴男的父亲把粒粒香喝成了白水，就起身告辞了，好像他这回来的目的是为了一泡好茶。他走了之后，沁婷才感觉到他的精明，显然他是不赞成儿子和泪珠儿好的，可是他并不埋怨泪珠儿轻浮，缺乏家教，而只说自己的儿子是个恶棍，这样彼此都不伤和气，还把最难踢的球传给了她。

不过沁婷的确也很生气，泪珠儿长这么大，她是尽可能地去体会因为童年阴影给她造成的心理伤痕，可以说一个亲生母亲能够做到的她都努力做到了，可是她们之间仍有一堵厚厚的墙隔着，彼此不知道对方的心灵有多寂寞。

多少年来，她对她的期望值已经降到最低，别无所求，只要她一切正常就行了，哪怕是庸庸碌碌，那也比让她操碎了心强。

沁婷当即拿起电话，call了泪珠儿，在她的中文汉显call机上留了一行字，约她晚上在清吧见面。自从上次去学校扑空，而泪珠儿又明确表示不希望她随便到学校去之后，她就给泪珠儿买了一个call机，便于与她联系。

这个晚上，泪珠儿表现得非常沉默，从一开始就是沁婷一个人在那里絮絮叨叨的，言下之意是，学生以学为主，不应该这么早涉及男女之事，这样肯定无心向学，另外退一万步说，即便是找个男孩子也应该找个好的，一个被自己父亲骂成恶棍的人好都有限吧！他愿意对你负责任吗？你怎么能随随便便就把自己给托付出去了？

对于越说越恼怒的沁婷，泪珠儿始终一言不发，最后轻叹一声道："如果我是富家女，也许这些就不是问题了。"

沁婷火道："难道你不是富家女吗？难道我还不算富人吗？"

"你当然算富人，可我不是你的亲生女儿，这谁都知道。"

"可我是把你当作亲生女儿一样看待的，我会对你的一生负责。"

"那我就先谢谢你了。"

沁婷差点没背过气去，泪珠儿的从容不迫简直让她觉得恐怖，她再也坐不住了，独自一人黯然离去。

老实说，泪珠儿的心里也不好受，虽然她的脸上没有什么特殊的表情，但是内心却悲哀至极。有时候她真的会由衷地可怜沁婷，但有时她又不知在她和沁婷之间该可怜谁。她知道沁婷为她做了很多，亲生母亲恐怕也不过如此吧？可是横亘在她们中间的空漠地带却始终没有缩短哪怕是一寸的距离，或者化作所谓的绿洲。她们就那样彼此观望，注视，却永远不可能水乳交融。

因为，她不可能知道她的内心在想什么，更不能理解一颗散落在天际的微不足道的花粉需要怎样的栖息地。

就像她刚才提到巴男，完全是一分不值的口气，可是对她来说，巴男是重要的。在更年轻的时候，她曾经感叹自己的身世，巴男说，你看我爸那个鬼样，我妈又没用，我不是跟没有爹妈一样吗？这就是巴男，他知道她需要什么。

她一开始决定在校外租房，是因为希望独处，她太不喜欢宿舍里那些叽叽喳喳的女生了，巴男根本不问青红皂白就同意了她的请求，并且拿出一半的费用。开始他们只是买一些吃的到那儿去，慢慢地消磨时光，后来回宿舍的时间越拖越晚。终于有一天，她提议不回宿舍了，他们闲聊到下半夜，还是她先熄了灯，她在黑暗中抚摸着他，而巴男也在黑暗中急切地寻找到她的嘴唇，他们紧紧地抱在一起，就像在茫茫的洪水中抱住一棵树那样……这就是她的第一次,她觉得再自然不过,尽管事后她彻夜未眠,还流了眼泪,但没有半点凄楚的心情,她只是为巴男接受她而高兴。

可是这一切严沁婷是不会理解的,泪珠儿觉得这个不食人间烟火的女人即便是在家里也会把自己层层包裹,她不记得见过她刚睡醒并且不化妆的样子,她是一个彻头彻尾的女经理,头发一丝不苟,脸上永远带着淡妆,名牌服饰里的她让人敬而远之。她很怀疑她到底有没有真情实感。

四

一个人如果发了横财,或者意外地得到从天而降的爱情,那么他的脸上多半会放射出象牙色的光芒,这是任何高级护肤品都不可能达到的神力。

沁婷见到邵一剑的时候,就发现自己的脸色格外的黯淡,薄如丝质的细粉擦在她的脸上就像驴打滚。一剑显然没有化妆,可是她皮光肉滑,额头更是光洁可人,一头黑发随意地飘散下来,轻若浮云般堆在两肩,发际上的美人尖青湿青湿的撩人心魄。

顷刻之间,沁婷改变了心劲,她本来是要在一剑跟前抱怨安安的,尽管她也知道这没什么用。这些年来,不光她说烦了,连一剑都听烦了,而且一剑还会埋怨她莫名其妙,但毕竟这是一个可以发泄的渠道,她不可能再相信别人了,并且,她似乎十分需要一剑尖刻的语气，当她没有办法释怀的时候，她就会想起这个刻薄的家伙。

可是今天她什么都不想说了，以一剑如此之灿烂的心境，怎么可能体会她的委屈和苦衷？她还是知趣一点的好。

她们在一家意大利薄饼屋见面，每回这里只有一两桌客人，四人组的室内提琴演奏像这里的菜式一样恒久不变。他们穿黑色的礼服，脸上还残留着艺术家特有的孤傲气质，但显然已经没有人关心这一切了。背景音乐像手擀面条一样温和亲切，总是比和声器发出的噪音强，这就是客人要到这里来的全部理由。

沁婷点了一份薄饼，男侍应生说："不要洋葱？"

她微笑地点点头，显然他还记得她们。

"为什么结婚以后才会遇上自己真正喜欢的人？"侍应生一离开，一剑马上迫不及待地对她说。

沁婷淡淡一笑："难道你老公又不是和氏璧了？"

一剑抬起头望着窗外，无限近或者无限远，自我解嘲道："不管怎么说，我还是喜欢成功的男士，对于他们来说，缺点也是优点，可是无名小卒再完美，你也觉得他浑身都是问题，至少欠一口气，让人提不起精神来。"

"这种游戏并不好玩。"

"我就知道你会这么说。"

"一剑，你是一个聪明绝顶的人，但我还是要提醒你一句，河豚味道鲜美，却会要人的命。"

一剑双手托腮,目光朦胧地望着沁婷,好一会儿才说道:"我们所有的烦恼,不就是因为生活太平淡无奇了吗?!"

沁婷无话可说,只好默默地吃饼,喝红菜汤。

"我真想让你见一见他。"一剑拿起手机,但很快又放下了,"当然这是不可能的,他总是被前呼后拥,而且分身乏术。"

沁婷平静地问道:"我倒很想知道,什么人让你这么失魂落魄?"

"说起来,他也住在你们盛世华庭。"

"到底是谁?"

"谢怀朴。"

沁婷沉吟了片刻,似乎是在记忆中寻找这个人:"你不觉得他太有光芒了吗?而且他的老婆也很有品位。"

"我知道,正是他老婆把我推荐给他的,他老婆喜欢看我的酷评……我们是在一个酒会上认识的,我采访市长、省长的文章他也看过。当然,他很欣赏我。"

"你们现在已经开始热恋了吗?"

"其实我们早就认识,可是没有长时间的观察和了解,你说我们谁会轻举妄动?这次是跟市长一块去英国的商务考察团,几乎全是企业家和金融家,这种朝夕相处是很考验人的,不过我们彼此感觉非常好……剩下的事就不用我说了吧。"一剑的脸红了,她不好意思的样子真是可人。

沁婷冷眼旁观道："那和氏璧怎么办？"

"也会觉得对不起他，可是有的爱情重如泰山，有的却轻如鸿毛。"

"就算这段爱情十分完美，那又怎么样？会有什么结果吗？"

"完美本身就很重要。"

"有你哭的时候。"这是沁婷几乎要脱口而出的话，但是她什么也没说，这是她曾经经历过的一幕，可她得到了什么呢？痛苦就像欢乐一样不能分享，即便是她肯细细地道出，让伤口再痛一遍，一剑又能体会多少呢？就像一块木桩在烈火中熊熊燃烧，你担心它化为灰烬，可它却以百倍的精神迎接自己炭化的来临。

她不再说话，细细地品味着香味四溢的薄饼。

……那段经历真是不堪回首，她只用了三天的时间，在香港处理了全部的事宜，便坐上直通车回到了她所熟悉的城市。

下车以后，已经是黄昏时分，怎么又是黄昏？像一部首尾呼应又十分老套的文艺作品。沁婷站在火车站外的广场上，茫然不知向何处去。迎来送往的人匆匆在她身边走过，没有任何人留意她；灰色的街道上，人们随手丢弃的垃圾和飘零的落叶卷在一起，四处翻飞；比起香港的有序、清洁，这座沿海大城市就像乡村一样风尘仆仆。

不过这时大约已经到了一九九二年，很有一些不三不四的人煞有介事地握着足有一公斤重的大哥大，南中国开始出现内地人才具备的国字脸，老板的称呼开始盛行，到南方去发展已成为真正的时髦，正如歌曲里唱的那样：这东方睡狮渐已醒。

她在一家潮州面馆里吃了一碗鱼蛋粉，一大盆辣酱还是像稀泥一样放在柜台上随客任添，朴素无华的生活似乎又潮水般地回到了她的身边。

是先去见云斌？还是先在酒店住下来，明天再见面？这个问题始终困扰着她，不知为什么，她总觉得心理准备得还不够，虽然云斌没有给她任何压力，可是打电话和见面毕竟是两回事，就她的性格而言，遍体鳞伤的时候她不愿意见任何人，可是此刻的她又是多么需要一个接纳她的人，哪怕他们什么都不说，什么都不做，只是默默无言地相对而坐，也比这种被扔在大街上的感觉好。

她再一次想起云斌在电话里的声音，是那样的平和、家常，没有半点的惊诧和好奇。一股暖流在她的胸口汇集，她想，反正她的大宗行李还没有到，既然想立刻见到云斌，为什么不？

看到那一楼的灯火，她当然还能辨认出他家的窗棂，这时她感觉到心脏在怦怦怦地跳动，不知是激动还是担心。担心什么呢？不知道。上楼梯的时候，她感到脚步发虚，有点深一脚浅一脚的。可是一旦看到她熟悉的家门，她的心情立刻平静下来。

只是她没有想到，是云斌的母亲给她开的门，她看上去有些苍老，眼神木然而陌生，仿佛从来就不认识她似的，而云斌的父亲有气无力地坐在一张旧沙发上，见了她就像见到鬼一样，呼的一声就晕过去了，云斌的兄弟姐妹立刻扑过去抱住他。云斌的母亲说，你赶快走吧，他刚刚好一点，看见你又不行了。

她不知道发生了什么事。

陡然间，她看见桌子上放着的一张放大的黑白照片，云斌在黑框里尚有些腼腆地微笑着，俯视着这间旧屋子，和屋里所有的人。

他的照片前点着三炷香，青烟缭绕。

原来云斌在三天前的一场车祸中丧生。沁婷算了算，大约是他们通完电话不久就发生的事。他骑着摩托车去给客人送洗干净的衣服，被一辆运石子的大卡车迎头撞上，整个人飞了起来，又被重重地抛在数米以外的地方。卡车司机是酒后开车，云斌完全没有责任，死得意外而且无辜。

沁婷不知道自己是怎么离开云斌那里的，她好像没有哭，只是莫名其妙地深深地自责。她想，如果她没有离开云斌，他们的生活完全是另一个样子，还会有那么可怕的事情发生吗？在很长的一段日子里，沁婷都没有办法为这件事情释怀。

多少年以后，有一次沁婷在超市里购物，无意间听到一个男歌手声嘶力竭地唱着：

……朋友啊朋友,
你可曾想起了我,
如果你找到了新的彼岸,
请你忘记我……

当时她推着购物车,正把一些洗衣粉、面巾纸之类的东西拿下货架,毫无思想准备的时刻,云斌的音容笑貌突然而至,在她的眼前犹如重生,似乎触手可及,这不禁令她悲从中来,泪流满面。

沁婷病了,独自一人在酒店里躺了三天三夜,发烧昏睡的时候做各种各样奇怪的梦,醒来之后只觉得浑身乏力,什么也想不起来。

可能是重感冒吧,不治自愈以后,沁婷没有联络云斌的家人。或许你是要以你的方式寄托哀思,但很有可能人家会以为你要去争夺那个小小的洗衣店,如果发生这样的情况,岂不是更让她痛心?

还是没有什么胃口,但她仍旧打了送餐电话,叫了好几样食品,像西多士、意粉之类的。她对自己说,要爱自己,沁婷,如果你再不爱自己,就不会有人理你了。这时眼泪郑重其事地流下来,她没有理会,像告别从前的自己,然后每样东西都吃了几口,直到实在吃不下了为止。

跟着,她坐电梯到一楼,坐进了美容美发院,把头发修剪了一下,镜子里面的年轻女人顿时显得干练,又有几分刚毅。

她做出若无其事的样子,去找这个城市里唯一的朋友邵一剑。

"怎么是你?"一剑打开门,情绪不高道,"进来吧。"

屋子里很凌乱,一看便知主人的没有心机,马马虎虎过日子的生活态度,一剑可能是在写稿,满桌满地的稿纸,但她手上并没有拿着笔,而是一支细长的薄荷烟。

"我影响你了吗?"沁婷小心地问道。

"没有,你再晚来一步,可能我就开煤气谢世了。"

沁婷当即起了一身鸡皮疙瘩,声音都有点抖了:"什么事这么严重?"

"寂寞呗,这种寂寞你是不会理解的……好多天了,我就是想不明白,我是怎么变成箩底橙,或者是积压物质的?!"

"你失恋了?"

"失恋倒好了,至少可以伤心啊,一会儿要死啊,一会儿要活啊……躺在床上发高烧做噩梦……我是无人问津,谁都觉得我条件好,结果连个热心帮忙的人都没有……我就呆在办公室或者这里一天一天的老下去。"

"你本来就是条件太好了,配得上你的人不是那么容易出现的。"

"我原来也这么以为,不过我现在怀疑我的条件是不是那么好?为什么那些丑翻了天,或者蠢翻了天的女人整天都忙于对付各种各样的男人，可是我呢？我哪点不如人？为什么谁都不约我。"

"怎么突然就着起急来了？"

"本来我的计划是三十岁以前把自己嫁掉，可是过完三十岁的生日都好多天了，还是一点动静也没有。"

沁婷忍不住笑起来，这还是变故之后她第一次发出笑声。

一剑一脸不快道："你怎么回事？一点同情心都没有……对了，你怎么突然来了，不是专程来看我的笑话吧？"

沁婷收住笑容，神色有些黯然："我是来求你帮忙的……"

"你？求我？"一剑的手指指完沁婷又指自己，"开什么玩笑啊。"

"真的。"

"怎么了，出什么事了？跟那个姓罗的一刀两断了？"

沁婷点头，不愿多说的样子。

一剑翻了个白眼道："你跟着他本来就是明珠暗投，现在觉悟了也不迟……说吧，帮什么忙？"

"我想找一个落脚的地方，然后再找一份工作。"

一剑倒是很痛快："你要不嫌弃，就先住我这儿吧。找工作的事……你得写一份简历，当然有三年的时间不能如实地写。"她迅速地看了沁婷一眼，"就说得了肝炎，一直在家里养病。"

"肝炎不好，有传染性。"

"那就胆囊炎……也不能说你有香港身份……"

沁婷望着一剑，不无动情地说道："一剑，真谢谢你。"

一剑说了一句至今仍让沁婷感动的话："如果你是我，也会这么做的。"

当天晚上，一剑就陪着沁婷到酒店退了房，再把行李乘出租车拉回了她的住处。

又过了几天，一剑陪沁婷去见工。"尽量穿得普通一点，别刺激那些丑陋的或者俗气的女人，更别让人感觉到你见过点世面，那样的话就不会有任何人肯帮你。我的这个朋友是个女的，在那当营业部主任。"她又补充了一句。

一路上都是一剑说，沁婷只是坐在她身边静静地听着。

"这是一家国营单位，你知道，国营单位通常是搞不好的，但是不好也不会死掉，就那么苟延残喘地拖着，不过这样的单位，没有人打破脑袋往里进……你不就是找个发工资的地方吗？我也就这么大能量，你不介意吧？"

"不不不，这样已经很好了。"

一剑的朋友是一个长得有点凶相的胖女人，说她凶是因为她脸上有横肉，她只是简单和沁婷握了握手，然后基本上不再理会她,只顾和一剑说话,而且天上一句地下一句,叫人想不明白她们怎么会成为朋友。这是一家电器公司,规模还可以,只是到处都是一副松懈的样子,幸好沁婷也是国营单位出身,不至于大惊小怪。

她们两个人聊了好一阵,最后一剑才说:"人我是交给你了,还请你多多关照。"

胖女人搂着一剑的肩膀,亲如姐妹地说:"你就放心吧。"然后转向沁婷,板上钉钉地说道,"你明天就来上班吧。"

可是到了第二天,她完全不记得沁婷是谁,沁婷提醒她道:"我昨天来过,是一剑的朋友……"

她这才想起来,把沁婷上下打量了一番,先是用狐疑的口气说:"你是邵一剑的朋友?"

"对啊。"

她公事公办道:"能出差吗?"

"当然。"

"那就好,"她说:"要不你就负责江苏省的销售吧。"

"销售什么?"

"我们的雪雁牌空调机啊,有什么问题吗?"

"……不见见营业部的其他同事吗?不用先熟悉熟悉情况吗?"

"他们都在外面跑……你还要熟悉情况吗?简历上不是说你卖过电风扇吗?"胖女人慢慢地目光如炬,以一种识别真伪的眼神注视着沁婷。

"对对对……只不过换一种产品罢了,我可以看看以往的销售报表吗?"

"没有什么报表,江苏省的销售额是零,就看你能不能,"她停顿了一下,扬了扬双下颏,"零的突破了。"

见沁婷愣在那里,胖女人补充说道:"虽说是有一剑的面子,但是现在改革开放了,每个单位都在讲效益,你的试用期是半年,如果一点业绩也没有,不用别人说,自己也待不住,你说是不是?"

沁婷唯有点头称是。

就这样,雪雁公司的板凳还没坐热,沁婷便踏上了开往南京的火车。

临行前的晚上,沁婷和一剑坐在外屋的地毯上对酒当歌,她们买了很多水果,这从来都是女人的最爱。

外屋的门边放着沁婷简单的行李,一剑感慨道:"……真是委屈你了,我知道,以你的能力,可以当雪雁公司的总经理。"

沁婷淡然一笑:"满大街的人,谁没受过委屈?为什么我就不能受委屈?"

一剑沉下脸来:"沁婷,你一定会成功的。"

"何以见得呢?"

"因为你有难得的心态。"

"没有运气的人就只剩下心态了。"

"你还没有运气?"一剑大惊失色道,"你看看你满柜子的名牌,我告诉你我这个衣柜就从来没挂过这么名贵的衣服，顶级的牌子是黛安芬，一个胸罩而已，你不知道你多叫人羡慕。"

可是代价呢？沁婷很想说，比起我的付出，这不过是一堆垃圾。当然她只是轻描淡写地说了一句："随便穿，如果你需要的话。"

想一想，真是人心隔肚皮啊，即便是心心相印的朋友。

在沁婷的眼里，南京是一座孤独的城市。

因为是第一次来，这种感觉就十分强烈，比如它没有什么像样的高楼大厦，并不繁华却端足了架子。尽管它当年的确是声名显赫，但是历史余韵毕竟只能拿来品味，总还留下一缕风华过后的苍凉，它缺少的是一种凌人的盛气。

这多少有点和自己的心情彼此观照吧，沁婷这样想。

她当然没有心情留意什么名胜古迹，先在市中心找到一家酒店住下。公司能给她报销的差旅费微乎其微，但她贴钱也得住在这里，为的是省去路途上毫无价值的费时和颠簸。

白天整整一天，她都往返于各大商店或商厦之间，中山路、北京路、新街口、中央门，她在虎踞龙盘的商业街上不厌其烦地驻足、观望，只有她知道这是必做的功课，也只有全面了解了国内市场，了解到有哪些牌子的空调在市场上热卖，它们的优劣？顾客的需求？商家怎样才能接受新产品？才可能有所谓零的突破。这非得有十足的耐心不可，中午她买一个面包一瓶水，一直这样消磨到晚上。

晚上，倒头就睡，两条腿已经不是自己的了，可以说一点知觉也没有。不过身体上的疲惫的确是可以减轻内心伤痕的隐痛。人生到底是一条线还是一个圆？她想起当年卖电风扇时的情景，想起云斌，想起在香港的日日夜夜，怎么走着走着又会回到起点？她总是在这些没有答案的问题上昏昏欲睡，直到对周围的一切没有知觉。

日复一日，她就像个幽灵一样在一个陌生的城市里东游西荡，有时候信心百倍，决心证明给全世界的人看；有时候却又像病猫一样无精打采。每当她觉得已经完全被人们遗忘了的时候，她就挤到人满为患的饭店里去，人挨人地坐在没有靠背的长条凳上，这种凳子就像跷跷板，一头的人起立，另一边的人便轰然倒地，四周爆发出一阵阵怪笑，连摔倒的人自己都很快乐，大伙会更加欢欣鼓舞地吃名气很大但很是难吃的风味小吃，这就是人气啊，沁婷似乎也觉得自己快乐了一点点。

或者，她会打一个电话给一剑，说一些无关紧要的话，向自己表示一下自己的存在。

这时正值初冬，瑟瑟的北风让人倍感寒意。有时沁婷走出电话亭，会突然很怀念香港温暖的气候。她望着古城街道茫茫然的神情，像极了情绪电影里的经典镜头。

终于有一天，沁婷得到了一个有价值的信息，是一个销售金兰空调的业务员说的。当时的金兰空调已经是如雷贯耳的好牌子,他们的业务员说,近期将在扬州召开订货会,会上还有礼品送!

为什么金兰可以卖疯大江南北?又为什么那么多经销商愿意做金兰产品?敏感的沁婷意识到这是一个囊中探宝的机会。

沁婷显然没有受到任何邀请,便提前一天赶去扬州,住进即将召开订货会的旅馆。

任何时候,在大陆混进一个轰轰烈烈的会议现场都不是太难的事,无论是开会、座谈,还是吃饭、休息都是自由组合,只要你肯聆听,便可以了解到各种各样的情况,并且从中分析出你所需要的商机。

订货会上,见人就点头、握手、打招呼的人总是很令人羡慕,俗称路路通。沁婷没有熟人也只能静观其变,后来她发现,同样有一个陌生女人跟谁也不认识,总是独来独往,一看就是那种处事严谨、不苟言笑的人。有一天她们意外地坐在同一张桌子上吃饭,同桌的四男两女聊得分外起劲,几乎到了打情骂俏的程度。这就显得她们两个人格外地多余,由于食堂里过分的嘈杂,陌生女人可能有点不舒服,起身准备离去的时候,不小心打翻了汤碗,汤汁溅了沁婷一身。陌生女人忙不迭地道歉,沁婷并没有怪罪她,反而拿出风油精给她用,并且扶着她回房间休息。

陌生女人面带感激地半靠在床上,她对沁婷说道:

"你好像也是第一次来参加金兰订货会?"

沁婷笑了,可见她们彼此观察了好一段时间:"是的,我是雪雁空调的业务员,刚一上班就被派来开辟江苏市场,老实说我还没搞清东南西北呢。"

陌生女人胸有成竹道:"别怕,我们公司也经销空调,关键是你们的产品怎么样?"

终于有机会回答烂熟于胸的专业问题了,沁婷侃侃而谈道:"我们刚刚设计生产出大圆弧流线型结构的窗机,它的压缩机有自动保护装置,最大的特点是噪音低,只有四十八分贝。国家标准是五十四分贝。"

沁婷又详细介绍了公司和厂里的情况。

陌生女人不动声色地听着,最后才拿出一张名片来递给沁婷。

她的名字叫房萍,是江苏省五金交电化工公司的业务经理,她说:"回南京以后,抽空到我那儿去一趟吧。"

房萍是一个不紧不慢的人,所以沁婷并没有把这件事放在心上,她在订货会上又认识了几个健谈的人,基本上了解了国内空调机销售的概况,便返回南京,准备休整一下就打道回府,从长计议开辟江苏战场一事。

临行前,她突然想起房萍,觉得有必要向她告别一下,毕竟她答应过去他们公司看看。她按照名片上的地址找到了省五金交电化工批发公司,他们在省商业厅的大楼里上班,有一种政府机关的宏伟气势。院子大得惊人，绕一圈恐怕也得四十分钟，沁婷简直傻了，就像是灰姑娘见到了盛大的舞场，想不到房萍有这样的来头。

不仅如此，五交化公司的资金还相当雄厚，批发网络十分健全。

房萍自己有一间办公室，单位的人对她毕恭毕敬，这就难怪她在订货会上那么不容易跟人打成一片了。好像会议还没有结束，她已经离开扬州。

房萍说："我的权力十分有限，只能进你们很少的一批货，拿来试销一下。"这是一个有板有眼的女干部，对人不会特别热情，但是诚实可信。

因为太意外了，沁婷忍不住心中一阵狂喜，幸亏她已经是商场上的老兵，不会像没见过世面的毛栗子那样一蹦三丈高，更不会露出一口气要吃一个胖子的穷凶极恶，她深知所有的商业大餐都是为从容不迫的人准备的，于是她微微一笑道："少是多少？"

房萍道："先进五十万的货吧。"

沁婷差点叫出声来，五十万还少！因为她实在没有踏破铁鞋无觅处，得来全不费工夫的经历，所以这太让她心满意足了。

就这样，在滴水成冰的季节里，五十万元的购买空调机款项打入了雪雁公司的账上。

沁婷还没有回来，公司已经把她传得沸沸扬扬，都说这个不曾露面的女业务员简直神了，她的胖主任俨然已成为伯乐，众人一起改口称她肥伯。她当然乐意答应,并且负责回答一切问题:她长得漂亮吗?几分姿色吧。为什么能够叫男人俯首称臣,买我们毫无名气的产品?我怎么知道?只是我见到她时就觉得她行,看人我可是火眼金睛。

不漂亮也可以成为交际花一样的人物,常言道不叫的狗咬人。她结婚了吗?有过什么不平凡的情史吗?来雪雁之前曾经做过什么?为什么她有这么大的能量?总之,人们对于沁婷的猜测在不断地升级,等她回到公司,已成为万人瞩目的角色,然而她穿着朴素,不施脂粉,背一个式样过时的黑挎包,这多少有点令人失望。

只是,旗开得胜的欣喜很快就过去了,而公司上下对她齐齐的关注令她始料不及,她本意是想隐姓埋名,做一点力所能及的事,等到创伤完全过去,再寻求发展。但显然这一计划被完全打乱了,并且,轻易得到的东西总让她感到有些不踏实。

她的名气也惊动了雪雁公司的总经理师晓梁,师总要见她,这让她的内心惴惴不安。去师总办公室的路不用五分钟,可她拖拉、迟疑,想到无数的问题该如何回答,如今想调查一个人太容易了,她的底细有可能被一次踢爆,那她该怎么办呢?这段路她足足消磨了二十分钟,才不得不敲响师总的门。

在沁婷心目中,师总应该是一副老派知识分子的模样,看上去更像一个大学老师,她到公司来的时间不长,来了以后便发配在外,没见过总经理是理所当然的事。但她听说师晓梁是北京理工大学毕业的，很想凭借自己的实力把雪雁公司打造成空调王国。这种脚踏实地的人还会长成什么样子呢？

一旦见到师总，沁婷还是愣了一下，比她想象中的那个人要年轻，估计比她也大不了多少，他剃一个寸头，长相普通，看上去更像一个军人。

我知道我的优势在哪儿，第一句话他就这么说，几乎没有寒暄，只是像老熟人那样冲沁婷点点头。他说他的优势是只能在技术上层层把关，攻克一个又一个的新的目标，可是经营、管理、营销方面是他的弱项，而且也没有精力抓得这么细，在这方面他真是思贤若渴，他希望沁婷能助他一臂之力。

他几乎没让沁婷说什么话，只是一个人在滔滔不绝地讲他的宏图伟略，最后他说："严业务员，你一定要尽快占领南京。销售方面出现任何情况，你直接给我打电话。"他在自己的一张名片上写下家里的电话和手机号码，交给沁婷，"你可以走了。"没等沁婷唯唯诺诺地离去，他已经把脑袋埋进了繁杂的工作。

在沁婷眼里，师总更像是一个统管三军的指挥员，他办公室的墙壁上贴着中国地图，上面有各种各样只有他自己才看得明白的记号。同时他也是个红铅笔不离手的人，而且他的书柜里，除了专业书籍之外，居然还有一些军史和战例，这太让沁婷感到惊讶了，如果换上军服，他跟一个高级统帅又有什么区别呢？！

五

时间过得很快,转眼间,丹青已经开始就读大三下学期,同时在网络公司就职也有一段时间。

事实证明,父亲的担心完全是多余的,网络公司的开张极其顺利,要不说风险投资商才是这个时代独具慧眼、智勇双全的人。龙行天下网的运营也在艰难中稳步成长,不像那些开张即是结业的网络公司,死得顺理成章,根本来不及壮烈。

生活仿佛没有任何变化。

但其实,在这段时间里,谢怀朴和藏院长喝了好几次茶,两人商议,还是不等丹青和藏蕾大学毕业之后就出国,原因是大四期间,无非是实习和写论文,既然不准备立刻在国内找到工作,这就是无用功夫,不如早一点出去熟悉情况,锻炼语言,然后直接读研究生。何况,他们已经选好了一间英国的大学,丹青和藏蕾也很认同。

很快,出国的手续就办好了,两个年轻人的签证也同时下来。

真正订好了飞机票,这件事总算尘埃落定。鲍雪提议两家人要很正式地吃一顿饭,虽然没有什么具体的说法,但也算是一种孩子们的成人仪式,他们要远走高飞了,而且也是非同寻常的关系,今后要彼此照顾一生,两家人其实也变成了一家。如此说来,这顿饭就变得很有意义了。

鲍雪在盛世华庭的高级会所订了一桌菜,其中的天九翅是会所专门外请的名厨料理,因为鲍雪知道,藏院长很喜欢吃天九翅,只是正宗的太少,不是想吃就能吃到的。而藏院长也带了一瓶珍藏多年的价格昂贵的人头马,照理说,谢怀朴的胃病已经有十多年,他应该滴酒不沾才对,不过他因为高兴,还是喝了不少。藏院长解释,他今天破例皆因儿女成才,前途无限,他跟谢怀朴难得这么快意。

饭后,按照事先约定的,丹青和藏蕾将驱车去离市区几百里远的一座寺庙烧香,然后在那里住一夜再返回。据说那是龙母祖庙,经年香火缭绕,灵验得很。藏蕾的母亲是一个宿命论者,她说你们既然走得那么远,许许多多的事情是无法预见的,才应该礼到为止,求神灵保佑你们一切平安。

对这种说法,丹青颇不以为然,但是藏蕾却好像很听得进去,这样,两个人便开着奔驰四眼贼一路行去。

车内的音响里流淌出黑鸭子组合过分和谐的重唱,丹青顺手就把音响关了,他说:"我其实并不怎么喜欢过分完美的东西。"

"可能是你爸爸喜欢吧。"

"你还不了解他?音盲。可能是他的司机喜欢吧。"

"丹青,你怎么这么轻松?"

"有什么值得伤脑筋的事吗?"

"难道国内就没有一点值得你留恋和不舍的事吗？"

"我们两个人一块走，你叫我留恋什么？"

"你父母啊，他们对你那么好。"

"可是好男儿志在四方，我其实也是想修学成才报答他们。不见得非得抱着他们哭才是唯一的表达方式吧。"

"那倒也是。"藏蕾不说话了，隔了一会儿才说，"真正走的那天，我不想叫爸妈来送，我是肯定会哭的。"

"没事，有我呢。"丹青想了想又说，"要说真有什么值得我惦记的事，就是龙行天下的网络公司。我们几个合伙人挺谈得来的，公司的业绩也比想象中的好，也算积累了一点社会经验吧，而且我对我自己开发的软件项目很有信心，冷不丁这么走了，还真有点舍不得呢。"

藏蕾道："是你经常提起的那个代号'无双'的软件项目吗？"

"正是。"

"你有点自我陶醉吧，这一行现在热门，不等于人人都会成功。"

"有时候，我倒挺喜欢你的冷静。"

藏蕾嫣然一笑道："仅仅是冷静吗？"

"还有你小小年纪一副老古董的样子。"

"你才是老古董呢。"嘴上这么说，藏蕾的脸上还是掠过了一丝甜蜜。

是的，他们之间没有惊心动魄的一见钟情，有的只是再自然融洽不过的如沐春风，用藏蕾母亲的话说是前世修来的姻缘。

两个人越聊越兴奋,奔驰车也是那种上了高速犹显稳健的好车,飞一般地前行。但是丹青陡然发现,路标上的名称逐渐变得陌生,全是些他毫无印象的称谓,跟事先预习的完全不同,什么独石,出米洞,简直闻所未闻。他找来地图一看,才知道上错了一条岔路口,结果离目的地越发远了。

藏蕾也不介意,居然笑了起来:"你还叫我跟着你,跟着你还不知跑哪儿去了呢!"

然而明知已犯了方向性的错误,他们也拐不到对面路上去,只能信马由缰地一直往前奔,直到把车拐了回来,才又开始聊天。

藏蕾说道:"……你的那个同学,就是在热带雨林当啤酒妹的那个,不知为什么我经常会想起她来,听你说起她的身世,觉得她太值得同情了……"

"她这个人是很怪癖,现在想起来,可能是心理扭曲吧。我还记得在贵族学校的时候,有一次看见她坐在台阶上用铁丝钩住已经完全穿烂了的鞋子。我当时非常震惊,因为这是在贵族学校不可能看见的情景,所以我忍不住对她说,你妈妈没有给你买新鞋吗?她说,买了,我什么样的新鞋都有。又说,你干吗这么看着我?只不过这双鞋跟着我太久了,有点不舍得而已,但肯定还是要把它扔了的……所以说,其实有什么样的童年,也就决定了你一生色彩的基调。"

"那她现在怎么样?"

"我怎么知道?我们虽然同住在盛世华庭,但从来就没有碰过面,反而有时候会在报纸上看到她母亲的事业做得如日中天。"

"她养母真是个好人。"

"谁说不是呢?不过我也听说只有积德行善的人,事业才能做大。"

"听你这口气,好像有一百八十岁了。"

两个人又闲扯了一气,藏蕾突然说道:"你还是好好开车吧,不然过一会儿,又开回家去了……"话还没说完,她又咯咯咯地笑起来了。

丹青笑道:"你这不是存心咒我吗?不如你帮我看着地图,这样总不会错了吧。"

藏蕾说好,一边打开车头的顶灯,查到他们所在的位置,然后关上灯,两个人全神贯注地直视前方。不过,还是有一些路牌建得差强人意,过了十字路口才表明此路的去向,这样一来,他们免不了要眼睁睁地跑冤枉路,所以尽管是专心致志地开车,还是直到下半夜,他们也没有到达目的地。

这时,丹青的手机响了,深夜使这铃声显得格外刺耳。

是鲍雪打来的电话,她的声音有些颤抖,但还算镇定,她说:"丹青,你马上回来吧……"

"可我还没找到地方呢,路上可真不好走……"

鲍雪那一头没有一点商量的余地："马上回来。不过，路上要注意安全。"

"到底发生了什么事？"丹青还想说下去，但母亲已挂机了，一种不祥的预兆在他心中升起。

这种感觉藏蕾也意识到了，她说："先别管这么多，还是赶紧回家吧。"

事后想起这件事，藏蕾总觉得如果当初他们一开始就专心开车，那么，几乎是在发生意外的同时，他们已经在龙母庙进了香，那么事情还会演变得那么糟糕吗？！

一时间，丹青把车开得几乎四轮离地，幸亏德国车比较沉稳，没有轻飘飘地飞起来，如果是日本车，早就像打摆子那样在高速公路上摇摆不定了。

奔驰四眼贼开进市区的时候，东方已经见白。

好几次，藏蕾在车上都用手捂着嘴，险些吐出来。不过她始终也没有提出减速，而丹青的心情也是不顾一切地往家赶。他们闲聊的兴致早已荡然无存，甚至外出的目的也变得模糊不清，这一晚发生的事简直太稀奇古怪了。

等到车在家门口停下来，藏蕾第一时间弹了出去，以喷射状的形式吐出了昨晚的食物，她蹲在地上喘气，并且打手势叫丹青赶紧回家，看看到底发生了什么事。

鲍雪不在家，保姆薛阿姨告诉丹青，昨天晚上谢怀朴突然胃部大出血，情况十分紧急，连夜被送到就近的医院去了。

在医院急救室的门外,丹青见到了面容憔悴的母亲。鲍雪一见到他,眼泪就流了出来,她说,你爸爸昨晚真不该喝那么多酒的,只是见到你们长大成人他心里高兴。他的胃病都是藏院长亲自给他配药,已经有一段时间没犯了,想不到这次的来势这么凶猛,而他晕倒在洗手间里,我又不知道……

丹青知道母亲有严重的神经衰弱,一直是跟父亲分房而息。

丹青望着双门紧闭的急救室:"那他现在怎么样了?"

鲍雪道:"……不知道,还在抢救呢……"

这时医生从急救室出来,他对鲍雪说:"病人已经休克了,南方医院的血怎么还没送到?"他的语气里已有了些许的责备。

不等鲍雪回答,丹青不解道:"难道这个医院没有血库吗?"

医生道:"你母亲信不过嘛,不过说老实话,我也不敢担保绝对不会出现问题……现在因为输血而染上肝炎和艾滋的已不是什么新闻。"

鲍雪也解释道:"……藏院长亲自派人到血站去了,说可靠的血源马上就能到……可是为什么……"

丹青忙道:"那就输我的,我跟我爸是一个血型。"

鲍雪道:"算了,你马上就要出国……"

丹青道:"那有什么关系,我这么年轻,而且身体又好。"

面色苍白的藏蕾也说:"我都不知道我的血型,如果合适,就输我们俩的,鲍阿姨你总该放心了吧?"

医生也觉得这是好办法,马上派了一名护士叫她带两个年轻人到血库去。

他们乘电梯到十二楼,前后也只几分钟的工夫,血库值班员却说,经治医生已经打过电话上来,说两个年轻人不用验血了。

丹青一想就是鲍雪背后操纵的,他铁青着脸回到急救室门口,这次他真急了:"妈,你到底怎么回事?我不是不相信藏院长会派人送血来,可爸现在已经危在旦夕,也许就差一两分钟……万一出了什么事,到时候后悔都来不及了,我们会一辈子生活在这件事的阴影里!"

一直徘徊不定的鲍雪,这时反而坐在白色的长椅上,横下一条心地不说话。

"妈,我知道你爱我,但爱是有限度的,输血根本不会影响人的健康,这是谁都知道的常识,你这样做太过分了……我真怀疑你是不是私下里跟爸爸有仇……"

藏蕾在一边听不下去:"丹青,你冷静一点……"

丹青几乎咆哮起来:"我没法冷静,现在的每分每秒,我爸都有可能离我而去,可我却帮不了他……"他的声音突然哽住了。

医生再一次从急救室走出来,对丹青道:"你不要再吵了,会影响我们工作……"

他的话音未落，便有一名护士冲出急救室对大夫说道："病人已经深度昏迷！"医生正准备进急救室，丹青不顾一切地抓住他的胳膊，声音颤抖道："大夫，难道你也跟我妈一样糊涂吗?!"

医生也只能拍拍他的后背说："……刚才又通了一次电话，南方医院的血马上就能送到……"

丹青不理会这些，他觉得在场的人表情都很奇怪，都很着急又都对他弃而不理，这让他感到既莫名其妙又怒火万丈，便忍不住对母亲恶狠狠地说道："……我爸要是有个三长两短，我绝对不会原谅你！"

整整一夜的焦心令鲍雪感到心力交瘁，她突然发现周围的一切都旋转起来，白色的天花板倾斜而至，就连巨大的蓝色的静字也模糊成了一团……她努力使自己定睛地并且久久地注视着丹青，但还是身体一软，从长椅上滑下来晕了过去。

当她被所有的人围住，抬进诊疗室时，医生对丹青平静地说道："你妈妈也很不容易，你不要再逼她了……"

见丹青不得要领，医生又道："……你是被从小告之跟你爸爸的血型一样，但其实你是 AB 型，而你的父母都是 O 型……没错，他们不是你的亲生父母……"

丹青简直被这话惊呆了，他的反应竟然是冷笑了一下，那意思是：开什么玩笑?!

走廊上传来杂乱无章的脚步声，藏院长亲自押车赶到了急救现场，他和最保险的鲜血一块冲进了急救室。

医生理所当然地抛下丹青走了，剩下谢丹青一个人无意识地站在原地，脑海里一片白茫茫的旷野，有一个尖厉的美声女高音在咿咿嗷嗷地叫个不停，很让人厌烦但又莫名其妙地为她血脉偾张，就像艺术片里没法表现主人公的确切境界时常常做出的经典处理那样。

当谢怀朴慢慢地睁开眼睛的时候，他发现自己一直被丹青关切的目光注视着，那目光像凝固了一样。"爸，你吓死我们了……"

紧接着，藏院长、藏蕾、鲍雪、值班医生和护士的目光都出现在他的面前，同时他们也长长地吁了一口气。这个晚上，丹青执意要留下来陪伴父亲，人们散去，病室里恢复了宁静，刚才的一场抢救生命的战斗似乎并没有留下太多的痕迹，只是从谢怀朴身上延伸出来的六七根管子，令丹青确信父亲重病在身。

丹青无法相信，这个他无比热爱和崇拜的男人，这个抚养他成人与他息息相关的男人，这个从小把他带在身边对他疼爱有加的男人，其实跟他没有血缘关系，至少他不知道自己来自何方。

可是他爱这个家，他爱他的父亲母亲，这是一个铁的事实。回想起他与他们在一起的日日夜夜，无论是温馨的家庭生活，还是互不相让的争吵，包括那些善意的讥讽和毫不刻意的处事态度，一切的一切都显得那么自然，没有半点的不和谐。如果父母亲也能选择的话，他仍然会一百次，一千次地选择他们。

而且他确定，他从来没有像现在这样爱他们。就像生了病之后才懂得健康的可贵一样，当他意识到自己即是一座孤岛时，亲情便显现出它独有的光芒。

现在看来，他崇尚第一以及自虐式的学习态度几乎都是父亲从小的培养所致，父亲很小就开发了他的竞争意识，失败者是没有发言权的。父亲总是这么说，他要求儿子爱看拳击，鼓励他参加各种体育运动，因为比赛本身就体现了竞争，男孩子首先就得适应这种有压力的生活。父亲要求他守时，哪怕是很小的事，迟到被认为是可耻的行为。是父亲培养了他关心时事的习惯，小学三年级时他就有了固定的读报时间，而且在晚饭时讲出一分钟新闻，就是用最简洁的陈述说清最离奇古怪的事情。

父亲还提醒他抑制个人情感和保持超然态度，七情上面是不可取的艺人作风，难成大事，更易授柄于人。同时父亲还教育他必须具备高尚的情操，哪怕是犯错误也要犯高级的错误，而不要成为卑鄙小人，更不能龌龊淫恶。

此时此刻，在这个万籁俱寂的夜晚，丹青完全陷入了对往事的追忆之中，事实上，父亲对他的影响是无时不在的，他一点都不怀疑自己延续了父亲的生命与性格，包括承受逆境应有的态度，以及父亲最厌恶的嫌贫爱富、患得患失的人性的致命弱点。现在回想起来，父亲对他的爱是深藏不露的,他们之间的感情也已是深不可测。他想,他绝不可能离开或者失去他的家庭。这对他来说是不可想象的事。

谢怀朴的身体在一天天地好转,看见儿子每天守在他的身边,给他洗脸、喂水、擦身,却又沉默寡言,他觉得丹青在一夜之间长大了。"这样会耽误很多课,你还是先回学校吧,我已经好多了。"他说。

"难道功课比你的身体还重要吗?"丹青硬邦邦地扔下这句话,端着脸盆出去了。

谢怀朴第一次感觉到儿子的强大,有主见、重感情,再也不是他树下柔弱的青草,或者他身后时时等待他言传身教的影子了。

一连数日,鲍雪的顽固性失眠症又犯了,她整夜地无法入睡,白天自然是浑身乏力,头疼欲裂。幸亏有丹青守在医院里,薛阿姨送汤送饭,而她多数时间只能在窗帘紧闭的房间里静养,甚至连时钟走动的声音都无法忍受。

人生病的时候,意志力就格外的薄弱,一想起丹青的事,没有缘由地,鲍雪就会泪流满面。由于她的身体不好,这无疑消减了她和谢怀朴之间的浪漫情怀,有相当一段时间,他们的生活不是平淡而是沉闷,正因为他们都是有教养的人,才更感到内心的压抑。也就是在这一时刻,在极其偶然的情况下,丹青来到了这个家庭,一直以来,鲍雪都觉得这是上帝赐给她的极为珍贵的礼物。

是丹青使这个家像个家的样子，一开始谢怀朴对他不闻不问，甚至从来也不抱他，这和鲍雪的态度有着天壤之别。鲍雪可以任何时候起身离开一个重要的宴会，理由是孩子睡前必须见到她。谢怀朴不是完人，他的位置又是一个那么容易让女人投怀送抱的地方，每回他和红颜知己闹出绯闻，鲍雪的心情都非常糟糕，但她又不能过分地埋怨丈夫，至少她身体不好、清心寡欲是个事实。同样是丹青缓解了她心中的死结，有一次她因谢怀朴的不忠而离家出走，在宾馆里开了房间，不等谢怀朴上门来跟她赔罪，由于得知三岁半的丹青忽然患了登革热，她便不顾一切地回了家。从此以后，她对自己的苦恼讳莫如深，把全部的情感倾注在丹青身上。

人是有感情的动物，当丹青豆丁一点的个子，天真无邪步履蹒跚地扑倒在谢怀朴的怀里时，他内心情感的火焰呼地一下被点燃了。重要的是丹青不负众望，他从来没有叫他的父亲失望过，渐渐地，谢怀朴对他的爱也是无以复加。

良好的家庭氛围就这样自然而然地产生了，没有人不羡慕他们的和谐美满，这是多少人希望营造出来的生活环境，谢丹青让这一切轻易地达到了。

然而在那样一个特殊的夜晚，鲍雪感觉遭遇了一场生活中的幕急落。

残月如钩，预示着又一个漫漫长夜的来临，和前几天一样，鲍雪一点睡意也没有，她披着睡袍，独自一人坐在院子里的油纸伞下，看着数日前还曾龙腾虎跃的网球场。

她在医院苏醒过来之后，第一眼看见丹青，立刻就明白他知道了什么。眼神是瞒不住任何事的，何况丹青这么单纯的性格。当时她什么也没有说，但心里却有了一种不祥的预感，会发生什么事呢？她不得而知。

最宝贵的东西，常常是生活中最容易失去的东西。像美人的容颜，像恋爱时的痴狂，都在转眼逝去的一瞬间。多少年来，丹青已成为鲍雪生命的全部，她真的很怕他放下一张纸条，从此离她远去，要知道他们是没有神秘链条联系着的两个人……每每想到这里，鲍雪便不愿再想下去，只希望丹青立刻出现在她的面前，让她触手可及。

奇迹出现了，这时，她果然看见丹青大步流星地进了院子，她急忙迎了上去："这么晚了，你怎么回来了？"

"今天上了一天课，还是不放心，回来陪陪你。"丹青搂住鲍雪的肩膀。好容易谢怀朴完全脱离了危险，他们单位也派来了大量的人手，丹青是可以回学校上课了，但是他心里挂着母亲，因为他知道她的失眠症又犯了。

"我没事的……"鲍雪嘴上这样说，心里却充满了感激，尽管她知道这没有必要，以前她也不会生出这种念头，可是现在一切都变了。

丹青也变了，他显得比往日温柔："妈，你不用担心，爸不会扔下我们走的……退一万步说，就算他走了，还有我呢，我既当你的儿子，又当你的丈夫。"

"别胡说……"

"真的，我肯定比他做得好。"丹青反而认真起来。

鲍雪叹道："……我担心的不是你爸爸。"

"那你担心什么？"

见鲍雪不语，丹青又道："看你想到哪儿去了？我是不会离开你们的。"

鲍雪搂紧了儿子，生怕他会突然间消失一样。她想她等的大概就是这句话吧，她拉着儿子坐下，在黑暗中看了他一会儿才道："……不是有意要瞒你，是想等你结婚的时候再告诉你……那时你已经独立门户，成为一家之主，应该知道自己到底是怎么回事……"

丹青道："既然我已经知道了，总该把一切都告诉我了吧。"

"其实你的身世一点都不复杂，我身体不好不能生育，就去福利院把你抱回家，那时你刚生下来两个月，我希望亲力亲为地把你带大……真的，就这么简单。"

那个晚上，母子俩在院子里坐到深夜。

对于谢怀朴来说，真有点一病激起千层浪的意思。先不说他还没有从昏迷中醒来，所谓家庭的和谐氛围已经不复存在——永远都不要被表面的平静和一成不变骗过,通常是最汹涌的暗流就潜藏在湖底。

另一方面,可以说他的红颜知己纷至沓来。

这一天,经过了充分思想斗争的邵一剑还是决定到医院探望谢怀朴,她知道一定会碰上鲍雪,所以特意在着装上显得更加职业化:深色的便服西装领口露出条纹的衫衣翻领,穿长裤而不是裙子,裙子总让女人显得妩媚得多,妆化得很淡,不留意看不出来,在自己喜欢的男人面前,她很难做到素面朝天。

她买了一大束百合,在绿叶丛中尤为洁净。

然而在等电梯的工夫,有人拍了她一下,她回过头来,是她的一个朋友宋惊鸿,手里握着一把剑兰,也没有包装,光看它的枝叶,根本是菜市场提来的一把菜心,当然剑兰本身十分鲜嫩,散发出昂然的生机。

惊鸿长得并不特别漂亮,身材只属娇小可人,全身上下并没有什么令人惊鸿一瞥之处,只不过腰肢纤细但是乳房饱满,一双美腿无可挑剔。她是一个服装设计师,也只有她把衣服穿的一只有袖,而另一边无袖如含苞的花蕾你不觉得奇怪,鸭舌帽反戴,后面还拖着一根蓬松的麻花大辫,脖子上挂着三串以上互不相干的挂件,这些怪异的东西放在她身上却显得高度统一,实在是一件奇怪的事情。

确切地说,惊鸿和一剑还只能算作谈话的对手。她们是在一个女权主义讨论会或者一个什么女知识分子联谊会上认识的,尽管她们都不是女权主义者,而且对与会者因为有男人帮她们租用五星级宾馆的会议室并送来免费的果盘津津乐道而深感这个会议不那么纯粹。会议名单里倒是一些不俗的女人，可是仿佛来开会的是另一些女人，有的时候你会觉得这个世界上名不副实的东西俯拾即是。

一剑的屁股还没坐热就想离开，原因是不能适应这里的气场，正在发言的那个女性，扯着沙哑的烟酒过度的嗓子，面色灰暗地强调她不需要男人挂大衣，开门拉椅子，对这套虚伪的东西她深恶痛绝，不过她还算可爱，她说她外出开会，也没有人给她提行李，在汽车上让座之类。这引起了一阵哄笑，有人说中国男人还等着你给他扛行李让座位呢。某大学的一个教授，找了一个比他小二十岁的女孩也就是他的研究生当老婆，就是专门负责挤上公共汽车抢座位的。她还说她是一个剧作家，可是记者采访她的第一个问题是用什么牌子的香水，难道他们采访男剧作家时会问他内裤的颜色吗？

这时有一个女人把嘴巴凑过来说，我不喜欢看上去很脏的女人，咱们去喝杯咖啡好吗？这个人就是惊鸿，她跟一剑不同，凡事不需要过程，一见如故。

进了咖啡厅，惊鸿做的第一件事是叫侍应生把背景音乐的音量调小。女人要仪态优雅，首先说话就不能像吵架一样。她这样对一剑说，坐下来的姿势也赏心悦目。等咖啡上来以后，她就用小勺搅动着咖啡，十指尖尖甚是动人。

她懒洋洋地对着咖啡说，我干吗要跟男人过不去？我又不变态。

一剑道，看来你的家庭生活过得不错。

有什么不错的，我先生是我在工艺美院的同学，后来出去搞室内装修挣了几个钱。当然这仅仅是噩梦的开始。

他外面又有人了？

有人才不是问题，哪个男人有了钱不想过帝王生活？再说胜利的果实结果总是大家分享。他是一味地想做大，你知道在中国做生意，不大不死。他欠了很多债，现在生活的主要内容就是四处躲债，不能在家住。

为什么不离婚呢？

惊鸿没有直接回答这个问题，她说成功的男人都不需要婚姻，婚姻从来都是为失败者预备的，反正都是嫁给失败者，这个和那个有什么不同。

我看你才是真正的女权主义。

不能这么说，我只是随心所欲。

她看上去并不像一个家庭因各种因素已变成一团乱麻的女人。

这是一个良好的开端，以后她们就不定期地见见面，喝喝咖啡，来一番刺刀见红的谈话。不过这次碰面，她们至少有一年多没见面了。

两个人在同一层楼下电梯，又走向同一间病房，对于两个聪明的女人肯定是心照不宣的。不同的是，惊鸿显得坦然，而一剑有点不知所措。鲍雪并不在病房里，只有一个英俊少年坐在窗前的椅子上在看《留学指南》，见到她们仍显得熟视无睹。

单人病房里收拾得干净、敞亮，有一面窗台已经摆满了鲜花。地上是各种各样的果篮和价值昂贵的补品。

谢怀朴无力地睁着一双倦目，面无表情地看着她们。

惊鸿走过去拍拍他的脸颊，你没事吧，她说。

如果最初一剑还有什么怀疑，那么这一举动足以证实惊鸿和怀朴的关系非同一般。她还在一个大花篮上看见了某个女明星的名字。

所有这一切对一剑的打击可以说是难以言表。

反而是最应该有所触动的谢怀朴始终安然若素，他还不能说话，有时闭目养神，这使一剑都有点搞不清自己跟他到底是普通的朋友还是曾经有过亲密关系。有时大病一场的好处就是可以化解平时有可能形成激烈冲突的矛盾。

更荒诞的是，从医院出来之后，一剑还得跟惊鸿面对面地喝咖啡，如果谁不做出若无其事的样子，那才是真正败下阵来的输家。

进来还是朋友，出门已成斗士。这就是我们今天每时每刻都可能产生化学反应的生活。惊鸿语出惊人道："我不是第一次到医院来，上一次来你猜我看到了什么？有一个女孩子在吹箫给他听。"

"我不相信你心里就没有一点点难受。"一剑有些刻毒地说。

"可我跟他在一起时也很愉快,说到底,他还是一个优秀的男人。"

"我现在倒觉得他不怎么优秀了,跟他在一起无非是体面罢了。"

"既然是为了体面,就更不必生气了。"

"谁说我生气了?"

"那就是认真了!"

"我不认为对感情认真就很可笑。"

"那你为什么不离婚?为什么不开始你生活的新篇章?我敢说你连这种想法都没有,你需要的是安全的婚姻,浪漫的爱情。这不是认真,我的小姐。"

一剑盯着惊鸿,觉得她简直不是人而是一个精灵。

惊鸿也用嘲笑的目光看着她:"你还写酷评呢,总该知道好男人是无限风光的道理。"

"什么意思?"

"永远不可能属于一个人。"

惊鸿潇洒地离去了,望着她渐去渐远的背影,一剑隐约感到,她不及这样一个精灵般的女人,可能是因为她自己的婚姻还不够失败吧。

惊鸿走后,一剑并没有觉得心境有半点的舒缓,反倒是更加憋闷。

原来她从头到尾都错了,一直自鸣得意的唯一只不过是之一而已，以为能改变一个男人的生命轨迹现在看来很可能就是一夜情……这就是她根本没法接受的现实。

可是她又能怨谢怀朴什么呢？惊鸿说得没错，跟他在一起的时候你会无比愉快，成功男人的标志是乐于付出。有一次她邀请谢怀朴来参加她的生日会，他不仅过问和调整了菜谱，为她订制了顶级水平的蛋糕，还送给她一个新款路易威登的手提包，这个包一剑曾经去看过七次也没舍得买。怀朴在生日会上只逗留了20分钟，临走时悄然无声地帮她结完账才离去。

她和女友想去亚龙湾度假，求助于谢怀朴，他便细心地帮她安排好行程，包括面对无敌海景的客房，可以说每天都有不同的惊喜。成为她一生都不可能忘怀的旅行。

而无论他做过什么，都是不需要回报的。谢怀朴是个不张扬的人，并且不会叫优秀的女人失望。不是每个有钱或者有权的男人都能做得那么好，看来这也是他颇令女人倾心的原因吧，他就像圣诞树一样，身上挂满了耀眼的装饰。

那么，她还有什么不甘心的呢？

无非是她的自尊心被打了折扣，而思来想去能责怪的却只有自己。

为了摆脱病魔一样的烦恼，一剑搭车去了时代广场，以往逛商店是最能缓解她情绪落入低谷的良方，不过她今天不知不觉进了超市，买了一大堆好吃的东西，回到家里便开始专心打造。

她忙碌了整整一下午,这是她在家中几乎从不扮演的角色。

学普通人吧,经营好自己的柴米婚姻。

在切青红萝卜的时候,一剑流下了伤感的泪水。

然而,这个晚上并不完美,天色渐晚的时候,和氏璧从学校里打来一个电话,说他碰上几个老同学,不能回家吃饭了。

一剑连发火的力气都没有了,只答应了一声"好吧"。

她面无表情地把做好的菜原装地倒进垃圾筒,抽了一包烟,上床睡觉。十二点半的时候,她被和氏璧摇醒:"今天到底是什么日子?"

"什么也不是啊……"她昏沉沉地说,然后昏沉沉地伸出两只胳膊,抱住了和氏璧。

谢丹青突然有一种被抽空的感觉,若干个白天和黑夜,令他反复思考而又没有答案的是同一个问题,那么,我到底是谁?

血亲犹如乡愁,是一种说不清却能产生极大能量的东西。它就像黑夜里的一盏灯一样引领着你不顾一切地前行。许多次在梦中,他就是跟随着这束光疯走到惊醒,但即便是在梦里,生命也没有给他任何暗示,那么他来自何方,这已变成巨大的疑团,永无休止地在他心中盘旋。他不是不爱现在的父母,可那已经变成了一种深深的感动,一种绵长的恩情。这到底不是一回事。

他看上去似乎没有什么变化,每天还是上课,去图书馆,到医院去,但他开始沉默,对任何事情不感兴趣,也失去了以往了无牵挂的快乐。

他在图书馆的市志里查到本地区唯一的社会福利院,是在一九三三年由一位加拿大天主教徒兴办的,当时取名育婴堂,岁月沧桑,孤儿院也随之多次搬迁,于一九七五年落户龙口,在这之后,另有几家孤儿院合并进来,一九八三年正式定名为社会福利院。

长期以来,这个机构被视为黑暗面,不向社会开放,任何新闻也不许见报,完全是一个与世隔绝的极其封闭的角落。直到一九八四年改革开放之后才开始与国际上同类性质的团体和基金会发生联系,同时接受来自社会各方面的募捐和馈赠。

市志上的介绍当然十分有限,丹青决定亲自去一趟,或许可以找到关于自己的来龙去脉,哪怕只是一两行的原始记录。

他决定不向任何人透露这件事,父母亲现在是最脆弱的,他不能有意无意地伤害他们,但是他已经长大成人,很小的时候已显露出强烈的自我意识,和他坚忍、执拗的性格,这就意味着他不可能不做点什么。

这段时间,父亲的病情渐趋平稳,但他还是坚持每天去病房,有时在那里守夜。去福利院的那天,也正是他刚刚从医院出来,身体虽然疲惫,内心却有一股毛血旺一般的激情，他明显地瘦了，可是两只眼睛却像黑夜的灯笼一样，超常的明亮有神。

丹青买了一张本市的地图，找到龙口的位置，坐市区的车还好，等郊线车时就非常辛苦。开始，孤零零的车牌下还只孤零零的他一个人，但后来陆续有一些乡下人担着担子，另有一些民工打扮的人也在等车。显然，做这样的追寻他不会开奔驰或者搭乘计程车前往，毕竟这不是一次心旷神怡的踏青或春游，对于丹青来说，他已经提前进入另一个角色了，他开始觉得周围的一切并不像他想象的那么真实。

老半天，郊线车才满身伤残地慢悠悠地开过来，人们蜂拥而上，以丹青的优雅固然是抢不到座位的，而且休闲便鞋上被踩满了白花花的脚印。车厢里散发着一股奇怪的味道，虽不是恶臭，但足以叫人窒息，那是一种油汗与劣质香烟混合而成的经久不加清洗才变得日益浓厚的怪味，丹青恨不得立刻逃离这辆车。

这一带的建设和绿化都还不成形，忽而见到有些人在某个建设物上忙碌着，忽而又是一些半成品的房屋似乎已被搁置了很久，人去楼空。一路上自然是绿少黄多，大片的土坡上寸草不生，路边的小树还只是树苗，没有指望地在阳光下呆立。

道路也是好一段赖一段，单调的景致足以叫人昏睡过去。

丹青就迷迷糊糊睡着了，一觉醒来，急忙问旁边的人到了哪里，结果路才走了三分之一，再睡两觉也不成问题。

在龙口下车以后，他开始东问西问，被无数的人指来指去，才在一大堆莫名其妙的木牌里发现了福利院的指示牌，指示牌写得十分潦草，好像不打算被人看清似的。

终于来到一个大铁门前面，铁门外讳莫如深地没有悬挂任何招牌，丹青还是不确定这里到底是不是自己要找的地方。传达室是在离铁门有一点距离的水泥坡度上，看门的老头并没有回答这是不是哪里哪里的问题，而是反问他："你找谁？"

"我找院长。"

"肯定没有预约吧，他去日本开会还没有回来。"

"可我只不过打听点事，随便找个人接待我一下吧。"

老头显出为难的样子，但他看见丹青的确是风尘仆仆，就抓起电话来找了个女同志负责接待一下谢丹青。

按照老头的指引，丹青见到了他所提到的月亮门，月亮门里出现了这一带少有的浓荫，密密层层的灌木和少有的几棵大树可以说是遮天蔽日，石桌石凳上空无一人，甚至连点声音也没有。一阵清风掠过，竟让丹青感觉到些许寒意，却又清神醒脑，这实在是太神奇了。而月亮门外也收拾得相当干净，一座高楼拔地而起，有一些工作人员和大孩子出出进进，完全是一种日常的状态。

一念之差，丹青没有走进月亮门，没有到工作人员的办公地点去找一个叫阿好的女同志,而是向那座高楼走去。高楼是水泥灰色,进门的左右手都是一尘不染的走廊,走廊两边是房间。丹青很自然地往右边走,先是两个大大的盥洗室,有两个身穿白工作服的年轻女人在用皮管冲地,地上有木盆,不知盆里放了什么东西,她们的裤腿卷得老高,脸上是毫无忧愁的神情。再往下走所有的房间,全部是一个一个四周有围栏的铁架子床,每个床上都有三岁左右的孩子,有的在睡觉,有的不知在注视什么,还有的在玩手里的一件什么东西,淘气的就歪歪斜斜地站着,扶着床栏就像是领袖在检阅国庆大典,而有一个孩子旁若无人地在够一个电灯开关。

走廊里偶尔也有人走过,但是没有人对丹青投以好奇或警惕的目光,似乎谁也不会担心有人会到这里来偷东西或推销商品。与外面的世界相比,这里有些过于的安静和节奏缓慢,完全是与世无争的。

相同的房间一间接着一间,工作人员却是不多的,也有带着几个孩子围坐在一起,好像还没吃完饭,但吃饭的时间早就过了。

居然没有什么哭闹声,而孩子的脸上是应有尽有的安详,但这是一种催人泪下的安详。他们的脸色一看就过于苍白了,这就更让丹青感到尤其的不真实,仿佛进了太虚仙境,而任何一个孩子都有可能就是多少年前的自己……这时他可真想童年附体,然后坐在地板上放声大哭。

然而精英教育已经把他变成了另一个人,他没有过粗糙的社会经历,每个人身上多多少少的原始野性,在他身上完完全全被文明所替代,纵情宣泄已成为可望而不可即的奢侈品,是每一个文明人渴望而又做不到的。

最终丹青也没有去找阿好,他有些神志不清地离开了福利院。

再次出现在这个铁门面前的时间是一个星期之后,看门老头已经不记得见过丹青,院长还是没有回来,丹青只好说他找阿好,这竟然也没有触动老头的记忆。

阿好是一个还算年轻就有些慈眉善目的女人,自称是在福利院长大的,外出工作过几次,都有些不适应,便仍回到福利院工作,文秘一类的杂事都由她负责。丹青要求她帮忙查找一下有关自己的档案,阿好想了想,显得有些为难但又没有办法拒绝丹青。

然而最终的结果是,福利院从来就没有谢丹青这一个人。

或者那时他有其他什么名字?

可是无论是什么名字,每个人的去向一栏都有记录,并没有与谢丹青有类似经历的人。"难道你生活得很糟糕吗?"阿好关切地问道。

"这跟现状如何有关系吗?"

阿好微笑着说:"如果过得去,就患失忆症吧,痛苦的事情看得越清楚越没意思。"

谢丹青总觉得阿好的结论不怎么可靠,直到院长出现了以后,他仍怀疑自己的档案在若干孤儿院合并时搞丢了。这位神经高度健全,情绪也异常稳定的院长说:"这是不可能的,而且任何人都不允许随便查找福利院的存档,我不知道你跟阿好是怎么认识的,但是她已经受到了严肃的批评。"

星期天的上午,大病初愈的谢怀朴在自己的书房处理因住院而积压下来的公务,他看上去消瘦了一些,但精神还好,气色红润,大概是好好休息了一段,补品也跟得上的缘故。鲍雪给他送来一杯上好的毛峰,茶香四溢,生活似乎又恢复了原有的宁静。

"你把一切都告诉他了?"谢怀朴突然问道。

"是的。"

"你怎么说的?"

"就说是从福利院把他抱回来的……"

"他相信了吗?"

"当然。"

"那从此以后就不要再提这件事了。"

鲍雪叹道:"我也希望这样。"

这时丹青走了进来,一言不发地坐在书房里的沙发上,鲍雪和谢怀朴互望了一眼,都停下了手上的事看着他。好一会儿,丹青有些无奈道:"妈,你为什么要骗我呢?"

父亲病好出院以后,谢丹青觉得有必要把自己的身世搞清楚，这并不意味着他要做出什么决定。所以他特意在星期六晚上从学校回来，酝酿了整整一晚上，郑重其事地提出了这个问题。

鲍雪一时不知如何作答。

谢怀朴道："你妈没有骗你，我们是从福利院把你抱回来的。"

"真的是这样吗？"

"我们为什么要骗你？"谢怀朴语气肯定地说。

丹青盯视着父亲："那福利院为什么没有关于我的任何记录？！"

当谢怀朴琢磨出这句话的含义时，不禁勃然大怒："谁叫你去福利院的？你觉得这么做很有意义吗？"

"可是我有权利知道我的生身父母是什么人。"

"我们也不知道他们是什么人！如果我们知道，早就告诉你了！"

"爸，你急什么？"丹青突然口气和缓地说，"我只不过想知道我的过去而已，这一点很难理解吗？！"

谢怀朴猛然意识到自己有些失态了，是啊，他急什么呢！

"爸，我请你相信我，告诉我到底是怎么回事，其实什么都不会改变，我和你们难道不是血肉相连，心心相印吗？！"

鲍雪的内心突然化作缕缕柔情，她忍不住想对丹青说点什么，然而谢怀朴却斩钉截铁地说道："我们没有什么特别的事情要告诉你。"

父亲反常的态度,令丹青想到这件事背后巨大的隐情,父母亲本来对他有着胜过血亲的养育之恩,他们为什么不能心平气和地把过去的事情娓娓道来?有必要变得这么不近人情和如临大敌吗?

这时的丹青反而平静下来:"爸爸,还记得小时候你给我的忠告吗?"

这话真让谢怀朴心酸,他至少给过儿子一万个忠告吧?可是现在一切都改变了,亲情也跟爱情一样,根本经不起任何考验。丹青能在他病好以后才质问他,已经很慈悲为怀了,真不愧是他们的好儿子。

见他没有回答,丹青继续说道:"你让我在任何事情上都不要自作聪明。"

"这句话现在对你,也还是个不错的忠告。"谢怀朴冷冷地说道。

丹青变得更加平静:"我一定要知道事情的真相。"

"这件事情没有真相。"谢怀朴说完便一言不发地走出书房。

他们很容易就谈僵了,不知为什么,他们之间已经演变成男人和男人的较量,而鲍雪夹在中间很是为难,她最不愿意看见的一幕还是在她的面前发生了。

男孩和女孩是不一样的,藏蕾就不觉得这件事值得大惊小怪,"我跟着谁长大,谁就是我的父母。"也许女孩子更容易随遇而安吧,在这个问题上,藏蕾一直在劝丹青。

"我承认他们是最称职的父母,我对他们的感情也是不可能改变的,可是我做不到对我的过去不闻不问……"

"你不要再逼他们了,你的亲生父母不是已经不在了吗?我爸爸也证实了这一点,你还想知道什么?难道要像电影故事一样稀奇古怪你才甘心吗?"

丹青叹息道:"有些事情不轮到自己头上,是没有办法体会的。你想过没有,我是一个男孩子,我的根在哪里?我是什么地方的人?我是什么民族?我的父母给了我生命,可我从来没见过他们,也不知道他们是谁?换了是你,你还能这么心安理得吗?"

"可是你这么较真儿,你父母会很伤心的呀。"

"不是我要伤他们的心,我爱他们和我要知道事情的原委这本来就是两回事。"

六

如果你以为一碗打翻的菜汤就能把人推上成功的宝座,那就大错特错了。

在基本掌握了公司概况之后,沁婷又重新返回南京前线,然而这回迎接她的是终日水汽不散,插根筷子都发芽的梅雨季节。

这 年的梅雨季节仿佛成心跟沁婷作对,长而又长,眼看着已经到了往年空调经销旺季的时间,天气仍在低温阴雨里徘徊,江苏地区成了偌大的一个水帘洞,可谓不见天日。那时的老百姓大多数还停留在温饱阶段，能将就就将就，所以各大商场的空调机统统不发市，一台也卖不出去。为了摆脱各个厂家的软磨硬泡，商家采取了联合行动，谁想把空调摆进商场零售，先交四十万元的入场费。

这根本就是杀人不用刀。

不能再东奔西走地游说，沁婷就躺在旅馆的床上发呆，想来想去也只有找专业经销商这一条路。

她通过房萍，和几家经销商与专卖店取得了联系，同时，江苏五交化与雪雁的第一次合作还比较顺利，这不仅使房萍更加信任沁婷，而且对雪雁的产品也有了一定的信心。见沁婷整日愁眉不展，房萍安慰她说，别着急，天气很快就会热起来的，别忘了，我们可是四大火炉之一。

在雪雁的大本营这边，师晓梁分析了国内外的家电形势，伴随着金兰、熊宝等厂家誓与进口空调血战到底的信心，雪雁也拿出了自己研制成功的分体式壁挂机"王中王"，作为今年夏天的主打产品。

雪雁的生产线二十四小时保证运转，工人三班倒，一派大干快上的繁忙景象。这其实也是全国其他厂家的缩影。

大伙盼的，无非是一个热字，战事一触即发。

五月的日历已经撕去了若干张，但天公仍是霏霏细雨，没有半点回暖的征兆。

每天，沁婷都要买回一大堆全国各地的报纸，她不知道自己到底需要什么样的蛛丝马迹，但是一天不翻遍这些报纸心里就不踏实。卖报的阿姨一看见她，便笑得有牙没眼。

眼看着五月份就要走完了，千呼万唤没有唤出反常的、哪怕是忽冷忽热的天气，而是口碑不俗的熊宝空调把价格调低了一千元，打响了价格大战的第一枪。对于价格战，沁婷实在是不陌生，无论是在国内卖电风扇，还是在香港做生意，价格始终是一个敏感而又无法躲避的问题。最夸张的时候，还不是割肉让利，而是倒贴保住市场份额，说白了是一场你死我活的肉搏战。

果然，这个口子一开，降价之风便像决堤的洪水，让人没有招架之功。像金兰公司这样名声显赫的大姐大，也不得不屈尊让价招商，全国从南到北，风卷残云，同样的产品，你降二百，我降四百，一路降下去，连进口空调也稳不住岿然不动的位置，削价将近千元。

雪雁何去何从？

沁婷还没有想好这个问题，公司的肥伯打来紧急电话，她说公司的过道上、车间里到处堆满了空调，每天上班，就被财务、生产、供应等部门的人团团围住讲资金回笼、出货、库存这些问题，脑袋都快给他们吵爆了，各地的业务员也都顶不住了，看来只有降价这一条血路。

沁婷道，你让我再好好想想。

肥伯道，哪还有时间想，再想，雪雁就变成烧鹅了。

沁婷把自己关了三天，她想，降价大战是杀得血肉横飞，可是消费者并没有在空调机前排起长龙，那么，削价的意义又在哪里呢？还有，削价容易，可是以后的市场就更难做了，我们总不能自上绝路吧？思来想去，沁婷觉得大家都忽视了或者不愿意相信，其实最大的问题还是天气。

你不得不承认，这是一桩靠天吃饭的生意。

那么，今年到底会不会热呢？再度现身的沁婷不仅买回了三天的报纸，还买了科普类气象方面的书，当她看到由于环保等方面的问题，关系到地球气温的臭氧层已经受到破坏，大环境将一年热过一年，平均摄氏三十度以上的天气将逐年拉长，而日本专家认为，这样的天气每持续一天，空调的销量就会增加一万台时，沁婷决定跟老天爷赌一把。

第二天，师总亲自打电话来：不要感情用事，我看也只能壮士断臂了。

沁婷嘴上答应着，但心里想，将在外，军令有所不从。当时她真不知道自己是怎么想的，其实削价只会减轻她的营销压力，而且不用负任何责任，倘若她一意孤行，万一今年是冷夏，她可是一点退路也没有了。

这个问题，后来师总也问过她。她想了半天，还是说，不知道，可能是性格使然吧。

那时的每个早上，沁婷睁开眼睛的第一件事就是看天，内心呼唤着如火的朝阳。等待就像是一个漫长的刑期，没有结果也就没有自由。

一天，沁婷在上海的一家报纸上，看到由于商家不肯出资请专业人员为顾客免费安装空调，便花很少的钱找几个外地民工突击培训，结果他们安装的进口空调也出了问题。这件事触动了沁婷，她当即给师总打电话，要求将安装费打入成本，出货时拨给商家。师总也觉得这个想法很好，当时就拍板同意了她的请求。沁婷最后说，师总，你必须亲自抓产品质量，不允许有丁点毛病的产品下线，否则我们就输定了。

另一方面，她和经销商一起建立起一支专业素质相对稳定的安装队伍。她想，在空调机质量相同的情况下，安装的及时和无故障会成为决胜的关键。

此后，沁婷再也不接公司的电话，也不到商场去，她怕在周而复始的降价声中动摇。

天气仍旧阴凉阴凉的，倒是逛街的最佳时节，沁婷去了夫子庙，买来香炉和檀香，在旅馆里的窗台上点着三炷，双手合十，祈求苍天保佑，她就是这样一个人，始终相信冥冥之中的天意。

但这并没有缓解她心中的压力，待在旅馆的一天，就像一年那么长，再这样下去，她非崩溃了不可。

天天烧香，气温却一天比一天凉爽宜人。

沁婷来到当时还是南京唯一的一家保龄球馆，一个人包一条球道，从早打到晚，所有的人都认为她失恋了。直到累得精疲力尽，洗也不洗，倒头就睡，第二天便是前一天不走样的翻版。她也试过看夜场电影，可是看得昏昏沉沉，而且由于没有体力消耗，反而是一倒在床上就开始胡思乱想，她只好继续打保龄球。

六月二十日这一天，肥伯陪师总飞抵南京。

他们来到雪雁的办事处，才知道严沁婷没有为空调降价的事哪怕是做一点点工作。当他们在保龄球馆找到意气风发、面色红润的沁婷时，师晓梁的鼻子都气歪了，如果我现在手里有枪，我非毙了你不可！我还真以为你是匹千里马呢，算我瞎了眼。沁婷一言不发地提着一个玫瑰色的球，她确实不知道该如何解释，为什么她总是以另类的形式与公司首脑相处，真是只有天知道了。

站在一边的肥伯，脸上早挂不住了，她说，小严，你还不赶快通知我们的经销商和专卖店的人明天开会？我看你真是不想干了！

六月二十一日，是沁婷永远也不会忘怀的日子，这天一大早就艳阳高照，天气突然燥热起来。离开会的时间还有十分钟，师晓梁走进南京办事处，这时他看见，严沁婷一个人站在院子里，微扬着脸，闭着眼睛任凭阳光暴晒，两道泪痕清晰地挂在她的双颊。

师晓梁完全愣住了。

当然，会议还是如期举行。

在会议上，众人难免大叹苦经，任何一种说法都是宣泄情绪,难有理性的分析。师晓梁眉头紧锁,一言不发地倾听。

等大伙说完,沁婷才详细讲述了她攻占南京,但又不准备降价的全部计划。她的想法如果是在前些天和盘托出,或许还会有些争议,可是此刻,窗外已是艳阳高照,炎炎夏日的来临就在眼前,她的话似乎也显得格外有道理,所有的人都知趣地不作声了,屏息敛气地齐齐看着师晓梁。

师晓梁足有五分钟没有说话,这在会议室里,就像五十分钟那么长。

最后,他说,散会吧,按照严业务员说的去做准备。

人们散去,师晓梁留住了沁婷,他提了一个让沁婷根本想不到的问题,他说,我现在应该怎么做?

一个大老爷们儿,又是总经理,却能尊重一个女业务员的意见,这是沁婷最初对师晓梁产生好印象的开始。她说,你应该回到公司总部,一旦南京持续高温,就说明长江一线很快会进入夏天,你立刻就往武汉、重庆一带紧急发货。

当天晚上,师晓梁宴请南京的有关人员在狮子楼吃饭,并且开怀畅饮,搞得跟庆功会一样。沁婷说,我们还没有卖出去一台空调呢,实在是无功受禄。

众人不以为意,纷纷为苦劳干杯。这时师晓梁拿着一杯酒特意走到沁婷跟前:"我为我不问青红皂白的发火道歉。"

沁婷莞尔。

师晓梁道:"你要是男的该有多好。"

"为什么?"

"因为我想拥抱你。"

"那就把我当成男的吧。"

"怎么可能呢!"师晓梁把杯中的酒一饮而尽,看得出来,他今晚的兴致很好。大伙也不肯放过他,吵吵嚷嚷地接着又去卡拉OK,大伙合唱了一曲毛主席诗词:《中国人民解放军占领南京》,在这之后自然是你方唱罢我登场,而师晓梁已和肥伯匆匆向机场赶去。

这一年的夏天,南京的温度不断高达三十九度,市民们一入夜就扛着席子冲到广场上去纳凉、睡觉;学校提前放假,大学生的期末考试改到九月初;中暑事件时有发生,有关方面要求便民药店必须二十四小时供货;各大公园和群众性乘凉场所夜不闭户。

雪雁空调卖疯了。

因为他们的售后服务有口皆碑,有人买进口空调买了三天还没装上,可是雪雁公司的经过专业培训的特别行动队,在两个小时之内就能把新买的空调机给你装上,反正空调机也不是什么高科技产品,质量上能有多大的差别!热昏了头的老百姓自然会做出最实惠的选择。

一个人不可能永远理性,尤其是年轻人。

所以,当谢丹青独自来到夜晚的热带雨林时,泪珠儿并不感觉到特别意外,当然也不知道他的内心正在受到极大的挑战。

"她呢?"泪珠儿把酒水牌拍在丹青面前,这样的开场白也很中性,不热情但也不能算失礼。

丹青知道泪珠儿指的她是藏蕾,道:"她今晚要听一个讲座。"

"啤酒还是可乐?"

"你负责推销的那种啤酒吧,先来一打。"

泪珠儿以为自己听错了,看着丹青没有马上离去。

"一打,没错。不过还有一个条件。"

"说吧,顾客就是我们的上帝。"泪珠儿心想,玩世不恭谁不会?说句老实话,那次让丹青看见她大醉她心里并不舒服,干吗那么在意他!

"教我划拳。"

"没问题。"泪珠儿转身离去,不一会儿,提着一打罐装啤酒过来。啤酒被一个个透明塑料圈套着,塑料圈连成一片,啤酒罐当然也不会掉下来。泪珠儿的另一只手,拿着两只大肚杯。

泪珠儿倒酒很是专业,橙色的液体紧贴着玻璃杯壁缓缓而入,几乎连一个气泡都没有。本来,泪珠儿打工完全是为租房的费用,可是现在她对打工比对上课还有兴趣,不仅能见到各色各样的人,而且自己支配零用钱的感觉实在是太好了。

酒过三巡,丹青道:"来吧,教我划拳。"

"怎么也喜欢起下里巴人的玩意儿来了?"

"本来就是下里巴人嘛。"

"不怕影响你的光辉形象?"

"说真的,严安,从咱们一块上中学开始,我到底是个什么形象?"

"很完美啊,不像我们,是社会的垃圾。"泪珠儿说得特别轻松,嘴角还往上翘了翘。

丹青看着泪珠儿若有所思,半晌才说:"咱们划拳吧。"

泪珠儿开始教丹青划拳,然后由慢到快。丹青自然没有泪珠儿驾轻就熟,也就喝了不少罚酒。泪珠儿道:"不如我给你找个笨的来,还好玩些。"她扬手要招呼她的小姐妹,扬起的手却被丹青一把抓住。丹青道:"我愿赌服输,就咱们俩来。"

丹青喝了不少酒,果然是愁上加愁,心里别提有多么苦闷和寂寞,身边的人到底不是自己的同类,有谁能真正理解他呢?

本来他跟父母亲是可以坦诚相见的,他们有着那么深厚的感情,有什么东西值得隐瞒呢?但显然他们隐瞒了关于他的过去,这让丹青觉得父母视他为私有财产,丝毫不顾及他的感受,以往的万千宠爱不过是今天背负的最沉重的十字架。藏蕾更不必说了,照样能按部就班地上课,做作业,听讲座。他不能说他们不对,就算他们乱成一锅粥又怎么样?于事无补,什么都不会改变,问题是他们也没有乱成一锅粥。

是的，什么都没有改变，然而所有的一切又都改变了，就像一天之间天地调了个个儿，你说这是不是改变？丹青觉得他身上的某一种东西，如同地球吸引力那样的一种说不出来是什么但是又至关重要的东西，已经化作气体，消失得灰飞烟灭。这种改变你在意就是惊天动地，你不在意就是雁过无痕，然而，他又怎么能不在意呢？

他觉得他简直就是在一片茫茫的原始森林里迷了路，心里一点底也没有，他的人生观，他的对社会认知的参照系，以及他固守的生活准则，一时间都变成了空白的路标，分别指向深远而又阴冷的天空。

"今晚你能陪陪我吗？"他也不知道怎么会对泪珠儿说出这句话来，或者是对她以往的怪异瞬间了然于心？他完全无法确定。

泪珠儿冷冷地看着他，仿佛又像是鼓励他说下去。

"我把我身上所有的钱都给你。"

他的话音还没落，半杯冰镇啤酒已经迎面泼来，旁边桌上玩得高兴的人们全都傻了。泪珠儿只是哼了一声，扭身离去。她心里是一腔的怒火，你爱着公主一样的美人儿，叫我陪你寻开心？他妈的我的命就是这么贱！跟你比起来我就是这么贱对不对？他妈的你的存在就是我的地狱，我恨你！

想想气不过，泪珠儿又返回谢丹青的面前，铁青着一张脸道："你有多少钱？全都拿出来吧，我今晚陪你玩到底！"心想，他只要把钱拿出来，就用打火机一张一张点着。不是想玩吗？要玩就玩刺激的。

丹青站起身来，只说了一句："严安，你听我说……"人就滑到桌子底下去了。

每当太阳升起的时候，泪珠儿依旧是一个众望所归的大学在读生。

只不过她是一个孤僻、古怪的女孩，至少在白天，在学校里，你完全看不出她有多么的疯狂和叛逆。她不像其他女生那样，选修课一定读《世界美术史》，因为授课的不是什么老学究，而是一位年轻自负而又有几分风流倜傥的男老师，他的课几乎变成了清一色的女将选修，至少前三排都是崇拜他的女生早早地去霸了位，不过他的课确实也讲得好，不知不觉令平凡的生命飞扬。

还有一门挤爆教室的课是《周易》，如今的地球人不管文化程度高低，在无常的生活的风浪中根本无法驾驭生命的小船，便比较一致地对命相、星座、占卦等问题产生了浓厚的兴趣，所以选这门课的人也是趋之若鹜，男生女生济济一堂，反而是不选这门课的人被质问你是火星人吗？

泪珠儿就不选这两门大热胜出的课，她选的《先秦散文》和《训诂学》，上课人数最多的是七人，最少的时候三人，上课不用霸位，踩着点进课室也有数不清的空位，长得像农村供销社采购员模样的老师，一点不嫌学生有限,照样眉飞色舞地上课,一会儿自比孔子,一会儿自比孔子的弟子,一问一答之间自己已经身临其境。基本上,泪珠儿是被老师并不活在今生今世的情绪所感染,所以每回上完晦涩难懂的课,心里倒是有说不出的轻松。

不过,相比之下,泪珠儿还是更渴望夜晚。夜晚让她没有束缚,充满野性,她其实不喜欢任何有条不紊的东西,而在夜晚的掩护下,她感到安全,随心所欲,总之自己更像自己,而不是一个白天的梦游症患者。

这一天她下了课回宿舍,同学告诉她有一个帅哥找她,隔着玻璃窗,她看见谢丹青坐在宿舍大门外的花坛上,无所事事地东张西望。

宿舍的女孩都对丹青挺感兴趣,说他戴着名校的校徽,长得又跟偶像明星一样,巴男与他真是云泥之比。泪珠儿一句话也没说,沉着脸去了花坛。

"找我什么事?"她不客气地耷拉着眼皮说。

丹青见到泪珠儿,忙站了起来,他已经恢复了常态,和以前泪珠儿认识的谢丹青一模一样。他说:"我是特意来向你道歉的,那天晚上喝多了酒,说了一些不该说的话……而且,"他停顿了一下又接着说,"至少有一天一夜偏头疼,所以现在才来。"

泪珠儿实在不想跟谢丹青多说什么,反正说什么也是鸡跟鸭讲,便有些不耐烦道:"我知道了,你走吧。"说完,自己倒是拔腿就走。

"严安,你能听我解释几句吗?"

由于丹青的出现,女生宿舍楼的门口肯定会有不少热情、好奇,或者干脆是欣赏的目光出现,这是泪珠儿最不希望发生的情况,于是她把丹青带到校园里,校园的池塘边上,有一截回廊,此时零星地坐着几个同学在看书或发呆苦想着什么。

泪珠儿道:"有什么话,你就在这儿说吧。"话虽这么说,眼睛却望着别处。

丹青把自己的遭遇告诉了泪珠儿,泪珠儿看似平静,内心却是一惊,觉得这简直就不像现实生活中所该发生的事。

于是,她便一屁股坐在回廊里的长凳上,丹青也坐下了,两人成了并排,中间间隔着一个人的距离,两个人又都不知道或者是不想说什么,这样干坐了大约十分钟,好像才回过神来。泪珠儿道:"那你现在打算怎么办?"

"我想我一定要知道我的亲生父母是谁,他们到底是怎么回事。"

"如果他们死了呢?"

"死了也得知道他们埋在哪里吧,我想知道我是什么地方人,根在哪里。"

"你不是一直过得很好吗?"

"难道你过得不好吗?可是你为什么好像总也快乐不起来?!"

泪珠儿无话可说，又过了好一会儿才说："有空就去喝酒吧，我陪你喝。"

丹青点点头，他们这是第一次还算比较正常的相处。

此后就没有再说什么，泪珠儿不知不觉把谢丹青送到学校的东门口，一路上怎么都觉得和谢丹青这样并肩而行显得很不真实，可是他们的确又微低着头，约好了一样不说话，并且不紧不慢地走着，然后又平静地分手了。

杂木林还是那片杂木林，好像不知名的野生灌木总是有着超乎寻常的生长力，多少年不见也照样能依旧故我，斜坡和铁门却是重新修整过的，形态并没有改变，只是没见过的水泥和油漆还显得有六成新。那种阵阵轻风，总给人一丝凉意的感觉能够保存下来，实在有点令人称奇。

曾几何时，牵着陌生人的手离开这里的时候，泪珠儿就暗暗发誓永不回头，可是现在，她还是来到了它的门前。

丹青走后的若干个晚上，泪珠儿常常彻夜难眠，她想，为什么她就不能折过身去，寻找一下来时的路？其实这种想法不是没有过，童年时代总是幻想着奇迹出现，只不过现实是冰冷无望的，所以后来她才会有意识地一次次错过，宁肯封闭自己也不再去做任何尝试。探寻自己是很痛苦的，总得伴随着一些不可言说的经历，如果最终毫无结果或者比现在还糟,那又该怎么面对呢?

可是现在,她改变主意了。

福利院的院长还是那位沉稳的男人,见到泪珠儿他很高兴,露出少有的欢快的神情。"想不到你还记得我们。"他拉着泪珠儿的手说道,"你能回来看看我真高兴,因为你小时候是最内向的。"

泪珠儿说:"院长你真的没变。"

"还说没变,头发都白完了。"他边说边用手撸了一下头发,他的头发像撒了一层胡椒面那样灰灰白白的,是当今成熟艺人喜欢染成的颜色。

其实泪珠儿心里并没有太多的激动,她来,也不是为了看望曾经善待过自己的人,善待总是有限的,比起心中绵长的煎熬与隐痛,她已经完全不记得童年时代有谁真正关爱过她,或者真正愿意走进她的内心。

她不知道该怎么开口,便显得有点艰难地说:"院长,你看我已经这么大了,你总该告诉我……"

"告诉你什么?"

"我的,真正的,身世……"

院长沉吟片刻,反问她道:"你现在过得还好吗?"

泪珠儿点了点头。

"那你这是为什么呢?"

"想进一步地了解自己总没有什么错吧。"

"可你明不明白,这样做对她不公平,我指的是严女士,你背着她这样做,她如果知道会很伤心的。"

"可我一开始就很排斥她，跟她无论如何也亲近不起来。"

"我们接受一个人，除了爱之外，还有尊重、体谅和包容，她为你也付出了很多啊，这么多年，她已经把你培养成人了，这不是一件容易的事。"

泪珠儿低下头去，她一直知道自己背负着沉重的道德枷锁，人们关心的是他们能看到的东西，通常是你得到了一个大恩惠，还有怨言就是罪过。

院长缓言道："探寻这些其实没有什么意义，现在有许多观念都在受到很严肃的挑战，比如发明永动器的人，经常处于惶恐状态的人，还有一些沉溺于'我从哪里来，我到哪里去，我是谁？'这类问题难以自拔的人，都是需要接受心理辅导的。许多时候，哲学的深层思考恐怕是最接近走火入魔的状态了，你现在是一名大学生，自己的思想体系也正在形成，千万不能钻进牛角尖里不出来。还有，很多人都以为当今时代，张扬个性，看重自己的个人感受，甚至自私一点都是可以理解的，但其实没有一个宽厚的、心存感念的胸怀，永远觉得别人对不起自己，社会对不起自己，以这样的心态对待人生，怎么可能快乐起来呢？我希望你能调整好自己，事实上你已经是我们福利院的幸运之星了。"说完他还举了几个例子，都是与泪珠儿年龄相仿的孩子，他们大多无人问津，也就是无人领养，有一个男孩是从养父母家逃出来的，在社会上胡混最终进了少管所。

院长还说:"泪珠儿,你以后也会结婚,做母亲,那时你就会从心里感激严女士,有许多爱是不动声色的,是需要慢慢发现的。"

有些完全是可以拨动人的心弦的话,年轻人是听不进去的,只因年轻。

泪珠儿没有再说什么,她知道院长是一个很能收得住话的人,只要他不想告诉你的事,他可以带到棺材里去。

于是,泪珠儿说:"院长,你的话我记住了。你忙吧,我想到院子里再转转。"

"你到处随便走走吧,我们这儿变化很大呢。"院长有些炫耀地说,"而且还有很多大明星的干儿子干女儿,当然他们都是属于助养,人还放在我们这里,但也是一分爱心啊。"院长总是以为,他爱这里,别人也同样爱这里。其实明星助养善举绝不是仅仅出于爱吧,可是明了一切的院长宁肯相信这就是爱。

泪珠儿在后院的小山坡上站了一会儿,小的时候感觉这里是高山峻岭,山外的世界遥不可及,甚至连想象力都没有,那时候龙口是边远的乡下,她喜欢站在这里真不知道是在期待什么。故地重游,也不过是一些小土坡,这多少有点令她怅然。

后来,泪珠儿又去了新盖的大楼,进门向左拐便看见了医务室,医务室还是那样,挂着白布帘子,到处都是瓶瓶罐罐,小时候的印象到如今倒是没有丝毫的改变。不过，这使她想起了一个人，就是边大夫，边大夫是一个黑脸膛又有些胖胖的女医生，据说每个新来的孩子都要经过她的手，以及她的隔离室，在确信没有传染病和遗传病之后才能正式进入正常的班集体。泪珠儿小时候就很害怕边大夫，因为她永远也不笑。后来有一次全院为防治乙型肝炎交叉感染，院里又没有经费，边大夫就在后院支了一口大锅，边烧柴禾边煮孩子们的衣服，她满头大汗用一根木棍认真地在锅里搅动，这个画面永远地留在了泪珠儿的脑海里。于是她走进了医务室，问边大夫在不在。

新大夫并不认识泪珠儿，她说，边大夫早就退休了。泪珠儿记下了她家的电话号码。

经过了一番周折，在一家区级的养老院，泪珠儿找到了边大夫，她看上去身体还不错，正在和另外三个老人搓麻将。

显然，她很不想离开麻将桌："我一走，别人坐上来就再也不会让我了……看你，还提什么水果？不过，我倒是很久没吃过蛇果了……"她对泪珠儿倒是既不客套，也不见外，像对待自己的孩子一样。事实上，她也的确是一个心宽的人，她的女儿向泪珠儿解释说，是她自己坚持要到养老院来，她说她喜欢热闹，才不会住在别墅里等死。

看看并没有任何人注意她，泪珠儿只好伏下身去耳语了一番。

边大夫一边翻牌，一边呵呵地笑起来："……你哪有什么身世啊，你妈妈在医院里生下你就溜走了，出院手续都没办，警察就把你送到我这来了……要说身世，这就是你的身世啊……"她胸有成竹地打出一张牌去。

泪珠儿的脸上真有些挂不住，她觉得边大夫未免太直率了，可是谁也没有因此而看她一眼，他们都在聚精会神地看牌，人生末剧，生离死别算不上传奇。

"院长不是说我的父母都是死于飞机失事吗？"

"他给你编的喽，想让那些领养你的人心安理得啊！他编得真是太完美了，怪不得连你都不相信。"边大夫撇了撇嘴，不知是对院长还是院长的谎言不屑，"别理这些事了，泪珠儿，你真不知道你有多幸运，被轻而易举地领入豪门，你想一想，现在的女孩子一字形摆开，穿着三点式在台上走来走去，说是选美，其实为的是什么？还不是为了嫁入豪门吗？还不是为了出人头地吗？你现在住在盛世华庭，那可是个烧钱的地界，将来也一定会出人头地的，真的，我有这个预感。"

边大夫的话，就是院长语录的通俗版。任何一个人的感受，指望别人理解都是不可能的，不管他是怎样一个好人。只是，泪珠儿不知道自己该不该后悔，后悔到这里来问个究竟，她走的时候，口无遮拦的边大夫正好和了牌，根本没有注意她，她也觉得这样还好些，不用隆重地告别。

"这件事对你很重要吗?"邵一剑点燃一支烟,有点心不在焉地说。她今天在报社接到泪珠儿的电话,当时正在跟专栏版的编辑大为光火,本来一篇关于购房热的酷评,不知被谁改了题目叫作《房事知多少》。一剑说,我最讨厌这种声东击西的题目,现在的性又不是禁区,我会直接写房中术知多少,这种样子有什么文品?编辑说,这也是群策群力的结果啊,读者反映我们的版面闷,搞点新意思有什么可大惊小怪。

这时她的手机响了,她没好气地喂了一声。

对面的声音很陌生,但一点也不怯场,她忍不住直截了当地问了一句,你是谁啊?

得知是泪珠儿,的确令她大感意外,尽管她一直不喜欢这个孩子,但是好奇心重是她的职业习惯,她有点想听听这孩子到底想跟她说点什么?

"当然。"泪珠儿回答得很从容,好像是经过深思熟虑才来找她的。

她们相约在一间简朴的茶社,人不多,有一桌年轻人少有的安静,正在无声地打扑克,表情也是漫不经心,似乎有些反常,才会像默片。其他的人,基本上分布在半露天的阳台上,无非下面有个水池,几百条锦鲤游来游去,搞得水面像花玻璃一样。

一剑在自己吐出的烟雾中注视了一会儿泪珠儿,时而觉得她不失稚气,时而又觉得她难以琢磨,不是那种一眼见底的角色。"关于你的一切,我的确知道的很少,没错，我是你妈妈的密友，但不见得她什么都告诉我。"

泪珠儿从通讯录里拿出一张照片，是她七岁离开福利院时照的，她站在福利院的门口，后面是两个面容姣好的阿姨。

一剑看了照片，感慨道："我的那张都不知道跑到哪里去了，嗯，没错，是我和你妈妈一块把你领出来的，你想说什么？"

"很明显，我的年龄偏大。"

"我也这么说，可是你妈妈好像很看中你。"

"她跟你说了是什么原因吗？"

"没有。"

"就算她很看中我，可是为什么不把我带在身边，而是把我送到乡下她曾教过书的那个地方，一个叫卢海花的人家。"

"她那时在香港上班，不可能把你带在身边。后来她打拼出一片天地，不是第一时间就把你接出来了吗？你一来到这个城市就住盛世华庭，上贵族学校，她又出了赞助费让你上大学，你还有什么不满意的？"

"我想知道我的亲生父母是谁？"

"你不是都知道吗？他们都是那种让人羡慕的人，可惜死于飞机失事。"

泪珠儿脸上闪过一丝笑意，话锋突然一转道："一剑阿姨，我们能不能做一个交易。"

"你？和我？"一剑笑道。

"对呀,只要你提供一个关于我的我所不知道的信息,我也会告诉你一个和你有关系的信息。"

"我有什么信息?我已经到了没有新闻就是好新闻的年龄。"

"是啊,什么都不知道是最愉快的。"

一剑跟泪珠儿分手的时候,心里面极不舒服,以她的阅历泪珠儿当然不是什么对手,但令她不舒服本身足以证明泪珠儿的不同凡响,尤其是这孩子的眼神,似有一根根的毒针,不禁让人脊背发凉。

一剑想竭力把这一切抛至脑后,但那些甚至让她产生生理反感的情景,总是像镜头回放一样,频频在她的脑海中闪过。

晚上,和氏璧在写字台前审批学生的作业,一剑忍不住把这件事情告诉他,和氏璧不以为意道:"你完全不必放在心上,这孩子满嘴瞎话。"

一剑奇道:"你怎么知道她满嘴瞎话?难道她骗过你吗?"

和氏璧这才愣了一下,道:"她不是从小就偷东西吗?这孩子的品行一定是有问题的。"

"那倒是,沁婷也是不好彩,没摊上一个知恩图报的孩子。"

"所以我绝不领养,人的弱点咱们是最知道的,哪里是养得熟的?你看沁婷付出了多少,孩子还不是背着她找自己的亲人,只要能找到,素未谋面也能跟人家走。"

"我当然不会告诉沁婷,省得她伤心。"

这个晚上,还不到十二点钟一剑就上床了,这是平常不多见的事。她没有开床头灯,希望能早一点入睡,这时她的脑子里又闪现出"房事知多少"这个题目,已少去了白天的愤怒和无奈,而是不觉在心中有所叹息,真是房事知多少啊,根本就说不清。

也不知是怎么回事,自从她决定把心收回家庭从此跟和氏璧好好过日子以后,她做那件事便糟得一败涂地。尽管两个人结婚以来,他们也没有过那种干柴烈火熊熊燃烧的态势,但还是比较和谐的,可是在暂短如烟花的婚外情过去之后,她突然就对平庸的男女之情不感兴趣了。一剑是个理智的女人,分析利弊,人生取舍是她的拿手好戏,然而事情会变成这个样子仍是她始料不及的。

生活中的许多事,根本经不起理性分析,比如她一点也不恨谢怀朴,这连她自己都没想到,她只是伤感,这也是她太重视自己造成的。除了用情不专,对于肯付出的男人你都不知道该恨他什么,离开他不是因为恨,而是为了解救自己;另外就是以她的负疚感,是很想加倍对和氏璧好的,也愿意维系这个家庭,可是仍然出了问题。

心收回来了情欲却是覆水难收,沁婷没有说错,早在她采访罗时音的时候,就说过她是一个比普通女人更虚荣更功利的人。她重视的永远是男人头顶上的光环,一旦有幸与之相连便成为她真正的甘霖雨露，过去对和氏璧所有的溢美之词，与其是讲给别人听的，不如说是在提醒自己。现在她完了，做那件事情的时候一点分泌物都没有，干涩得根本进不去，而且身体犹如铁板一块，任凭对方怎么努力，她就是顽强得毫无高潮可言。

或许有时是她不敢太放纵自己，潜意识里会担心叫出另外一个名字。

总之，这种情况一直没有得到改善，她又有些担心和氏璧会发现她的隐情，可是这种事情，有时越想做好情况反而会越糟。

奇怪的是，这个晚上他们好像互换了身份，和氏璧表现得超常的热情，一剑觉得也没有理由拒绝他，再说她想如果要继续过日子，各个方面都应该正常化，所以也有些夸张迎合的举动，但是一切准备就绪之后，和氏璧突然不举了。

一剑毫不迟疑地在心里责怪自己，深感是这段时间自己折腾的恶果，她这样满脑子的杂念和非分之想，生活又怎么可能恢复到最初的样子呢？一切和谐美好的东西都是短暂的，短暂得让你只能回忆起一些零星的片段，而有些看似不经意的打击，甚至可以纠缠你一生一世。

也许她只能对和氏璧加倍抚慰，才不至于太负疚。不过这个晚上注定是不浪漫的，和氏璧什么也没说，似乎无奈多于沮丧，倒头睡去，这使一剑更觉得错在自己。

七

为了缓解谢家不在沉闷中灭亡，就在沉闷中爆发的矛盾，由藏院长出面在祥云楼订了一桌地道的上海菜，什么甜虾、糖藕、马兰头拌豆腐干，还有鳝糊、西湖醋鱼等等，点心更是精致完美，独具特色。

包房外面连着一个宽敞的露台，摆放着古朴的根雕茶座，藏院长要了一道上好的明前龙井，准备饭后品茶。

祥云楼深知上海菜卖不出大价钱，便在环境上下了些功夫，整个院落曲径通幽，绿竹翠影，无论是吃饭、品茶，皆能养胃养眼，颇得一些传统知识分子的喜爱。

人倒是全请来了，但以往温馨祥和的气氛已经荡然无存，看得出来，每个人都在调整自己的情绪，不希望把这个聚会搞砸，但是越是不自然的因素越容易使人烦躁、压抑，尤其是怀朴和丹青父子，脸上都有些难以调和的固执，目光也尽可能地避免相遇，这就预示着冲突随时都有可能发生。

藏院长示意大家举起面前的高脚杯，杯中已经盛有摇曳不定如女人裙摆般的红酒，藏院长开始盛赞云南柔红，说它如何纯和，不上头，而且口感也相当不错。在座的人都喝过波尔多红酒，自然知道柔红没有藏院长说得那么好，只是这样的饭局，你让藏院长这种接近木讷的人做怎样的开场白？可以说他也是没话找话。"我就不废话了，都是自家人，大伙喝酒、吃菜。"这时他的额头已有了一些细汗。藏蕾是个懂事的女孩,不失时机地赶紧起身给怀朴和鲍雪夹菜,气氛终于和缓了一些。

热菜一道道上着,味道也还正宗。藏师母道:"丹青,你去英国的东西收拾得差不多了吧?"丹青抬起头来,但是没有作声。

藏师母又道:"我的意见,还是得带一个电饭锅去,其实在国外,吃饭是个大问题,电饭锅可以做饭、熬粥、煲汤,用途可多了……"

藏蕾打断母亲道:"我们是去上学,又不是过日子,哪能什么都带!"

藏师母道:"上学本身就是过日子嘛,难道读书就不用吃饭了吗?"

鲍雪忙道:"那就带一个吧,丹青的行李肯定没有小蕾多,她是女孩子,可以理解,还是我们带吧。"

两个母亲又开始讨论英国阴冷的冬天,丹青实在忍不住便开口道:"我有一件事想宣布一下。"

大伙不约而同地望着他,同时怀有十足的担心。

丹青道:"我考虑了很长时间,决定暂时不去英国了。"

藏蕾先傻了:"你这是什么意思?我们离开学的时间……已经没有什么余地了……"

丹青道:"我想你可以先去,我要处理完自己的事再去。"

藏蕾求援一般地看着父亲,藏院长沉吟片刻道:"丹青,我看你还是不要感情用事,不管怎么说,学业有成是人生的第一步,这对你的将来很重要。"

"这件事我已经考虑了很长时间,请藏叔叔尊重我的决定。"丹青的表情是丝毫没有松动的。

鲍雪看了看丹青,又看了看怀朴,不知说什么好。此时的谢怀朴,脸色早已阴沉下来,灰白灰白的有些吓人,按照他说一不二的性格,他应该是拍桌子发火,或者拂袖而去,但他显得极为克制,他说:"来吧,咱们喝酒。"

不管怎么说,这顿饭还是吃砸了,虽然没有吵起来或者出现掀翻酒桌的场景,但是每个人的心情都降至冰点。对于丹青来说,他甚至渴望一场撕心裂肺的大吵,那种所谓的只有有身份的人才可能具备的修养,令他觉得虚伪透顶,他们注重的永远是自身的安稳和表面的和谐。怪不得谁都讨厌有钱人,因为他们没有真性情,也许在他们一步一步成为全社会的典范时,总有一些东西一点一滴流逝干净。他想,如果他不想办法离开一下,那么掀翻桌子的那个人有可能是他。

本来不至于这么糟的,他跟他父母的关系。起因很简单,就是他们拒绝跟他讨论关于他过去的一切,这无疑会滋长他的逆反心理。其实这没有什么难理解的,正因为丹青没有把自己当外人,他才会这么任性。

"我吃饱了,先到外面去透透气……"丹青起身去了露台。

藏蕾急忙跟了出去,她站在丹青身边,连续看了他两眼才道:"这么大的事,你也该跟我商量一下。"

"我不想耽误你,我也没有资格要求你留下陪我。"

"我们为什么不能一起走呢?"

"你叫我怎么走?我根本不知道我自己是谁?我到底是怎么回事?"

"丹青,你就不要再逼你的父母了。我爸说,他们是不想让你伤心,才不告诉你你被遗弃的事实,你为什么就不能体谅他们的心情呢?"

"我在哪儿被遗弃的?他们又是在哪儿捡到我的?我就不明白这有什么不能说的?我并没有说要离开他们,可我有权利知道我的身世,你觉得我的要求很苛刻吗?"

藏蕾无言以对。

丹青叹道:"他们知道我一定会去调查,所以一点线索也不给我……可是他们想过没有,越是讳莫如深,我的逆反心理就越重,我怎么可能就这么算了?他们是了解我的,我的性格和我所受的教育,当然也包括家教,都不会允许我糊里糊涂一走了之。"

"丹青,我会留下来等你。"藏蕾经过片刻的思考,义无反顾地说道。

谢丹青忍不住拉过藏蕾,把她揽在怀里,他小声说道:"我现在只有你一个亲人了……""丹青,别这么说,你爸妈知道会伤心的……"藏蕾依偎着丹青,心中涌起从未有过的甜蜜,因为两家特殊的关系,他们可以说是手拉手的长大,包括小时候干坏事、闯祸都一同而为,所以他们看上去更像同胞兄妹。这也是藏蕾心中不可言传的一点点缺憾,那就是丹青对她的那种纯粹男女方面的冲动实在是太少了一点,只不过丹青太完美了,完美得令她不愿意承认这的确是一个问题。

有一件事是她心中永远的痛,那是她过十八岁生日的时候,她告诉父母她请了同学和好友到家中狂欢,请他们消失一个晚上,于是父母亲便去听音乐会了。而她其实只邀请了一个人就是谢丹青,两个人又吃又喝消磨了很长时间,后来熄了灯,点燃了烛光,丹青说道,许个愿吧。她没有说话,只是静静地走到他的面前,慢慢地解开一粒一粒的白扣子,动作优美地脱掉身上的白色的连衣裙,里面的文胸和短裤也是白色带抽纱的通花,这使她看上去玉雕粉砌,完美无瑕,尤其她圆润的肩膀,不大不小但十分饱满挺立的乳房,以及她纤细的腰身和平滑的小腹,无不闪现少女怀春的妩媚。

她真想告诉他这就是她的愿望。

当时她看见丹青都惊呆了,好像还细细地欣赏了她,然后轻轻地拿起地上的裙子,满怀感激之情地替她穿上,甚至还帮她扣好了扣子,一切都做得柔情、自然,只是没有她隐约预想的那种火山爆发一样的冲动,这到底是为什么呢?

可是今天,她却找到那种感觉了,那是一种奇妙的感觉,丹青一把把她拉过去,贴近了还想贴近,紧紧抱住不愿放手,好像他手一松她就会飞走似的,恨不得和她变成一个人他才放心。她闭上眼睛，任凭自己冰雪消融。

学校快放假了，丹青不得不考虑自己该怎么办？这段时间因为内心的疙里疙瘩，他几乎没有回家住，星期天随便给自己找个理由，也就逃避了与父母碰面的难堪。

他绝不是想惩罚他们，而是不愿意装出若无其事的样子，如果吵架又吵不起来的话，他又不能总是一副挑衅的样子，先拍桌子砸碗再兴师问罪，同时，他也很理解父母的苦衷，谁希望自己好不容易养大的亲生儿子一般的儿子突然就离心离德了？你这么死心塌地地追究你的过去这本身就是一种态度，他们也在竭力地忍让他。

可这毕竟是一个坎儿，文章写不过去的时候，路上碰到一堵墙的时候，情感遭遇到一场浩劫的时候，谁又能随随便便地混过去？

战争从来都是一个人的。他，和他的父母，想说服的其实都是他们自己，只是做不到而已。

随着放假时间的临近，已经有好几个同学来约丹青云南自助游或者去西藏，但是都被他婉言谢绝了，因为他根本没有心思云游四方，能说出来的理由是还要在龙行天下网络公司上班。同学们都说，你也太居安思危了吧？我们还什么都没着落呢，照样先玩了再说，你可倒好，惦记着第一桶金呢！你有一个好爸爸，再这么力争上游，这世界上还有我们穷小子的活路吗？！

最终，丹青决定从家里彻底搬出来住，以前父母给的钱他还剩了一些，尤其母亲，总喜欢在他的外衣口袋里放钱，渐渐养成了习惯，生怕他因为没钱委屈了自己。另外他在网络公司上班，也能挣一点钱，这样在外面租一间简朴的房子还是不成问题的。

他花了八百块钱租了一套很小的一房一厅，但是位置、交通都比较方便，设施也还齐全。这件事他想了很长时间还是没有告诉藏蕾，不管怎么说她还是一朵温室里的花，没有必要要求她一块儿和自己承受什么，而且无论是潜意识里还是客观上，他也无非是希望父母开口，以他的教养，他相信无论出现什么情况，他最终都会回到他们身边去。既然是一个砝码，还是知道的人越少越好。

这是放假前的最后一个星期天，丹青必需回家收拾东西了，他往家里打了个电话，是母亲接的，听得出来她非常惊喜。

他提出晚上才能回去，晚饭后还要回学校。其实白天他在学生宿舍里一点事也没有，不想看书，不想和藏蕾约会，也不想和同学一块逛书城或者撮饭，总之他对任何事都提不起精神来，仅仅是有个想法就开始腻烦，更别说去干了。于是他就躺在床上，任光阴似水流逝，同宿舍的一个同学一边挤青春痘一边在听疯狂英语，他居然有点羡慕他。

丹青现在是越来越喜欢晚上了，不知道是什么原因，似乎黑夜可以掩盖一些东西，如果有什么不顺心的事，消失在黑夜也比较正常。白天就不同了，所有的一切都因为清晰而耀眼，因为耀眼而透明，什么都真真切切，清清楚楚，无处逃遁，甚至要对自己不快乐的表情负责，谁都有可能提出一个你压根就不想回答的问题，譬如谢丹青你就长了一张剑桥脸怎么又不上英国了？这么恋床可不是你的风格，出什么事了吗？

他突然觉得怎么全世界的人都憋着看他的笑话呢！

到了吃晚饭的时间，谢丹青用钥匙打开家中的铁门，院子里的网球场空无一人，几片飘零的落叶可以证明它已闲置多时，他与穿红色运动服的父亲在这里尽兴奔跑并且嗨嗨加油的声音音犹在耳；油纸伞下母亲优雅的身影已成为一种期待，她常坐的地方像静物画一样既写实又虚幻。

餐桌上摆放着他最爱吃的几样菜，他可以听见母亲和保姆在厨房讨论关于烹调方面的问题，一股柔情倏地点燃他的身心，他这是要干什么呢？他到底想知道什么呢？他为什么要离家出走呢？从小到大他们可曾对他有过半点对不起的地方呢？就让这一切过去吧，就像他自己清醒地知道，一切都不会改变。然而与理智背道而驰的是他的精神状态，他就像一支离弦的箭，或者是急速飞驰的火车头，有一种纯粹本能的力量始终在推动着他不顾一切地向前冲，尽管理智之神追踪而来，但它们从来就不是对手。

谢怀朴忙于应酬没有回家吃晚饭，这让丹青暗中松了口气，晚饭他吃了不少菜，为的是让母亲高兴。

当他在自己房间收拾东西的时候，鲍雪走了进来，眼中掠过一道惊喜："……你能改变主意，妈真高兴。"

丹青不忍心说出来，但又不能不说，他只好埋头叠衣服，不看母亲的眼睛："妈，我不是去英国，我想搬出去住。"

"为……为什么？"

"不为什么，只是想让自己冷静一段时间。"

鲍雪半天没有说话，只是怔怔地望着儿子，最后一言不发地出去了。

望着母亲因为忧伤而微微颤抖的身影，他本应该过去搂住她的，然而丹青却是恨恨地甩掉手上的衣物，一屁股坐在床上，门户大开的箱子被他狠狠踢了一脚。他痛恨的是现代文明，有修养的人决不肯轻易发火，宁愿哀怨地自忍。他现在渴望的就是一场大吵，骂他什么他都觉得痛快。

他知道自己很残忍，可是他还是要这么做，事情怎么会演变成现在这个样子？这既不是他的本意也不是他的初衷，但显然，他们之间的那道无形的裂痕是越来越大了。

第一次听到吕潘这个名字，严沁婷心想，这是人名吗？这不是两个姓吗？

当时的沁婷已经是雪雁电器股份有限公司的经营部部长,由于公司产品质量的提高,也因为沁婷的个人魅力,她已成为业内人士心目中的明星人物。

古往今来,湖南是个出能人的地方,既有圣贤,也有豪杰,可圈可点的英雄更是不胜枚举。可以说,即便这里也盛产痞子,那也是有一些水准的,能在有钱人的象牙床上打个滚的穷人怕也不是一般意义上的穷人。

吕潘就是一个土生土长的湖南人,他出生在株洲,是在长沙完成的学业,当然他不是痞子,最多也只能算一个草莽英雄,只不过他身上既有男人阳刚、豪放的气派,又有湖南人特有的痞气,是一个不好评说又难以类别化的人物。

当年,他还是一个机关干部的时候,仕途远景尤为可观,但这家伙脑子活泛儿,聪明,同时个性张扬。他想,假如当官他就得磨掉棱角一辈子夹着尾巴做人,这对他来说无异于做变性手术,想想也是很痛苦的。那么有一个机会可以靠自己的聪明才智随心所欲地生活,他为什么不做出明智的选择呢?于是吕潘停薪留职,毅然成为自改革开放以来第一批下海的弄潮儿,他推销过预防乳腺增生的药物性奶罩,倒卖过电子表、风衣,开过餐馆、美食城等等,无一不以失败告终,成为熟人口中的笑料,谁要是想辞职干个体,总能听到这样的忠告:小心点,别成了第二个吕潘。

吕潘在应该分房子、娶老婆的人生阶段,在动荡中把自己给耽误了,而在一个人不得志的时候,很难有人真的那么独具慧眼,废中识宝。那段时间谁给他介绍女朋友他都去见,结果没人看得上他,后来等他成了钻石王老五,你说他还会看上谁呢?

经过几年的扑腾,吕潘虽然没有挣到钱,但是积累了不少做生意的经验,同时编织起了自己的人脉网络,是这些看不到的财富最终令他走向成功。

一个偶然的机会,吕潘的一个在省非金属矿公司工作的哥们儿,告诉了他一个十分重要的信息,就是在浏阳和湘潭一带发现了海泡石。当时的吕潘对海泡石一无所知,哥们儿告诉他,这是一种非常有工业价值的矿石,提炼出来的物质可以作为高级化妆品的填充料,目前在世界上也只有西班牙才有,向全世界出口。

这件事对于吕潘来说无疑是一块大肥肉,他简直在梦里都闻到了肉香。男人在骨子里都是想干大事的,你以为他真的对药物奶罩感兴趣?无非是一个铜板难倒英雄汉的佐证。吕潘在最短的时间内,通过自己七拐八弯的关系,搭上了地矿局局长和地矿研究所所长,连夜商谈合作事宜,同时把消息捅给媒体,这就有了后来工商、银行、税务等重要部门的联席会议。会议开了整整三天,最后决定前期无息贷款四百万元,作为海泡石的开发和进一步详勘的费用,在此同时,以最快的速度审批了由五家单位以参股形式联合成立的海泡石开发责任有限公司,吕潘任总经理。

公司的投资目标和远景显而易见,就是开发海泡石深加工产品,实在达不到要求就原矿出口。

八十年代中期,中国的改革开放之路还深陷在成人童话的泥泞里,任何一个出人意料的说法都可能成为金科玉律,让人们看到的是铺天盖地的商机和滚滚而来的金钱,以为时代的幸运业已降临到自己头上,他们唯一担心的是钱挣得太多可怎么花得出去?!

海泡石的神话经过不同角度的述说,俨然已成为一个当代城市版的科科西里金矿,只需拿着空口袋背金就万事大吉。在它详勘的那段时间,吕潘和他的公司每天要接待两个以上的外国代表团;每周都要开新闻发布会,报告海泡石详勘近况;各路资金以飞蛾扑火一般的态势向吕潘涌来,为的是分一杯羹,吕潘一下子成为万人瞩目的人物,哪怕是跟他仅有过一面之交的人,或者完全不认识他的人,都会把他的名字挂在嘴边,以壮神威。

那些令人睁着眼睛都能飘飘然的日子,是吕潘至今难以忘怀的。

然而,半年之后,答应三个月内拿出深加工产品的地矿部门迟迟不能交货,还没有彻底昏了头的吕潘突然被一个最简单的问题警醒:什么是海泡石?

时至今日,这个耳熟能详的词汇还仅仅是一个词汇,他根本就没有见过。他被这个问题惊出了一身冷汗,海泡石详勘的费用如同肉送进了搅肉机,以最快的速度把金钱变成粉末,而无息贷款仅仅是前期,后面大量的资金是高利贷,那么一旦海泡石成为镜中花、水中月,他岂不是只有自杀谢世这一条路?!

商海,从来就不是温馨的摇篮,母亲的怀抱,或者孕育艺术家成长的蓝色的多瑙河,她是一个引无数英雄竞折腰的青楼名妓,娇美动人而又薄情寡义,即便是你千金散尽万劫不复甚至含笑九泉,她也仍是皓齿明眸,琵琶犹抱。

第二天一早,吕潘没有惊动任何人,便坐上了第一班开往北京的飞机。

他找到北京地矿部,证实海泡石的确是一种稀有矿,的确有独特的吸附作用和工业价值,但当他提出来要一睹海泡石的芳容时,才知道北京地矿博物馆也没有海泡石的标本,只能派人到日本才可见到原矿。

种种信息令吕潘感觉到这才是噩梦的开始,回到湖南之后,他表面上依旧春风得意,私下里却秘密找来最初捅给他信息的哥们儿,在他的威逼下,哥们儿不得不说出事情的真相。他原不是要害吕潘的,但确实没想到在海泡石详勘的过程中,发现在国内含海泡石的黏土里面的海泡石含量极低,加上分离工艺不成熟,泥巴变金子的神话早已不攻自破,退一万步说,即便是用重金能够使分离工艺成功,这样高成本的海泡石又有谁用得起呢?

然而,社会上已经把海泡石吹得神乎其神,个别知道实情的人便不知不觉成为赞美皇帝新衣的人，戳穿谜底这件事就不好玩了，反正无端端地有钱来好过无人问津的清冷局面，浑水才好摸鱼，其间总会有一些意想不到的收获。

大梦初醒的吕潘首先是严密封锁了这个消息，他真不愧是诸多伟人的同乡，有着非凡的胆略和处变不惊的素质。不久，江湖上盛传财源滚滚的吕潘突然被诊断为鼻咽癌，万般无奈的情况下，只好把炙手可热的公司拱手转卖给了他人。此后，这个风云人物便在湖南的地界上神秘消失了，没有人知道他到底去了哪里。

从巅峰到谷底的经历并没有让吕潘犹豫不前，反而使他懂得了脚踏实地的真正含义，金钱之所以有铜臭气，是因为它在臭汗中泡过，经历过无数肮脏的交易，那种摇身一变，黄金万两的情景，只可能出现在故事和话本里，在现实生活中是绝迹的。

九十年代初期，南方城市的有些家庭开始有了空调，隐姓埋名的吕潘敏感地意识到这个市场会做大，他开始涉足这个领域。当时的国产空调的普遍问题是质量差，于是他一出手就是做进口空调。他在广州组织货源，然后开准运证运回内地，可以说是历尽艰辛，备受冷遇，但他仍旧收起全部的锋芒，身子比别人伏得还要低。在有限的时间里，他一张准运证抢运两次货，有时以过关塞钱的方式无证偷运，这一切他都得长途跋涉，亲力亲为，甚至比货车司机还多一重压力和风险。

然而,身经百战的吕潘终于在商海中找到了自己的位置。

两年之后,雪雁公司针对家电市场推出了外形以及质量都相当不错的新产品,再加上营销天才严女士的出现,生意越做越火。

比起进口空调,国产空调毕竟还是有价格优势,吕潘看准了这一步棋,决定在他的大本营湖南地区做雪雁的总代理。他千方百计地托人带话给沁婷要求见面,甚至动用有头有脸的人物出面请沁婷吃饭,好不容易有一次,严沁婷答应了来吃饭,吕潘在长沙最好的酒店备好了一桌精致酒菜,左等右等,天完全黑下来之后,只来了一个沁婷的助手,这件事让吕潘的自尊心深受伤害。

当然这一切严沁婷并不知道,她身边围着的大户委实太多,都知道跟她合作的好处,一方面沁婷分身乏术,另一方面根本没把吕潘放在眼里,无非是等待与她接洽的经销商,她每天都收到若干邀请,混乱中可以说完全失去判断。

吕潘身上的另一种特质又开始萌动,如果他只是一个喝凉水啃干方便面块又不计较名分的长途贩运的个体户,那他就不是吕潘了。吕潘所以是吕潘,就一定有他的过人之处。眼看着这一年的空调销售旺季即将来临,吕潘怀揣着五百万元的汇票来到另一个火炉城市武汉,他以三到六个点的让利从雪雁经销大户那里买来空调拉回长沙去卖,大户见钱眼开昏了头,不假思索的成交。

而这一大批雪雁空调在长沙冲击市场，彻底打乱了当年雪雁在湖南的营销部署，正常渠道进入该地区的空调卖不出去，出现了极度混乱的局面。

严沁婷不得不再一次出现在这个热辣的城市，在搞清楚事情的原委之后，她主动提出想见一见吕潘，这个名字是双姓的人，但得到的答复是吕潘不想，也没时间见她。

一直被热捧的沁婷，显然对兜头一盆冷水缺乏思想准备，但为了公司的利益，她可以做出姿态来，但心里对这个山大王青红帮一般的人物充满鄙视。几次相约，吕潘都是推三阻四，没有办法，严沁婷只好去了吕潘的公司。

第一次见面，两个人都愣住了，也许均是与想象中的人物相差甚远。

吕潘觉得沁婷一定是那种咄咄逼人的历练女人，这种女人俊丑都是第二位的，关键是她们全身上下的每一个细胞无不透着精明。她们说话滴水不漏，一双锐目像大红鹰经贸公司广告上的那两只鹰眼，一道白光划过，瞳孔便发出宝石般的光芒，直看到你的五脏六腑。而眼前的沁婷，却是一个颇为文静的单薄女人，没有什么凌人的盛气，说话也少，尤其是她倾听时的情形，专注而认真，从不抢着发表高见，生怕别人不知道她的聪明才智似的。吕潘怎么也想不到沁婷是一个如此温婉的女人。

在来吕潘公司的路上，沁婷几度在心中勾勒出这个男人的轮廓,她想,吕潘不过是一个小地方的名人,没有霸气也有匪气,遇到外省人,总得逞一逞地头蛇的威风,如此而已,靠不规范操作引起别人注意的人本身就不足取,先在沁婷的心目中已矮了一截。不过沁婷见到吕潘时,倒是一百个没想到,他剃着平头,相貌还有几分憨厚,而且待人接物并不张狂,反而尤为诚恳,唯独他身上那种拂不去的风雨沧桑留下的遗痕,无言地证明了他并非等闲之辈。

煮蛋器的鸣叫声像空袭警报一样低沉、刺耳,并且恐怖,或者二次大战集中营那样的地方才可能出现这种声音,它让人联想起任何震惊世界的血腥事件,然而,它又仅仅是一个煮蛋器而已。

清早,和每一个白领一样,沁婷先是空腹喝一支蜂王浆,插上煮蛋器的电源,很快又在它的警报声中手忙脚乱地拔掉电源,然后洗头洗澡。在喝盒装奶和吃鸡蛋的时候,她会注意一下早间新闻,当然不是关心阿富汗问题和以巴冲突,而是国内市场以及银行利率等方面的新举措。并顺手翻一翻昨天没看完的报纸。

目前的社会越来越是这样,姐弟恋、明星绯闻、小阿飞一样毫无建树的小演员可以连续十几天占据头版,声势空前浩大,一如煮蛋器的鸣叫声。吕秀莲的首饰粗俗而且没有品位也用黑体字表现,连邵一剑都搞起"房事知多少"来了。她取笑她的时候,一剑未做任何解释，一脸的笑骂由人道尽了前所未有的无奈。而诸多的重要事件却被视作花边新闻报屁股，轻描淡写。

沁婷喜欢走路上班，在搭乘地铁之前可以体会一下早上街道的整洁，空气的清新以及同类人的勤勉，与这些匆匆而过的人们固然素不相识，但从得体的装束以及端庄的相貌，便可知道她们是努力向上，积极肯干的女人，男人她竟是没有心思去揣摩了。按照沁婷在公司的位置，她早就可以享受专车接送，但她还是喜欢像从前一样，简约的、又有些漫不经心的生活是她十分崇尚的，再说适度的步行是每一个现代人的需要。

与往常不同的是，今天街市上私家店铺一大早就开始忙碌了，鲜花和精美包装的巧克力居然占领了半个人行道，各种颜色的玫瑰花被雪青色的尼龙纱轻轻托起，一枝一枝密集地立在红色的大水桶里，傲视百花的抻着脖子，娇艳欲滴。鲜花真如珠宝一样，对女人有着永恒的吸引力。

沁婷在不知不觉之中驻足，看呆了这些还挂着晨露的鲜花。一位卖花的老婆婆见状道："买一束吧，今天是情人节。"

"那应该是收到鲜花才对。"

"能收到当然好啦，如果收不到，就自己送给自己，也是好的……女人这一辈子，爱花的年龄没有多久，你看我现在，见到花还不如见到一碗粥高兴……所以呀……"

被她这样一说，沁婷的心境竟是有些落寞，她有多长时间没有收到鲜花了？她的情感何时才能找到真正的归宿？为什么爱与被爱总是身首异地，难得两全？这些她从不愿意细想的问题就在情人节的早上，倏地来到她的心头，令她无比怅然。

她买了一打玫瑰，不是老太太说服了她，而是在任何一个人生的关口，她都是独自一人慰藉和鼓励自己，今天当然也不会例外，就当是爱自己吧，假如你还有梦想的话。

地铁走走停停，当然会有一些民工模样的人，他们大多成群结伙，最大的特点是盯着人看，包括西裙下面的小腿，他们毫不避讳地死盯着，这种目光的强暴是最没有礼貌的，但是你有什么办法呢？沁婷低头看着地面。一剑早就说过，像你这样的人，谁还会去挤地铁？连我都三年没进过地铁了，莫名其妙。

很简单，她不想成为一个现代都市的白领标本，穿英国牌子的时装，背古驰手袋，喷香奈儿五号香水，多以香槟色的本田雅阁轿车代步，嘴角洋溢着胜利者的笑容，甚至喝的红酒和所谈论的话题都在逐渐趋于一致。这或许是她以前的梦想，但现在却让她心生厌倦，相比之下，她更能接受卖花的老婆婆，肆无忌惮的民工，哪怕他们只是生活的底层，但这一切又是那么鲜活，那么富有人气。

沁婷的秘书是一个细心的上海女孩，姓田，大伙干脆管她叫甜蜜。甜蜜说，就因为老板是女的，我才允许你们这么叫。要是男老板呢？有人这么逗她，甜蜜无不遗憾道，哪有那么好的事。引起人们哄堂大笑。甜蜜人还是蛮勤快的，总是提前半个小时来上班，在沁婷到达办公室之前做好一些准备工作，擦桌子扫地自不必说，基本上热水已经烧开，只等着冲茶，一切就绪的感觉总比乱糟糟的强，尤其对沁婷这么敏感的女上司。

像以往一样，沁婷按时走进公司，她把一打玫瑰递给田秘书，无甚表情道："我是自己买的，拿个花瓶装上吧。"

甜蜜接过花去，笑道："你可真不嫌花多。"

"哪个女人会嫌花多？你还是我？"

"我可不敢跟你比，你快去看看吧。"

沁婷推开办公室的门，还真把她吓了一跳，一大花篮的玫瑰被一尺宽的金边彩带扎着，每一朵都那么饱满、诱人，光看见这些花，还不知是谁人所送，沁婷已经被感动得鼻子发酸了。

甜蜜在她的耳边道："果然是九百九十九朵玫瑰，我签收的时候亲自数了一遍。"

"谁送来的？"

"礼仪公司。"

"废话，我是说……"

"还会有谁呀，是吕潘，他打长途电话叫礼仪公司送来的。"

虽然早已想到是他，但总还抱有一丝幻想，以为奇迹随时可能出现,这就是女人大海针一般的心思。不是说吕潘不好,可如果果然是他,高兴与感动到底打了折扣,所以沁婷不觉淡淡道:"几十岁的人了,还玩这种东西。"

"严总,我看这就是你的不对了,人家吕潘哪点配不上你,还想方设法地让你惊喜,让你高兴,你对他也仁慈一点嘛。"

甜蜜说完转身走了,再进来时手里捧着香喷喷的寿眉,茶叶在亮黄色的开水里舒展着腰身,一副午后无所事事的懒散。甜蜜则像个小蜜蜂一样,围着花篮左转右转,同时伏身花丛感觉花的芬芳,深吸一口气后闭着眼睛陶醉。如果不是外面办公桌上的电话铃响,真不知她要这样徘徊到几时才心甘情愿地离开。

沁婷一边喝茶,一边颇为感慨地凝视着玫瑰,现在回想起来,她几乎不记得自己和吕潘的关系是怎么发展到今天这个样子的。自从他们相识之后,倒是挺谈得来的,一开始的剑拔弩张很快就变成了英雄相惜,彼此欣赏,吕潘顺利地成为雪雁在湖南的总代理。

相处了一段时间,两个人合作得很愉快,当吕潘得知沁婷是一个单身女人之后,他并没有立刻爱上她,但他深知单身女人的弱点。她们经得起严冬般的风寒霜冷,但却极容易被关爱和温存击倒,男人的臂膀和怀抱是她们从未胜出过的沙场。所以吕潘对沁婷关心备至,只要沁婷到下面来,他都是亲自接送,在饭桌上,当着这么多人,他为沁婷挡酒,自己几近醉倒,他动手一只一只剥虾,把鲜嫩的虾肉送到沁婷面前,晚上,他会来到沁婷所在的酒店陪她散步,即便沁婷在公司总部,他也会在逢是狂风下雨的时候,送上一份他的关心与呵护。

有一次,沁婷忍不住问道,你怎么知道我们这边的天气?吕潘道,中央台的天气预报,我只看你那个城市的晴雨和气温。

人心都是肉长的,像吕潘这种一看就知道是大男子主义的人,对沁婷的所作所为,首先连他自己都感动了,他说他常常自问,我还是我吗?这个一味讨沁婷开心的人还是吕潘吗?当然沁婷也会十分感动,有一回他打来电话,当时沁婷心情不好,忍不住在电话里哽咽了,她抱怨她的养女不近人情,无法沟通,她说她真不知该怎样做才能与她正常交往?那个晚上,吕潘说了许许多多安慰她的话。

但是只要坐在办公室里,沁婷就是一个职业化的经理,似乎果真就是一个只有骨架而没有血肉的人。

这一年的初夏,吕潘带着两千多万元的汇票来到公司总部进货,按照当时的情景,用财大气粗来形容他一点也不过分。不管怎么说,他都是雪雁最大的客户之一,何况他自认为与沁婷的交情不浅,拿到最大限度的优惠条件应该不成问题。

沁婷的办公室布置得相当中性,没有什么女人特质的东西,比如相框、小摆设之类的玩意儿,除了搭在椅子背上的外套是浅灰色的有腰身的淑女款式，再无任何温馨点缀。只是它的整洁干净，没有多余的杂物，让人感到简明舒服。就是在这间办公室里，经过一番讨价还价，沁婷始终坚守公司利益，没有做出任何只针对吕潘个人的让步，换句话说，也就是吕潘没有得到半点他想象中的优惠，但最终他还是在合同书上签了字，这是他始料不及的。

手续完备之后，吕潘感慨道："我还以为你很讲义气呢。"

"那是你看错了我，我不讲义气，只讲原则。"

"真没想到你对我也跟对任何人一样。"

"如果你后悔了，那就不要对我那么好，否则你会心理不平衡。"

"有那么点。"

"永远都不要有目的地对别人好，那样双方都会不舒服。"

吕潘无话可说，隔着一张大班台，他无法相信眼前这个公事公办的女人，便是那个深夜曾向他哭诉的女人，那个晚上在室外散步披着他的外衣的女人，那个心安理得接受他打开车门拉开餐椅的女人。

他决定做最后的努力："我得到的这部分利益当中，也有你一份，你明白我的意思吗？"他看着她的眼睛说。

沁婷莞尔。

吕潘又道："你不至于超脱到连钱都不爱了吧？"

"爱是一回事，但代价绝不能是被人看扁。"

"怎么会呢？"

"一个不忠于职业操守的人也不会忠于朋友。"

"你到底是在试探我还是说真的？"

"你呢？"

吕潘愣住了，心中暗自感慨沁婷的不同凡响。

这个夜晚，沁婷自掏腰包请吕潘吃饭喝酒。那是一家法式西餐厅，陈设考究，客人少得出奇，菜肴由法国名厨主理。他推一辆亮晶晶的餐车上阵，将一块来自法国的鲜鹅肝放在一只平底煎锅里前后翻动，其间，加进去数不清的佐料，最后将一杯清澈的白兰地倾泻进去，随着一团火焰腾空而起，浓浓的香气便慢慢弥散开来。这哪里是吃饭，简直就是吃程序、气氛和品位。香草蒜茸熏制的蜗牛美味异常，葡萄酒正宗、名贵。席间，穿黑制服的领班和戴着高筒白帽子的厨师长都来问候菜的味道如何。最后的甜点是黑白两色太极图案的朱古力蛋糕和云尼拿冰淇淋，并不甜腻，堪称上品。

晚饭之后，他们坐在渡轮上夜游母亲江，江风徐徐，一切差强人意的景象均沉浸于黑暗深处，两岸灯火如同梦幻世界，他们又像以往那样谈天说地了。

吕潘自己都没想到，这次交锋之后，他竟然爱上了沁婷。

他给自己的理由是，已是这般年纪，既然错过了郎才女貌的天仙配，那就一定要娶一个自己佩服的女人，否则为什么要结婚呢？反正社会发展到今天，钱完全可以摆平一切，漂亮女人他见得多了，可是让他心动的女人却只有这一个。

回到湖南以后，他给沁婷写了一封长信，虽然没有甜言蜜语，却表达了他的爱慕之心。这一点，才尤其让沁婷感动。

甜蜜再一次走进沁婷的办公室，送来了厚厚一摞公务文件，沁婷停止了遐想，她这个人一旦投入工作，是没有时间概念的。中午甜蜜去食堂给她拿来一个盒饭，她也只是不知其味地吃了几口，接着一路工作下去。

事情永远也做不完似的，快下班时，敲门声再一次响起，沁婷只当是甜蜜，头都没抬道："进来。"

半天没有动静，她抬起头来，门口出现的是笑眯眯的吕潘。

他刚下飞机，而且之前没有任何要来的征兆，其实送花的意思不就是以花为伴吗？可他还是飞来了，这让沁婷的内心无比温暖。

她走上前去，默默地拥抱了他，不期然地说服内心：别太贪了，严沁婷，你得到的或许已经是最好的，这就是事实。

只有在极个别的时候，人是可以心想事成的。

下班时，在公司办公室的走廊上，并肩而行的沁婷和吕潘与师晓梁相遇，彼此客客气气地打了一个招呼，师晓梁就匆匆离去了。沁婷相信,公司上下已人人皆知她今天收到九百九十九朵玫瑰,新闻也自然会传到师晓梁耳朵里,现在又看着他们有说有笑地出去,完全可以想象得出这个情人节之夜会怎样绚丽多彩。

在出门的一刹那,她就想过,若是碰上他,也是好的。尽管这个念头仅是一闪。

望着师晓梁远去的背影,吕潘漫不经心道:"他好像挺恨我似的。"

"怎么会呢?"

"反正我这么觉得,不会是因为你吧?"

"胡说。"但是沁婷的内心还是狂跳起来。

本来,她对包括师晓梁在内的男人都是心如止水的,可是他们在工作中的默契几乎是梦幻组合,而且师晓梁的传统、敬业、钻研、自律、敏锐以及当机立断,无一不是沁婷从心底欣赏和敬佩的,用优秀来评价他一点也不过分。他甚至不吃请,也很少请人吃饭,总是让办公室主任代劳,吕潘跟他一比只能是大俗。

然而师晓梁有一个稳定的家庭,好女人对他也只能望梅止渴。

自从打开南京市场以后,师晓梁对沁婷十分信任,而因为有师总的尚方宝剑,沁婷的地区扩张也进行得比较顺利,但就在这时,发生了一件令人意想不到的事。

一天晚上,沁婷接到一个陌生男人的电话,自称是猎头公司的,有要事与沁婷面谈。通常,以沁婷的坎坷经历,她是不会随便开罪人的,身后的路总是多一条比少一条好,世间的事,有鲤鱼跳龙门,也就有一夜之间山穷水尽,她又不是没试过,居安思危总没有错,所以她答应了星期天和猎头公司的人喝茶。

身穿玄色旗袍的女咨客引她走过幽静的走廊,在一间名为忆江南的茶室前驻足,沁婷推门而入,不觉愣住了,站在窗前欣赏室外园艺的人竟然是罗时音的二公子。沁婷来不及多想,扭身就走,罗公子倒是客客气气地说:"严小姐请留步。"

沁婷站在门口,并没有回头。

罗公子道:"是我委托猎头公司的人请你来的,所以你没走错门,也没认错人,咱们是老相识了。"

"我跟你没什么可说的。"

"叙叙旧嘛,我们罗家是有对不起你的地方,就算是赔罪,你也得给我一个机会吧。严小姐,请坐。"罗公子的话里也还透着诚恳。

想起当年的决绝,就是这个罗二公子铁青着一张脸让她滚蛋,在夜幕低垂霓虹耀眼的繁华街头走投无路,沁婷无论如何没法说服自己像什么都没发生过一样,品茶、闲聊,她还是决定离开。

"你也不想知道我爸爸的近况吗?"

沁婷这时回过头来,等待着二公子往下说。

二公子叹道:"我就知道你是有情有义之人……我爸爸现在的情况很不好,已经不能下床了……"

"不是说他包了架飞机去北京看病,吃了中医研究所开的药,身体好多了吗?"

"没有报纸上吹的那么好,也有防止公司股票狂跌的含义,但中医调理对他还是有效的,不过这回病入膏肓,都是被我大哥气的……"

沁婷蹙起眉头,不知不觉坐了下来。

二公子道:"……你离开的那年,爸想来想去,还是决定把公司交给大哥打理,大哥自然也有一番励精图治,现在看来,也可能就是那时候盲目地大展拳脚埋下了祸根,公司盈利的好景只维持了一个很短的时间,接下来就因为诸多的投资失败令营业额一路下降,去年一年劲蚀二点八亿元,这还不算,今年初,大哥听说爸要收回他的控股权,由我迎娶港发国际洪主席的女儿,重新为公司注入资金,以便收拾残局,他便私自挪用公司三千万港元潜逃,至今也不知道他的下落……这个打击对我爸来说就可想而知了……"

豪门恩怨的故事,沁婷也不是第一次听,但发生在罗时音家族总不能说跟她毫无关联,不过她唯有唏嘘又能作何反应呢?所以内心里,她也一直思索二公子找她的最终目的,总不见得专为报丧吧。

这时,二公子亲自动手给沁婷倒了一杯茶,显然,他也知道沁婷的心里在敲什么鼓,于是他说:"远的就不扯了,现在公司决定重组,由我负责大陆天美公司的业务,你也知道,天美原来是销电风扇的,现在也销空调,而且质量相当不错,发动机是日产的……"话题终于绕上了正轨。

沁婷不动声色道:"不是冤家不聚头,那我们就公平竞争好了。"

二公子笑道:"严小姐真的不明白我的意思吗?你一向聪明过人,现在又是空调业的营销皇后,雪雁给你什么待遇我不问,我这边一年给你二百万的提成,不知这样开明车马,你会不会考虑重新为天美效力?"

"你觉得我会答应吗?"沁婷笑道。

"只要你在商言商,把当年的恩怨放下,这好像也不是什么坏事吧?"

"那你就死了这条心吧。"

"严小姐不是还爱着我爸爸吧?"

"我从来就没爱过他,但是我至少还尊重他。"

"那就是还记恨我……谁都有少不更事、后脑勺不长眼睛的时候。"

"以前的事就不用说了,总之是我在最困难的时候雪雁收留了我,并且培养我进入了空调行业,我想我还不是见利忘义的人。"

"雪雁是大陆的国有企业,你应该知道国企致命的硬伤,什么长官意志、管理混乱、内耗、大锅饭,干的时间越长越没有前途,至于说到培养,不就是师晓梁是个行家,对你常有耳提面命罢了,不过他是个有妇之夫,从你爱上他的那天起,他就是你挥之不去的盖顶乌云,谁知道最终会下什么雨？说句推心置腹的话，在这个世界上，最保险的还是钱。"

沁婷一时无话，暗自想到，显然罗二公子对她进行了深入的调查，而且他的敏锐不能不让她佩服，包括对师晓梁的感情，连她自己在内心里都还没有确定，更不用说跟外人提了。在师晓梁面前她也没有任何形式上的流露，却被眼前的这个人一语道破，这倒让她有点不知作何回应。

"而且，"二公子沉吟良久，又道，"我还是把底牌告诉你吧，天美制定了周密的计划，会在十八个月之内收购兼并雪雁，你也知道，不请自来一般都不会有什么好价钱。"

"你在威胁我？"

"不敢，如果当年我不是有眼无珠，现在也用不着费这么一番周折来说服你了，我是诚心诚意地邀请你加盟天美。"

"如果雪雁果然是泰坦尼克，我宁愿冰海沉船。"

"你也不要自恃过高，会卖电器不等于会卖枸杞子，这个世界大着呢，圈子却很小，随便放句话出去，也会让人玩不转……一个人，活了几十年，怎么可能清白……"

只犹豫了片刻，沁婷便觉得身上冷飕飕颇有寒意，二公子不失时机地把一张名片递到了沁婷眼前："任何时候想清楚了，就打电话给我。"

最终两个人是一块离开闲云居的，当然是车归车，路归路,各自分了手。

在车上,沁婷把二公子的名片一撕两半,随手扔到车窗外面,不过她还是明显地舒了一口气,心里面着实有一点穷人翻身的味道。不过很快,她又被罗二公子那些挟枪挟棒的话搞得心绪不宁。

这件事发生后不久,沁婷没有惊动任何人,就到外地出差去了,本来准备去几个地方,但在第一站还没处理完事情,就被师晓梁十万火急地追回,她问到底发生了什么事?师晓梁的秘书又支支吾吾的说不清楚。

沁婷只好买了飞机票返回,下了飞机,她提着简单的行李闷着头往外走,寂寞、疲惫、匆匆如旅人的生活本身就是她生活的一部分,她早已经不再自怜、抱怨。

这时,有人拍了她一下,她本能地转过身来,意外地发现拍她的人竟然是师晓梁。他到机场来接她了,这是极其罕有的事。就在沁婷发愣的那个瞬间,师晓梁接过了她手中的行李,大步地走在她的前面,沁婷便像日本女人那样,一溜儿小跑地紧随其后。这是她第一次找到小女人的感觉,因为离得近,师晓梁的双肩始终在她的眼前晃动,就像茫茫雪夜里跳跃的烛光,那是一种内心无比熨帖的感觉。

师晓梁是自己开车来的,他坐进了驾驶室,但没有打开引擎,只是两眼有些发直地盯着前方,神情十分严峻,沁婷坐在他的身边,等待着他开口,想来在停车场他就要告诉她到底发生了什么事。

"公司出了大事。"师晓梁的声音低沉,而且有些沙哑,看得出来他已经到了寝食难安的地步,以往,他把主要精力都放在了产品质量和技术开发上,经营和人事方面的问题基本顾不上,所以显得心里格外没底,"一个副总和八个销售员集体辞职,而且这八个销售员全部是骨干,人家把我们的情况摸得很清楚,差的一个都不要,你知道,这对雪雁意味着什么。"

"摆到桌面上的原因是什么?"

"人往高处走,天美公司给的待遇高,他们有香港背景。"

"你打算怎么办?"

"没办法,把提成的点数提高,看能不能留住他们。"

"你不是经常说,企业的销售成绩是各部门密切配合,整体努力的结果,尤其是科技人员,他们是真正的无名英雄……"

师晓梁突然火了,大声打断沁婷的话:"可我有什么办法?现在的人谁跟你一条心?这些销售员手里面有客户,而客户都是跟人走的,这样天美公司就不用在大陆市场打拼,可以坐享其成。"

沁婷也不觉提高了嗓音:"可你想过没有?人的胃口是可以越吊越高的,而且就待遇而言,我们也拼不过天美。"

"那你说怎么办?"

"我想这是一个重新洗牌的机会。"

"什么意思？"

"雪雁的业务员也好，销售骨干也好，其实都没有受过严格的培训，我们正好利用这个机会，着手培养一支素质好同时业务能力专业化的销售队伍，更重要的是全面整顿公司，不光是产品质量，包括销售、经营、管理、制度、纪律、售后服务等都有一个彻底的改观，一个企业越规范，越有发展前景才越能留得住人。"

"可你说的都是远水，怎么解燃眉之急呢？"

"只要我们能承受得住损失，就能死而后生。"

"我粗粗算了一下，损失可能有十个亿。"

"没有经过风浪的企业，永远是沙滩建筑，我相信师总有这个风范。"

不知从什么时间开始，天色明显转暗，白天像黄昏一样朦胧，大朵大朵的乌云在空中急剧地翻卷、变幻，仿佛经过处理的高科技影像。很快，铜钱大的雨滴一颗颗砸在车窗的玻璃上，粉身碎骨。紧接着大雨袭来，窗玻璃上水流如注，外面的一切都变得模糊不清，车内像一间小房子一样显得格外安宁。

两个人突然都不说话了，前窗玻璃被雨水打得噼啪有声，师晓梁打开音响，是他平生最喜欢的交响乐《红旗颂》，配上狂风暴雨的天气和心情，听上去甚是悲壮。

"我知道他们第一个游说的是你，开的价码不低吧？"师晓梁侧脸看着沁婷。

沁婷轻描淡写："还可以吧。"

"我代表公司谢谢你。"

"谢什么?"

"忠诚。"

"我不是忠诚,是跟天美有过节。"

"任何过节都可以化解,特别是在共同利益面前。"

沁婷欲言又止,半晌才道"……我很感谢你这么想。"

"你看上去总是不怎么快乐,其实这没有什么……我知道你跟天美的过节,在你给公司搞来第一个五十万的时候就知道了……"师晓梁的声音变得十分温和。

但是沁婷的脸色陡变:"你调查过我?"

"也不算什么调查,只是了解了一下。"

从此沁婷一言不发。

师晓梁忙解释道:"坦白地说,我这个人疑心很重,像你这样素质的人不可能从天而降,我……"

沁婷突然厉声道:"你不要说了!你跟所有的人一样,宁肯相信调查,也决不会相信自己的眼睛。"说完,她不顾外面的雨还很大,推门下车了。

她都不知道自己气什么?或许是师晓梁的完美让她不愿意面对自己的过去,人这一辈子,无论做过什么,即便雁过无痕也会留下分量,那是你一生都卸不掉的包袱,直到催人老去。

师晓梁不顾一切地冲进雨里,一把抓住沁婷吼道:"个人经历就是个人经历,我都不在意,你何必这么耿耿于怀!"

她能说什么呢？扑到他的怀里大哭一场？算了吧，十年前还差不多，在这个世界上根本就没有平等的感情可言，杜十娘自赎其身，称得上忠肝义胆，最后还不是被李公子卖了！谁叫她曾经是风尘女来着。就算师晓梁欣赏她，喜欢她，那又怎么样？他会真正从心里爱她吗？看重她吗？沁婷觉得这场大雨来得太及时了，她早该猛醒，即使当年她有千般的无奈，那个决定其实已经断送了她所有的情感出路。

"我知道你是一个好人！"师晓梁大声说道，想把沁婷拉回车内。

沁婷甩开了他的手："我不是什么好人，不过是为赌一口气才留在雪雁的。"最终她上了一辆计程车绝尘而去。

车开出去很远，师晓梁还站在雨地里，她透过计程车的后窗看到这一情景，不觉鼻子发酸，眼泪默默地流下来。她不再向后看，随即耳边寂静无声，包括雨、汽车喇叭、街市的嘈杂、车内的流行音乐，一切都像默片一样，毫无生息，那是一种真正心死的感觉，意识已经完全抽身离去。

还君明珠双泪垂，恨不相逢未嫁时。好人也要在自己好的时候碰上啊，没碰上就得认命。从此以后他们只谈公事，谁都不再涉及私人情感。

公司经过了那场人事大地震之后，沁婷可谓临危受命，被安排在更为重要的位置上，全面整顿和规划公司，成为师晓梁最得力的助手。然而，她对他的心理距离已是咫尺天涯，遥不可及。

这时，吕潘出现了，沁婷越是对他无意，他便越是有心，行为也越发露骨和疯狂，不知不觉变成现在这个样子，应该说在沁婷黯淡的精神生活中，他还算是一道亮色，但是往深里想，还是《红楼梦》里的那句话，纵然是举案齐眉，到底意难平。没错，她是在抗拒师晓梁对她的吸引，似乎也完全做到了铁石心肠，但只要师晓梁存在，她心中就总有一个无形的高度，即便是什么也不说，仍旧可以传达和交流，甚至能够享受无言的丰富。

情人节的这一天，应该说沁婷和吕潘过得十分圆满，他们先去爬山，以为别人想不到这么粗放的节目，结果无论走到哪儿都是出双入对的男女。山顶的空气新鲜醒脑，带有植物的芳香，尤其浓浓的草香让人心旷神怡。

后来他们又去泡温泉，在乡下吃农家乐的土菜，最后赶回吕潘住的五星级酒店，已经是晚上十一点多了。在大堂分手时，吕潘对沁婷耳语道："今天还让我住旅馆，真不公平。"沁婷没有说话，拍了他一下："你什么意思？"

"没什么意思，住这儿挺好。"吕潘懒洋洋地回道。

沁婷没说什么，笑笑，准备离去。他们就跟所有难舍难分的情人一样，吕潘又把沁婷送到大堂外面，好在等计程车的人很多，吕潘把沁婷拉到一人多高的棕榈树旁边:"沁婷,咱们结婚吧。"

沁婷用买一包卫生纸的口气说道:"你觉得结婚有意思吗?"

"当然有意思,两个素不相识、萍水相逢的人捆在一起过日子,彼此牵挂,这太有意思了。"

"你了解我多少?你知道我是怎么回事吗?"

"每个女人都觉得自己很深奥,你深奥吗?"

沁婷叹息道:"我不深奥,但是我复杂。"

"愿闻其详。"

"能解释清楚的事情就不复杂……"她的脸上刮过一丝不易觉察的凄楚。

对于吕潘来说,沁婷永远是一个谜,也许正因为如此他才能像探宝一样追随他所爱的女人,他一向喜欢做具有挑战性的事,并不排除爱情,这就是吕潘的特质:"有的人跟克格勃生活了一辈子,死都不知道身边睡了一个特务,我才不管你是谁呢,我喜欢你,我愿意跟你在一起生活,这就够了。"

借着大堂里的灯光,沁婷凝视了吕潘好一会儿,不觉伸出一只手拍拍他的脸颊,像对孩子那样轻声说道:"你真可爱。"

回到盛世华庭的家中,沁婷觉得很疲累,但又毫无睡意,这到底是怎么回事?她也不清楚,她最近的睡眠越来越差了,常常是十分困乏却又难以入睡,可能是……她揉了揉太阳穴,仿佛答案果然就在里面。也许她早该找个男人成婚,过普通人的日子,其实她一开始就是这样规划人生的,可是现在,当年有野心的女人早已默默无闻,生活没有半点漪涟,而她这个甘愿平凡的女人却变成了现在这个样子,她成了人物,纠缠在绚丽奇观的故事里,结局连她自己都不知道。

照理说,她应该回味一下这个丰富而有色彩,同时伴着玫瑰花香的情人节,但这些感人的场面在她的脑海中一次都没有回放过,她不能忘怀的竟然是在公司的走廊上,和吕潘一块与师晓梁相遇,师晓梁的神情从来都带有三分克制,但她仍然可以看出来他心中的不快,那是一种本能和自然的流露。

她渐渐发现,内敛、隐忍和含蓄比爱情本身还美丽。

电话铃冷不丁地响了,由于夜深人静反而把沁婷吓了一跳,她拿起话筒喂了两声,对面静如空谷,这样对峙了片刻,她放下了话筒。

肯定不会是吕潘,他是一个乐意当面表白的人,然而,连吕潘都不屑于做的事,师晓梁会做吗?

生活又恢复了平静,即便是有爱的日子,也不能天天都过情人节。

星期三的下午,沁婷在会议室开中层干部会议。这时,田秘的身影在会议室门口一晃,还冲她做了一个速度极快的手势,沁婷便走出了会议室。

田秘俯在她的耳边说道:"刚才有你的电话。"

"哪来的？"

"省人民医院妇产科。"

沁婷愣了一下，田秘道："我也觉得奇怪，但他们说的十万火急，叫你无论如何去一趟。我已经通知司机在楼下等了……"

沁婷二话没说，转身进了电梯间，田秘急忙跑过来，把她的黑提包递到她手里。

公司黑色的奥迪车在最繁华的中山路上疾驶，一路上，沁婷都想不出自己跟妇产科有任何关联，是不是一剑出了什么问题？她不是发誓要当绝代佳人吗？还是要为自己心爱的男人生一个孩子？如果是这样的话，她当然只能找她商量。除此之外，她再也想不出还有什么事能把她跟妇产科联系到一块了。

妇产科主任是一个骨瘦如柴的女人，不过面部表情还算是友善："你是严安的母亲？"

"是的。"

"她被确诊为宫外孕，必须马上手术。"

沁婷险些没晕过去，她算是见过大风大浪了，仍觉得这个消息来得非常突然："到底是怎么回事？"

"她开始是做普通的人工流产，是她男朋友陪她来的，但是子宫里什么都刮不出来，这才给她重新检查，做B超、尿检，发现是宫外孕以后，她男朋友吓跑了……"

"严安她现在人在哪里？"

"手术室,等家属签字之后,我们马上给她手术。"

"请把手术单拿给我看一下。"

这时的沁婷又恢复了镇定,尽管她手心冰凉,但后背却是虚汗淋漓,不过并不显得情绪冲动。她仔细看完例行公事的条例,对出现意外情况有可能摘除卵巢或子宫一条提出疑义:"这一条绝对不行,她还那么年轻。"

主任耐心说道:"但腹腔打开之后,任何情况都有可能发生。比如炎症和粘连……"

"无论出现什么情况,都不能做子宫或卵巢摘除术。"

"如果给以后的身体健康留下隐患呢?"

"在所不惜。"

"你是不是太绝对了?"

"我是她妈妈,我了解她,她一定会用生命的长度去换生命的质量。"

泪珠儿的手术进行了将近七个钟头,她从手术室里被推出来的时候,脸色像纸一样惨白。此后的一段时间,她的情绪相当低落,几乎不说话。其实手术是非常成功的,也保留了她所有的女性器官。泪珠儿还清楚地记得,在麻药还没有最大功能发挥作用的时候,她听见医务人员在议论她母亲对手术方案毋庸置疑的决定,的确是每一句话都是她的心声,她第一次有着一种奇妙的感觉,仿佛她跟她之间有着说不清道不明然而又割不断的情意,她很想就这个问题整理一下自己的思绪,想明白一些问题……但是,极其强大的睡意像山一样地压过来，使她不得不合上沉重的眼皮。

术后的泪珠儿身体一天比一天好起来，但是她的精神更加萎靡，每天只是靠坐在床上，望着窗外发呆，窗外什么也没有，只有白花花的天空。沁婷在公司请了假，每天陪伴在泪珠儿身边。

一天夜里，沁婷在陪床上沉沉睡去，没有缘由的，她突然在睡梦中睁开了眼睛，而且就在睁开的那一刻起便是清醒的。

周围一片寂静，只有一盏床头灯亮着，光线也并不那么强烈，沁婷发现泪珠儿不在床上，病房内的洗手间里也没有她。沁婷只好走出病房，依稀可见值班室的门大敞着，里面灯火通明，护士正在药柜前摆药，巨大的挂钟指向凌晨三点二十分。

病区走廊拐角处有一个比较大的盥洗室，平时都是病人的家属聚集在这里，清洗各类东西，所以这种时候显得尤其的冷寂。沁婷看见泪珠儿呆立在一处水管前，她的面前既没有脸盆也没有毛巾，你完全不知道她在看什么，但却泪流满面。这一幕让沁婷十分诧异，因为泪珠儿长大后已经流露出几近刚烈和漠然的个性，这样柔弱无依的她似乎令人无法确信。沁婷走过去，也不知说什么好，便扶着泪珠儿走出盥洗室。

这次她非常听话，任由沁婷牵着她的手回到病房。

"我去把巴男叫来好吗？"这是沁婷觉得唯一有用的话。

泪珠儿摇了摇头。

"何必跟自己赌气呢?他还年轻,没经历过任何事,害怕是很正常的。"沁婷又说。但泪珠儿没有任何反应,仿佛一颗小石子落入万丈深渊。

泪珠儿回到病床上,关上了床头灯,一切都在黑暗中恢复了悄然无息。

类似的事件屡屡发生。

医生的诊断是,泪珠儿得了术后抑郁症,这是重创和失血过多而造成的,令她的情绪抵达人生的冰点,觉得生命中的一切都没有意义。

"那么,我怎样做才能帮助她呢?"沁婷急切地问道。

"尽可能地理解她吧,当然也需要补血和补充营养。"

"如果我叫她的男友来看她,能缓解她的情绪吗?"

"恐怕她最想见的人并不是她的男友。"

"怎么可能呢?"

"她有父亲吗?当然,我指的是父爱。"

"没有。"

"这可能是她幼年最大的缺失,也是她真正渴望的东西,她会寻找替代品……"

"这与她的身体有关系吗?"

"当然有关系,她现在还处在一个病理状态,以她年轻的承受力,会觉得与死神擦肩而过,而在这种时候,病人想到最多的是人生的憾事,那么她现在最想见的人应该是从小给她留下深刻印象但又是她望尘莫及的人,其实这个人对她来说抽象极了……"

沁婷凝视着大夫，努力想理解他话中的含义。

星期天的上午，天色很好，蓝天白云使阳光显得格外剔透。

沁婷在收拾该洗的衣物时，看似随便地对泪珠儿说道："你今天的脸色不大好，打点粉底吧。"她把自己的粉盒递给泪珠儿，便卷起待洗的衣物匆匆地离去了。

泪珠儿打开白色的粉盒，圆圆的小镜子里显现出她蜡黄的脸，可以说她是情不自禁地拿起粉扑在脸上薄薄地扑了一层粉，自生病以来，她几乎没有照过镜子，也不知道自己的脸色到了吓人的地步。

将近十一点钟的时候，病房的门被推开了，谢丹青提着水果和营养品出现在泪珠儿的面前，泪珠儿定定地望着他，一时根本说不出话来。

从全麻中清醒过来之后，除了感觉伤口的切肤之痛，泪珠儿也明显地体会到自己情绪上的一落千丈。其实她一点都不恨巴男，她与巴男的感情很特殊，不管其中是不是混杂了其他什么东西，总之是不需要别人理解，别人也没法理解的那种。然而，她也不知道是什么原因，在她突然显露的情感深渊之中，谢丹青的形象总是固执的，一遍又一遍地出现在她的面前，想到他酩酊大醉的样子，想到他坐在学校宿舍花坛前的侧影，竟然能让她的心灵震颤不止。她并不想跟他干什么，也没有天长地久的打算，更谈不上移情别恋。她其实清醒地知道，他们根本不可能走到一起，但是她从小最强有力的理性排斥是不是反而是另一种形式的爱或需要呢？

并且，她也同样清楚地认识到，假如有人向她提出那一类愚蠢的问题，譬如说将你在孤岛上关上三个月，你只能挑一个人陪你，你最希望这个人是谁？她肯定会不假思索地舍巴男而求丹青。

她真不知道自己这是怎么了？

她被这个没有答案的问题始终困扰着，找到谢丹青是一件容易的事，可是关于他的思绪却成了她沉重的包袱，也因为这莫名的压力，她不可能去找他，唯一的希望是他能以最自然的形式出现。

完全和她梦境中想象的一样，她在随便的一个时间里随便地一抬头，推开病房门进来的不是护士，而是谢丹青，他穿着极其休闲的运动服，毫不刻意地走到她的面前，他说，你怎么回事？我听说你病了。

这一天泪珠儿和谢丹青谈了些什么，我们不得而知。但是有一点可以肯定，泪珠儿是在很长一段时间之后，才知道这次见面是沁婷所为，沁婷是这样解释她的先知先觉的：……严安十四岁的时候，有一次学校开运动会，邀请了许多家长观看，严安在田径方面有名次。晚上在家吃饭的时候，沁婷闲聊时提到丢铅球的那个男孩子是谁？严安的回答很奇怪，她说，我一点也不喜欢谢丹青。后来沁婷渐渐得知，谢丹青不仅长得英俊，同时还是一个家境优越并且品学相当突出的男孩子。

确切地说，这一切是泪珠儿后来在沁婷的日记里读到的，沁婷为什么能记住一些微不足道的细节？这需要随着时间的推移，让泪珠儿慢慢体会，或者在某一天或者某一个场景面前豁然领悟。但是在捧着墨绿色硬皮日记本的那一天，泪珠儿才知道自己当时是患了抑郁症，种种的伤心和痛苦无非是病时的症状，尽管来自心底的死结，但也仍让她感到轻松了不少，难怪那些奇怪的想法都随着她的身体康复而渐渐消失了。

不过，疾病的确是可以改变许多事物的纹理，令人深感不可思议。这次事件之后，泪珠儿从心里接受了沁婷。

从表面上看，一切都没有改变，就像日月星辰。但是，在沁婷过生日的那一天，她下班回到家中，看见餐桌上放着几样小菜和一个生日蛋糕。估计是泪珠儿还不习惯当面对沁婷表达情感，所以她并不在家，压在蛋糕盒下的生日卡上只写了最平常的一句话：妈妈，祝你生日快乐。但沁婷看到妈妈这两个字的时候，顿时泪如雨下。

八

记录当代都市生活，完全无法回避的就是一九九七年五月的亚洲金融风暴，在它海啸一般的冲击下，许多原本威风八面的龙头老大公司被剥去了华丽的外衣，露出了极其苍白又瘦弱不堪的骨架。

谢怀朴所在的公司一直是沿海开放城市声名显赫的窗口公司，其一举一动都牵扯到大笔资金，堪称资本市场的晴雨表。

一九九八年末，"窗口公司"突然对公众宣布：债务重组，并且暂停向债权人支付债务本金。这一消息震惊了内地、香港以及世界金融界。

说白了，窗口公司是特殊历史时期的产物，在改革开放初期起到了"特殊政策，措施灵活"的作用，一般均为政府全资拥有或实际控制，可谓靠山雄伟，财大气粗。基于对政府的信任，大量资金源源不断地流入了窗口公司。

然而，经济利益高度活跃，权力又相对集中的行业是比较容易出问题的，谢怀朴的公司多年来积累的严重资产风险已经转化为巨额支付风险，尽管公司的确投资了不少经济建设项目，但也有相当一部分资金，正如大量的流入一样，它们又以不同的形式流失，从而埋下了支付危机的隐患。眼下，窗口公司已经到了还债的高峰期，到期债务一个一个接踵而来，如果不是出于兵临城下、山穷水尽之境地，断然不会出此下策。

度量衡会计师事务所立即对该公司进行了全面审计，得出的报告令政府高层大吃一惊，窗口公司资不抵债竟高达八十四点八亿元，其中"弄虚作假、账实不符"，"参与投机、损失惨重"等评语不能不让相关领导向人事问题开刀。

就是在这样的大背景下，一天傍晚，谢丹青在他自租的小屋里，接待了几名不速之客，他们的态度温和而亲切，并且出示了公务员证件，聊来聊去的目的只有一个，就是希望丹青提供一份与他父亲接触密切的人员名单。丹青道："这应该找我父亲才对呀，应该跟我没什么关系吧？"来人肯定地说，他们相信谢怀朴的正直和经得起检查，所以才从外围调查，这种评价是最客观的，在领导那里也好交差。

一念之差，丹青提供了这份名单。

此后，窗口公司包括谢怀朴在内的六名担任重要职务的人员被"双规"。

做过金融和企业的人都知道，市场操作不是行凶杀人，干了就是干了，没干就是没干，这中间的实际情况千差万别，有行内合理的违规，有擦边球，有避税，有变通。既然是政府出面担保的公司，更有人情和高层权力之间千丝万缕的联系，总不见得某办的一个电话，你还敢让人签名画押不成？总之，凡事不查则已，要查谁不是一本糊涂账！

谢怀朴是在公司办公室直接被带走的，这时他的手提电脑开着，新继的茶水还冒着热气。带到指定地点之后，工作组的人便找他谈话，内容不详。当天晚上，他在洗手间用手机打了几个他自认为重要的电话，最后一个电话是打给鲍雪的，他准确无误地吩咐她说，叫藏院长把事情的真相告诉丹青，说完这句话，手机就没电了，当然从这个晚上之后他便与家人失去了联系。

周末下午五点多钟，丹青从教室里出来，看见藏蕾靠在走廊的墙壁上，专心致志地看一本书，通常她等丹青下课，都是这个样子。

见到丹青，她用平常的语气说："我爸叫你去我家吃饭，还有重要的事情跟你说。"

"什么事？"

"不知道，他又没跟我说，不过他好像挺严肃的。"

"你爸什么时候不严肃？连吃饭、上厕所都很严肃。"

"讨厌。"藏蕾翻了翻眼睛，却又挽住丹青的手臂，两人一块离去。

"藏蕾，有时候我真挺羡慕你……"

"羡慕我什么？"

丹青茫然四顾道："……也没什么。"

在藏院长的工作室里，丹青并没有感觉到他很严肃，倒是对待自己如同对待一个患者。藏院长看上去深思熟虑，但是讲话时又选词挑字，极有分寸。他说："……那一天我也是偶尔听说，妇产科有一个没人要的婴儿，正好鲍雪在我那里看病，她表现出浓厚的兴趣，我们就一块到妇产科去看。很奇怪的是，你一直在睡觉，可当鲍雪走过去时，你不仅睁开了眼睛，还咧着嘴笑了笑，这一下鲍雪就走不动了，我也觉得这是件好事。

"可是妇产科主任悄悄把我拉到一边，她告诉了我一个情况，令我大吃一惊。……原来，当时你妈妈是挂急诊住进我们医院的，来的时候下身都是血，止也止不住，把你生出来以后还是因为大出血过世了。你刚生下来的时候白白胖胖的很招人喜欢，但是你爸爸一直也没来接你，我们想到他可能忙于你妈妈的丧事腾不出空来……大约过了二十天，你爸来接你，但那时你身上突然长起了红疹子，我们就把你留下来观察，没有叫你出院。想不到你身上的斑点越来越多，渐渐形成疱疹，一片一片的，有些地方还形成了溃疡，用惨不忍睹来形容一点也不过分……经过医生的全身检查和检验报告证实，确诊为先天性梅毒。

"你妈妈已经过世了，我们要求你父亲做一个梅毒螺旋体携带者的化验，被他一口拒绝了，从此再也没有在医院露面，孩子也不要了……

"我只好把实情告诉鲍雪，劝她还是算了，一方面近期的治疗要花很多钱，第二将来会不会有什么后遗症还不能下结论，再说领养一个孩子机会还是很多的。我当时是医务处主任，也完全有能力向鲍雪保证为她找到一个健康的孩子。鲍雪当时也给吓住了，可是后来她回家想了三天，她跟我说这三天她只要一闭上眼睛就想起你的样子，就像魔体附身了一样，根本没有办法把你忘记，还给你起好了名字叫谢丹青。

"……说句老实话，当时像你这样的情况，不要说领养，就是由于我们没有隔离病房，想把你转到传染病院，人家都不收，何况你是没有人交医疗费的。我们都不知道该把你怎么办，总不能一直在医院呆着。我们想告你爸爸遗弃罪，可他根本不回家，我们完全没办法找到他。鲍雪说，这孩子实在太可怜了，找到他爸爸，说不定也是往乡下一扔，后果她连想都不敢想……

"鲍雪对我说，她最后看一眼孩子再做决定，我说，你别看了，你看了就走不了了，她想了半天才小声说，我不看也走不了了……后来她拿来钱，陪你住在用主任办公室临时改成的隔离病房，你每天晚上都哭，她没有办法，只能一夜一夜地抱着你。很多人都说，鲍雪到医院来的时候还是美丽少妇，走时已满面风霜。你前前后后治疗了好长一段时间，才算把病情控制住。

"谢怀朴一开始并不接受你，不让你上他的床……可人是有感情的动物，后来你们朝夕相处，他也渐渐爱上了你，他表达爱的方式是对你严加管教，所以你们家是典型的严父慈母模式。

"丹青，现实生活中的许多东西总是比想象中的残酷，既然你爸爸要求我把这一切都告诉你，我尊重他的意见，也尊重你的选择。"

也许血缘当中果然有神秘的元素，听了关于自己的应算是惊心动魄的故事，丹青竟然一点也不恨他的亲生父亲，那个叫阿昌的人。穷，不是罪过，人穷可能会做出许多荒唐的事来，可他毕竟是他生命的延续，亲情的包容力其实很难设想，有着无限的可能性。

按照藏院长所说的地址，当然并不是确切的门牌号码，不过是某一个小的区域。当丹青找到那里时，见到的是一片极其开阔的绿地，青草被修剪的像男人常理的平头，紧贴地面，毛茸茸的，过于鲜亮的颜色仿佛是刷上去的油彩。派出所的人说，住在这一带的人全部搬走了，而且全部是永迁户。所幸的是查到了阿昌搬去了余祥里。

第二天是星期天，丹青决定去余祥里看看，然而像是有什么预感那样，心情并不像他想象的那么激动。

余祥里位于市区西部，占地面积不大，却有十几条街，几十条小巷，迷宫一样七拐八弯。街口有一破旧的牌坊，似乎可以证明它年代久远，街道的左手边是一家大排档，没有节制的占道经营。桌椅是经摔打的那种铁架结构，顶着一块夹板而已，可以随意支起或收缩，烂得不像样子，门口刷着若干大字：阉鸡、香肉、驰名肥肠、猪杂佬等等，后来证实猪杂佬是店名。

这还仅仅是开始，并不宽畅的街道被填得满满的，几乎每一寸地面都被派上了用场，一个中年的女人，在自家门口低着头疯狂地踩动缝纫机，脚下堆满了等待她轧的衣物；路边剃头匠的生意最好，只需一镜一椅加一张破床单在脖子上一围，他便开始从容不迫地修理穷人的脑瓜，足有一排睡不醒的人在耐心等待；单车棚里有四个老头在玩飞行棋，很认真的样子，骰子放在一个透明的玻璃杯里，跳来跳去不会四处乱滚；隔不远便可看到从楼上用绳子吊在半空中的纸板,上面是暧昧的字迹:有房出租。

丹青稍一驻足,便有人走过来上下打量他:"租屋吗?有没有身份证。"丹青摇头,那人语气更加肯定,"找小妹,晚上再来。"

街边聚集着一群摩托仔,车子是国产货,每辆车的一侧后视镜上都多顶着一只头盔,估计是载人用的,他们一旦出动,便像蝗虫一样群宿群飞。这里走来走去的人,无论买东西还是过路,足有一半人穿着睡衣,安然若素把大街当自家的寝室,士多店门口,常有一些穿睡衣的饶舌妇情绪激昂地不知在数落谁。小小的音响店释放出极大的能量,高音喇叭里的男歌手恨恨地唱:让我爱你吧!让我爱你吧!路人不以为意,坐在破藤椅上的老人自顾自地打瞌睡。

头顶有人大喊:"古仔,送一包豆豉上来。"

瘦得没屁股的古仔回道:"五毛钱你也叫我跑一趟?"

楼上的人这才伸出头来,大剌剌道:"有生意不做啊?喊——"

丹青注意到街道两旁的椅楼屋顶,全部晾着万国旗一样的衣服,大裤腿叉着,还有尿布什么的,从底下走过时让人周身不自在,不过其中也拉有极其醒目的横幅,白底蓝字:政府忠告市民,不得客留他人吸毒、贩毒,违者可处三年以下有期徒刑。

余祥里的纵深，便是几乎数不清的深不见底的小巷，走进去之后，突然感觉宁静了，偶尔飘进来的小贩的叫卖声，或者不知是从谁家里传来的电视节目的声音，都让人有隔世之感。丹青找到三十二巷，孤零零地站了好久，才见一位提着菜篮的大嫂，穿着拖鞋走过来，急忙上前问道："大姐，请问阿昌是不是住在这里？"

"哪个阿昌？是不是崩牙昌？"

"崩牙昌？"

"哎，那个门牙崩掉半颗的阿昌嘛。"

"对不起，我也没见过……"

大嫂的神情紧张起来："你不是要……"她手掌在脖子前面一抹道，"告诉你，抓住了这样。"

丹青不知她在讲什么，定定地望着她，大嫂随手指了一个方向："那里，三楼。"说完，噼里啪啦地走了。

家里没有人，丹青坐在楼梯口等待，有人上来下去都不理他，当他隐形。只有对面的那家人有人回来，才对丹青说，找崩牙昌？他哪里会在家？他是越夜越不归。丹青问为什么？邻居说，他在夜总会看场子，你说他夜里怎么会回来？丹青道，可现在是白天啊。邻居说，他如果喝了酒，还不是就在那里睡了，反正都是一个人。

丹青在余祥里找公用厕所，人家笑他说，什么公用厕所？你以为这是五星级街道？哪条小巷不公用？不够你尿？

丹青在外面找到了厕所，又随便吃了点东西，此时已是华灯初上，夜总会门口的霓虹灯一闪一闪，叫做什么大豪城。女咨客穿着红旗袍，化着浓妆，眼皮上不但是淡紫而且还有一些星星点点的发光的钻石样的东西，据说男人见了就会头晕，男人只要头晕，就会一个劲儿地往外掏钱。

她们进去了一个人，说是把崩叔叫出来。等待在门外的丹青，这时候突然有一点点紧张，因为夜总会里传出的重金属的音乐声，灯光也是扑朔迷离，鬼火一样乱闪，所以丹青更有一种不真实的感觉，仿佛所发生的一切均在梦里。

崩牙昌是一个五短身材的男人，但他喜欢昂着头，便显得趾高气扬。他有一张猪肚子脸，眼神里透着自认为精明的那种精明，头发不是白的问题而是所剩无几，腰板挺得笔直，但其实他的穿着很随便，外衣也没系扣子。

"你是谁呀？"他斜着眼睛打量了一眼丹青，脑子里显然在搜索有关这张面孔的记忆，的确门牙是缺了半颗的。

丹青平静道："爸，我是钵仔。"

"慢慢慢，你别吓我啊，哪个钵仔？……哦，钵仔，我想起来了，你怎么来了？怎么会找到这里？这到底是怎么回事？听说你不是跟了一个有钱佬吗？"

"没什么事，就是想来看看你。"

"乖了，算你有心。不过我也真是没什么好看的……是那个有钱佬告诉你我在哪儿吗？……走走走，我们去吃点东西。"

"我刚刚吃过……"

"吃过就再吃嘛，告诉你，有的吃的时候就使劲吃，谁知道下一顿在哪里？"

"不如买点东西回家吃。"

崩牙昌想了想道："也好。"

他们买了一些熟食，和几瓶啤酒，回到家中，完全可以想象单身男人的生活状态，家里乱七八糟，在丹青眼中没有一件像样的家具或者电器，而且屋里的空气有一股浓重的霉味。

两个人静静地吃了一会儿。

崩牙昌尽拣烧鹅很肥的地方吃，丹青道："这些部位胆固醇很高的。"崩牙昌若无其事道："我宁肯胆死，也不愿意馋死……你过得怎么样？没受什么委屈吧？"

"没有。他们人很好，是最称职的父母。"

"那就好，以后不要瞒着他们出来，有钱佬不是那么容易碰到的，个个人都想巴住，都算你好彩啦。"

沉默。这样的表达方式完全不在丹青的语言系统之内，但是很奇怪，他不仅不反感，反而觉得很亲切。

"我想看看我妈的照片。"

"我哪有她的照片？好啦，等哪天我跟狮头婆要一张，她跟你妈原来是好姐妹。"

"狮头婆是谁?"

"街口哩,那个丽晶理发店哩,头发烫得跟狮子一样的老板娘……你当然不知道是谁。"

"爸,你在夜总会看场子累不累?"

"有什么累的,只是不能说没有一点危险,有些黑道上的人来找事,就得跟人家说好话,碰上醉鬼是最讨厌的,还有人高高兴兴地进来,在包房里又吵翻了,打起来你不要管啊!我的脑袋都被人敲过一下,刮风下雨痛,不刮风下雨也痛。"

"还是不做了吧。"

"不做吃什么?我们这种人哪还不是手停口停。"

基本上,丹青已经成了大豪城夜总会的常客,他并不多话,只是陪崩牙昌坐着,难免有人会问:"崩叔,这么一个标青的男孩是谁?"

"我仔来的。"

"骗鬼去吧,看你那个猫样。"

"我老婆漂亮,不行吗?当年她在这里坐台,有你们什么事?"

"那时候哪有什么坐台小姐?"

"女招待嘛。"

"叫老婆抛头露面还这么大声,好心你啦。"

"我愿意供着她,不用吃饭,天天烧香,人还不都是要吃要拉,做生做死。"

丹青一直以为，对于自己从前的已经习惯的生活，根本无法在一朝一夕间放下，而余祥里、三十二巷、大豪城这类地方与他又是格格不入的。但是年轻人也许都喜欢新鲜和新奇的东西，他以前从不觉得闷，但是现在反而感到过去的生活没有生气。同时仿佛一夜之间，有些东西就放下了，反而是这里的一切时时吸引着他。他已经两个月不回盛世华庭了，居然想都不想，理智告诉他应该回去看看，但本能上一直抵制，而且一拖再拖，直到成为负担，就变成了自己跟自己赌气，心安理得地不回去了。

他和藏蕾来过一次，不仅藏蕾不习惯，这里的人也对藏蕾直直地看着，摩托仔的眼光在她的胸前、腿上扫来扫去。藏蕾也见过一回崩牙昌，觉得他粗言秽语，跟丹青的父亲这个称谓根本没办法对上焦距，不过她没有说出来，怕伤了丹青。

又是一个周日，丹青觉得自己的头发留得够长了，就专程去余祥里的丽晶理发馆剪，理发间还不到十平方米，放上两张理发椅，再砌上水池，简直小得转不开身，焗油和烫发的用具就立在门外，上面还挂满了衣架，架子上是清一色浅蓝毛巾。不过理发间里收拾得还算干净，丹青一眼就认出了狮头婆，头发烫得像一个夸张的头套套在头上，可是她的面部却是很一本正经的样子，跟她的发型完全是两回事，表情也是淡淡的。除了她之外，理发馆还有一个染了黄头发身板看上去很单薄的洗头妹。

"从来没见过你嘛。"狮头婆说道,一边摆弄丹青湿漉漉的头发。

"……算是路过吧。"

"不对,你这头发原来是很讲究的店理出来的。"

"这也看得出来吗?"

"当然,完全没用过推子,一层一层剪出来的。"

"我其实并不讲究,你随便剪吧。"

狮头婆开始认真地理发,突然就没有了好奇心,有时歪头看着镜子里的丹青,也只是盯着他的头发。

理完了发,丹青便跟摩托仔的形象颇为接近,不过他并不以为意,付了钱之后,没有马上离开的意思。狮头婆找清了钱,不解地问道:"你还有什么事吗?"

上午店里没什么客人,丹青迟疑片刻才道:"……可不可以……我想看看伍姑娘的照片……"

狮头婆脸色大变:"你怎么知道伍姑娘?"

"阿姨,我是钵仔……"

狮头婆愣了半天,直直看了丹青一会儿,眼角有些湿:"想不到你都这么大了……"

她这个那个语无伦次地问了好些问题,丹青老实地一一作答。狮头婆住的地方就在理发店的楼上,过一会儿下来,手里拿一个旧信封,翻出几张发黄的照片给丹青看,洗头妹也把头凑过来:"看不出你以前这么瘦,像得了绝症似的。"

狮头婆气道:"口臭,别光看着我腰细,我有胸来的。"

"那你也没有这个女人漂亮。"

"伍姑娘嘛,钵仔你看你妈年轻时真是靓爆镜啊。"

丹青抬起头,他没听过这个词。

"靓爆镜嘛,漂亮的一照镜子镜子就爆炸了。"洗头妹急忙抢着解释。

丹青忍不住笑了,这是他第一次见到亲生母亲,她的样子淡如月季,看上去眉清目秀,年轻时脸上有一分抹不去的羞怯。只有一张她和狮头婆穿戏装的照片,不知是穆桂英还是王昭君的打扮,她把头顶长长的翎毛用右手的食指和中指夹住,做了一个顺风旗的动作,可以想见她的内心其实也是不安分的。

狮头婆打发洗头妹去洗毛巾,洗头妹不情愿地端起一盆用过的毛巾,慢吞吞地离去。见她到了公用水管那边,狮头婆才叹道:"你妈就是命不好,要给她爸爸还赌债,她爸死赌滥赌,后来还是被人砍了,脚筋给砍断了没法出来做事……要不你妈也不会嫁给你爸……"

"我爸又没有钱。"

"……你妈陪人睡过觉嘛,也只能嫁给不嫌她的人……"

"我爸对她好吗?"

"好什么好,整天打整天吵,有一回半夜大着肚子横穿这个城市回娘家,你爸也不出来追她……你爸这个人,算了,我不说了……"她挥了挥手,表示不提也罢。

狮头婆叫丹青挑一张照片,其他的便自顾自地收好,同时不无抱歉地说道:"……我那时也很想到医院把你抱回来,可是我哪有钱给你看病? ……幸好幸好,要不然你会有什么出息?你看我女儿,心思根本就不在读书上,十二岁就给男同学递情信,要把一切献给人家,我说你上面没发育,下面没来例假,你都没有东西,献给别人什么……"

狮头婆还在叨叨不停,丹青已悄然离去。

这段时间,丹青的心情渐渐开朗起来,藏蕾不失时机地说道:"心事已了,这回可以去英国了吧?"

丹青略一沉吟道:"好像也是这么回事。"

这个晚上,他回盛世华庭,走到离家不远的地方,便听见叮叮咚咚的弹琴声,他循声上楼,看见琴房中的鲍雪轻轻地晃动着身体,两只手一会儿八字式打开,一会儿又缓缓地合拢,随之而出的旋律如行云流水一般。只是鲍雪的双眼平视前方,却是他从来没有见过的空洞,恻隐之心油然而生,但又不知道说什么好,便默立在鲍雪身边。

对这个家的感觉,对丹青来说是极其微妙的,正如他所说的,什么都不会变,但其实一切都改变了。

在客厅吃水果的时候,丹青说道:"爸呢? ……他好吗?"

鲍雪脸色阴沉道:"你还不知道吗?他双规了。"

丹青大惊失色道:"这是什么时候的事?我怎么一点也不知道?"

"藏院长知道,他没告诉你吗?"

"没有……到底出了什么事?"

"我怎么会知道呢……"鲍雪的语气充满忧虑和无奈,"他只给我打了一个电话,交代了几件事,就再也没有消息了,我打听到地方,去了,但是他们不让见。"

丹青起身道:"我去。"

鲍雪拉住丹青,摇了摇头:"没用的,听说又换了地方,现在人到底在哪儿都搞不清楚。"

"……妈,你不用担心,我相信爸是经得起检查的。"

鲍雪没有马上说话,喝了一口水道:"丹青,谢谢你今晚来看我。"

丹青心里酸酸的:"妈,你这话说得太重了……"

鲍雪望着手上的茶杯,眼神又一次变得空洞无物,丹青心想,他今晚无论如何要留在盛世华庭陪母亲,便在鲍雪身边坐下,但一时又不知该怎么安慰她。

鲍雪仔细看了看丹青:"……头发怎么理成这个样子?"

丹青撸了撸脑袋没有说话。

"……他好吗?"鲍雪突然说道。

"谁?……"

"……你在余祥里的父亲?"

"还好吧……"

"他知道你要去英国吗?"

"知道,他希望我快点去……他也由衷地感谢你们……"丹青已经感到谈话的艰难,因为鲍雪的每句话里都透着伤感。

鲍雪道:"丹青,如果你的心事已了,就赶紧和小蕾去英国吧。"

去英国留学的事再一次被提上日程,只是丹青说他无论如何要等谢怀朴的问题有个结果再走,他的这个态度对鲍雪来说多少也是一个安慰。

因为有丹青的陪伴,鲍雪这个晚上连续睡了三个多小时,这对她来说已经很不容易了。第二天,丹青回到学校,坐在教室里才发现衣袋里的钱,他知道这是鲍雪放的,尽管他也很需要钱,但还是酸楚多于惊喜。

谢怀朴的事似乎是拖了下来,利用这一空当,丹青不仅不能放弃大学课程,而且还要在两个截然不同的地方串场,分头看望他的家人。

夜总会这样的场合,没事就没事,看着那些红男绿女在雪花灯下,一个个变得卡通起来,灯光像闪电那样一明一暗,舞者的动作也变得一顿一顿的。

久了,是更加深刻的无聊,丹青无法理解这里的常客怎么能保持这么旺盛的乐此不疲的情绪,崩牙昌仿佛看透了他的所思所想,猥亵地笑笑:"这里的三陪能用手把男人搞得很舒服,叫做打飞机你懂不懂?"

丹青茫然道:"不懂。"

"不懂你就去试一试啦,很刺激的。"

"你说的是不是自慰?"

"自卫?为什么要自卫?!"

"……我们还是不谈这个话题吧,这让我觉得很尴尬。"

"哪有什么,男人老狗,不要告诉我你还是童男子吧。"

"可总不能够太过随便,这是一件严肃和神圣的事。"

"这是那个有钱佬教你的?真臭屁,照他的说法,我这么多年怎么过?"

"你也可以再找一个人好好过日子啊。"

"谁跟你啊,没有钱鬼都不上身啊,真是的,你说得容易……"

隔了一会儿,崩牙昌又说:"等出了事,你就知道还是无聊好。"

"会出什么事?"

"什么事都有可能发生,这种地方不出事才怪呢!"

凡事不经念叨,果然有一天,包房里的男男女女不知为什么事打了起来。崩牙昌便冲进去劝架,丹青紧跟在他身后,看着一个身材高大的喝醉酒的男人抡起一张椅子向崩牙昌砸来。崩牙冒用手一挡,手臂重重挨了一下,随着一声惨叫,丹青仿佛听见了骨头断裂的咔嚓声,然而崩牙昌面无惧色,用剩下的那只手握住瓶颈,砸了一瓶啤酒,玻璃碴儿张牙舞爪的一头对着醉汉,恶狠狠地骂道:"再打就花了你,信不信?"那个人害怕了,扑通一声醉倒在地上,不知是真的还是装的。

崩牙昌的胳膊是粉碎性骨折,打了石膏,上了夹板,再用三角巾挂在脖子上。

藏蕾哭得很厉害,两只眼睛红红的像小白兔。藏院长两口子心疼,却又不知道怎么安慰女儿。

下午下课的时候还好好的,藏蕾和丹青相约去森巴餐厅吃铁板烧,因为新开张七五折,这是大学生里的风气,吃新餐厅比较重质量轻收费,等牌子响了再宰客也不嫌迟。烤肉的味道确实不错,他们明显吃得太饱了,便去沿江路散步,江风徐徐,景致是怡人的平静与冲淡,给人一种精神驿站的感觉。丹青突然说道:"藏蕾,不如你先去英国,不然耽误的有点太久了。"

藏蕾不经意道:"你什么意思嘛?"

"没什么意思,我余祥里的爸摔伤了胳膊,我想我都要搬过去照顾他。"

"搬去?搬到余祥里去?"

"你不要这么大反应嘛,又不是麻风村。"

"丹青你不觉得你有点走火入魔吗?"

"怎么能怨我呢?我也不想他摔伤啊……"

"那谢叔叔怎么办?对他的事你一点也不上心,而且鲍雪阿姨每天在家里掉眼泪,我还抽时间去陪她,你可倒好,久不久地大驾光临一次,你以为你是谁呀!你觉得你这样做对他们公平吗？"

"我没有对他们不好啊，我心里一直是爱他们的，而且感情很深。"

"那我们就应该学业有成，不能辜负了他们。"

"可我余祥里的爸不做事就没饭吃，我总不能看着不管吧？"

藏蕾赌气道："不管也没什么了不起的，谁叫他当年不要你的！如果你不知道自己的身世，难道他现在就真的不活了？"

丹青像不认识藏蕾那样打量着她："你怎么能说出这样的话来？我从来不觉得你是一个嫌贫爱富的人。"

"这怎么是嫌贫爱富呢？我是对我们俩的前途负责。"

"不出国，也不见得没前途。"

"好吧，就算我白等了，我一个人走，行了吧。"

"藏蕾，我这不是在跟你商量吗？"

"还商量什么？丹青，你太以自我为中心了，就为了你一个人的心理感觉，我们两家人围着你团团转，看你的脸色，生怕你受到伤害，可是你一点感觉都没有，你认为别人为你做出什么牺牲都是应该的，你太让我失望了！"

回到家里，藏蕾越想越生气，也越想越委屈，事情怎么会变成今天这个样子的？无论如何她也想不明白，唯有一点在她心中十分清晰，那就是自从发生了那件大事之后，丹青在慢慢地离她远去，尽管她已经尽心尽力,可他仍旧渐去渐远。女人的预感是很准的,只不过她一直不愿意证实这个预感罢了。

藏院长挥了挥手叫老伴出去,他自己则坐在床沿边,说:"蕾蕾,我觉得事情没那么严重,我相信丹青的家教和为人,退一万步说,即便他最终没有出国,等你留学回来,你们还是可以在一起嘛。"

藏蕾呼的一声从床上坐起:"爸,拜托你别那么天真了,我们这一代人根本没有赤子之心,谁心里都明白,分离就是分手。"

"那两情若是长久时……"

"恰是在朝朝暮暮。"藏蕾斩钉截铁地说。

"如果你真的这么认为,那你也可以到北京去读研究生嘛。"

"我不会为任何人改变我的追求。"

"蕾蕾,你从来是不固执的,是善解人意的……"

"爸,我太年轻,我相信了丹青什么都不会改变的话,但我现在明白了,如果我留下来,就必须接受余祥里,可那个地方对我来说太陌生了。而且我直觉,丹青也不知道他今天的选择意味着什么,我走得远远的,或许他有一天还能追上来,但是如果我继续迁就他,我们就像陷入了沼泽的两个人,一块完蛋是迟早的事。"

藏院长第一次被女儿说得无话可说,但他也在心中暗自承认,女儿的确是长大了。

最近一段时间，颇受传媒关注的两大红星便是谢怀朴和严沁婷，常常是轮流稳坐头版，或者同在一张报纸上相映生辉。

前者当然不是因为家事，而是"窗口公司"国有资产流失的重重铁幕，以及与公司相关的剪不断理还乱的错综复杂的关系。作为一把手的谢怀朴虽说还在审查之中，但他的名字不得不被一次次地提到，几乎成了其中个案的关联词。后者严沁婷，是空调业中的敏感人物，在初夏新的一轮空调大战即将拉开序幕的前夕，提出辞呈，决定离开她为之打下了半壁江山的雪雁公司。

一石激起千层浪，严沁婷的出走使有关她的各种说法不胫而走，扶摇直上，其中最权威的一个说法，也是严沁婷默许的，便是随着雪雁的蛋糕越做越大，利润当然也十分可观，公司在摸索中完善了配套的管理体系，所以蒸蒸日上，已扩大为集团公司。

富在深山有远亲，这句话用在企业上同样合适。由于雪雁特殊的背景和位置，目前从上面那条线塞进来的干部渐多，企业已经没法消化，同时，最不能让严沁婷接受的是，上一级领导中有一种普遍的观点是，要"注意左邻右舍"，要"富帮穷"，他们几近枯竭的思维中只有"拉郎配"是频繁使用的，这样，雪雁必须挂上两个已经关门多年的贫困企业，沁婷完全可以预见到，雪雁被拖垮的日子已经为时不远了。

除此之外，对于公司的远景规划，上级领导和公司本部的理念与想法也完全不同,既然彼此不能调和,总得有人退出这场角逐。

商业社会,每一个信息里都蕴藏着无尽的商机,以严沁婷的江湖地位,空调业中的精英企业几乎无一漏网地冲她摇曳着橄榄枝。

师晓梁已经很久没有在沁婷面前这样失态了,他把沁婷的辞呈撕得粉碎:"我真没想到你会做出这样的决定。"

"你以为我愿意做出这样的决定?……有多少名牌企业中箭落马,当我们已经看到了危机,总得有人以卵击石,让领导思考这些问题,让社会讨论这些问题。"

"留在企业同样可以跟领导沟通。"

"这话你自己相信吗?像你这么有涵养的人都跟有关部门拍过桌子,但是他们的思维方式改变了吗?他们不会有任何感觉。"

"你走了,他们也不会有任何感觉,这就是现实,这就是体制强加给企业的弊端。"

"哪怕是毫无触动,我也愿意做出这种牺牲,事实上,媒体、社会,感兴趣的并不是我这个人,他们已经在思索和探讨一些问题。"

"可你想过没有,你走了之后,我就成了无臂将军。"说这话的时候,师晓梁没有看着沁婷,他看着窗外,心中充满忧伤,"是啊,你可以走,你多潇洒呀,而我只不过是明知无望却要坚守的那个人。"

顷刻之间,沁婷几乎改变主意,其实,作为一个女人,成功真的就那么重要吗?现代人不都在强调享受过程吗?能跟一个自己敬重和深爱的人一起工作,这是女人的造化和福气,何不就这样默默守望,保持那一份生命的美丽?可是这决定她考虑了三天三夜,她知道雪雁在师晓梁心目中的地位,如果她的离去能让雪雁从此不再那么轻易地蒙受荆棘缠身的灭顶之灾,也算是她为他出的绵薄微力吧。

"我不下地狱谁下地狱。"她忍不住喃喃自语。

"这只不过是你的方式罢了,"师晓梁总是能够准确地洞察到她心灵深处的东西,他说,"或许,我不见得那么需要,其实我需要的是……"他停住了,不知该如何表达,便把手指关节依次按得咔咔直响。

沁婷也明显地感到一种不自在,这本不是她的原意,她从来就不想为难他,包括这次离开。她也并非是在情感的深渊无从自拔,让他不得不正视她,正视一份静水深流般的爱。有许多东西,自己承受就够了,爱情如果没有别离和死亡而只有冗长的日子,终将会在现实面前曲终人散,无色无味。

"师总,我想我已经尽力了。"她转过身去,准备离开。

"沁婷!"他可能是第一次这样叫她,以往他都是叫她小严,或者严经理,沁婷应声回过头来,等待着他想说点什么。

师晓梁向她投来友爱的目光,声音中透出少有的男人的温存:"再也不要管我叫师总了。"他甚至轻松地笑了笑。

窗外的树冠大幅度地摆动,天色从早上就保持着一层不变的铅灰,这也许是温暖春日里的最后一场冷雨,像炭笔素描那样斜斜地连贯一气。师晓梁走近窗口,无意间向下望去,只见楼下停着一辆黑色的奔驰轿车,车上跑下来一个撑着雨伞的男人,只见他不仅为沁婷小心地遮雨,还为她打开车门,沁婷坐上奔驰在凄清的景象中远去,师晓梁不得不承认心里头的确有点空落落的。

这辆车是罗二公子的,那个撑伞的男人也正是罗二公子。这次他是自己亲自驾车,来接沁婷去赴他的家宴。

一路上,沁婷很少说话,只是默默地望着窗外,直到这时,怀揣的那份感动才化作清泪流了下来。

这时,她的手机响了,沁婷看也没看,便把手提电话关上了。

"你没事吧?"罗二公子望着后视镜说。

"没事。"她仍旧望着窗外,但情绪已经略作调整。

罗二公子家的别墅坐落在一个大型高尔夫俱乐部旁,称得上满眼绿色,环境一流,院子很大,里面修了一个非常中式的凉亭,有三个五到七岁间的孩子在里面玩,是两女一男,男孩最小。罗二公子介绍说,他们像猴子一样淘气,如果不是下雨,根本不知道他们会跑到哪里去,找都找不到。

罗太太是一个在家里也穿套装裙,头发和淡妆永远都一丝不苟的女人,一看就知道是大家闺秀,极有教养。她微笑地对沁婷说:"本来我想在院子里吃自助,但是下雨了,只好搬到大阳台上,不过质量绝对保证,我请的是凯悦酒家的师傅。"

"您真是太客气了。"沁婷对罗太太印象不错,给人如沐春风之感。

"不,这是完全应该的,你可是请都请不来的客人。"

二公子上楼换衣服去了,罗太太指了指楼上,态度异常诚恳道:"他现在真的是很看重你的,以前的恩恩怨怨我也知道一点,不过你完全是用行动让他转变了看法。"

沁婷并不知道罗太太到底是不是某公司主席的女儿,但不用问她是在国外受的教育,凡事必须表达得清清楚楚才肯罢休,而且态度并不暧昧。这时二公子从楼上下来,拿了一些天美在这个夏天即将到来时的主打产品,主要是从智能化、健康化和节能这几个全新的观念出发,占领市场。他说,综合实力大比拼的时代已经到来,那种单纯的价格竞争还有多少实际意义不言自明,不过竞争会更加隐秘和激烈。

在去年的变频大战中,沁婷还记得雪雁将天美定为主要的对手,然而现在她却坐在这里,不仅恍若隔世,也感到是一种变节行为的写照。

不过,这个晚上,她意外地在罗家耽搁到很晚。除了美味的饭菜之外,还有香气浓郁的英国茶点,同时罗家的三个小孩子,他们一点也不认生,围着她提出各种各样的问题和要求。最大的女孩跟她讨论牛仔装的利弊,小的拿着大开本的童话书请她讲解,主动地倒在她的怀里倾听。这种感觉太奇妙了,就像用羽毛轻划至全身一样,是一种独特的感受。

与此同时,沁婷家的电话铃一直寂寞地响着。

电话是一剑打来的,她也没什么事,只是心里有点不平衡,她躺在自家的席梦思大床上,手上拿着一张报纸,和氏璧好像不在家,不过有些感受,你跟男人是没法交流的。报纸上的沁婷是那种颇合男人口味的端庄、优雅又有点淡淡忧伤的终结篇,曾几何时,这个拎着一只旧箱子乘着月色来投奔她的女人,现在已成为有着"空调业戴安娜"之称的佼佼者,似乎这一切的完成在她身上显得轻而易举,却是多少女人的梦想。

对于谢怀朴的新闻,一剑也还是留意的,只是伤痛比起上一次在医院减轻了不少,这样想来,自己固然是没有心肝,然而现代人又有谁有心肝呢?又有谁不是顶着一个躯壳四处奔忙呢?你赔着人家哭,赔着人家笑,结果还不都是一样。

一剑丢下报纸,趿拉着她粉红色的拖鞋去洗手间做睡前美容,她报仇一样的把按摩霜抹了一脸,然后用手指认真地打圈。

沁婷进屋的时候,家里的电话一直在响,一声接着一声,听得出来,打电话来的人此刻心里必定相当执着。

话筒里传来师晓梁低沉的压抑着激愤的声音:"早知现在,何必当初!"

"现在怎么样?当初又怎么样?"

"当初你就应该和那些业务员一块到天美上班!"

"你真的这样理解我的选择吗?"

"你要我怎么理解?你到哪个公司去不行,为什么一定要去天美?"

"我赢得了他们的尊重,而且他们也愿意为我提供最大限度的舞台,我为什么不能去?!"

"因为他们伤害过你,也因为他们曾经差点把雪雁搞垮!沁婷,雪雁就是千错万错,我是从来没有伤害过你的,公司就更没有。"

沁婷沉吟片刻,陡然哽咽道:"就是因为离开了雪雁,我到哪里去还会有什么区别吗?……其实,我现在在哪儿都是一样的。"说完,她尽可能平静地甚至是轻轻地放下了话筒。

她真的没有生气,只有对师晓梁,她觉得是不必计较的。这也许就是人生,有些人你可以一览无余地交往,无论他对你多好,你总是有迟疑的余地,但是对有的人来说,除此之外,其他的任何选择都没有意义,并且,他好像专门为你的记忆和回味而生,将来你一定会不期地触动他,犹如京剧千回百转的拖腔,可是说了就能了的?

她想。

九

不知从什么时候开始,一本正经的生活开始被人们嗤之以鼻,下班就回家被视为几大傻之一,忠于爱情的人肯定是有病。而只要是不闷的人,哪怕是杀人犯,有人要跟他搞什么刑场上的婚礼也只能算是轶事,离奇闻还差得远。

巴男当然没有胆子杀人,但是他的贪玩和手面阔绰,有一个花仁的风格颇得人心,这也是他目前活得如鱼得水的原因吧。

群众演员的穴头来找巴男,问他愿不愿意演一个背影。

"背影?谁的背影?"巴男问道。

"你这么瘦,后面看跟虾似的,肯定不是领袖的背影。"

"你什么意思?是小偷的背影吗?"

"警察的背影,一号男主角的背影行了吧。"

"难道明星的正面、背面都算钱吗?"

穴头无奈道,明星中途要提高片酬,跟剧组谈崩了,导演决定剩下的几集就用中景和背影解决。

巴男心想,这也没什么难的,又能挣几个零花钱就答应了。

开拍的第一场戏,就是警察和歹徒搏斗从楼梯上摔了下来,巴男看着又高又陡的楼梯,不禁一头冷汗,对导演说道:"不是有替身吗?"

自从男一号走后,导演的脸就没晴过,对撞到枪口上的巴男不紧不慢道:"你还要替身?你配吗?我告诉你你除了背影还是替身。"

大伙准备就绪之后,巴男正准备硬着头皮往下摔,裤兜里的手机又响了,他打开手机看了看,抱歉地对大伙说:"是条短信息。"导演正要发火,漂亮的女演员任性道:"那就念给大伙听听吧,现在可是信息时代,咱们闷在这里拍片子都拍傻了,没准又有什么大事发生呢。"导演和女演员正值暧昧期,便没吭气。

巴男念道:"感谢你中了大奖,请在明天早上十点半钟准时到达建行总部,携带面具和冲锋枪前来领奖。"接着他转念一想,"这不是让我打劫银行吗?"

大伙倒没怎么乐,女演员却笑昏了,春风杨柳一样地弯到这边又弯到那边,以后有事没事就让巴男请她吃饭,反而是导演找她干什么她搭足了架子。后来女演员又知道了巴男的爸爸是大款,本来嘻嘻哈哈的事就有点当真。至于年轻导演高远的艺术追求,好像已经不能再吸引她的芳心了。

开始导演并没有把巴男放在眼里,心想他也不过是女演员跟自己吊吊膀子的工具,谁还会认真!但见女演员假戏真做,趴在背影身上哭得情真真,意切切,他心里别提有多不痛快了,叫来群众演员穴头,坚决要换掉巴男。

其实巴男对演背影和女演员都不过是玩玩而已，根本就没有当过真。可是莫名其妙地被撤换下来，心里还是憋着一口恶气，再加上导演不敢得罪女演员，怕她也跑了，总不能再找一个背影，然后背影和背影配戏，就来回折腾巴男，一会儿摔楼梯摔好几遍，一会儿又从楼上往下跳来好几遍，最后不解气还是要把他换掉，巴男心想就这么算了也对不起自己啊，便去找仁武摆平这件事。仁武道："为了一个背影，难道还打一架不成？"

巴男道："戏我肯定是不演了，但是我得出这口气。"

以往没事的时候，仁武在外面跟人吃吃喝喝，只要叫巴男来买单他从来没有二话，仁武打心眼里也不想失去这么一个朋友，于是就带了两个人，决定教训那个狗屁导演一顿。

让人意想不到的是，这个导演居然还懂个三拳两脚，在外景地，仁武几个人打他不赢。这回仁武真火了，他哪能在众人面前跌面子呢，尤其巴男也在场，还有一些尖叫着的漂亮女人，一股血气直冲他的头顶，他唰地一下拔出一把闪亮的蒙古刀。

这是一个信号，和他一同来的另两个人也随即拔出刀来，在场的人全都愣住了，然而导演仗着人多，也不肯示弱，双方展开了一场混战。

围观的人以为是拍电视，看热闹还来不及，谁也不会多事报警。

最终，等110的公安干警赶到时，现场已变成一片血染的废墟。仁武带着一个手下跑掉了,他的另一个手下和呆如木鸡的巴男被警察当场抓住,导演身负二十六刀,在开往医院的急救车上死去。

凡事死了人,就不好收场了。

虽然人不是巴男杀的,但毕竟这件事因他而起,而且也因为这件事巴男才如梦初醒地知道仁武有黑社会背景,这就使血腥命案更加复杂化。

巴男的父亲得到消息的时候,一头栽倒在大班台前,并不是因为儿子的命让他不省人事,而是听说需要打通有关关系,刑事连带民事赔偿费用,逃亡者的费用以及若是要取保候审所必需的罚金等等,上来就是一百多万,而他公司生产的是大便纸,并不是新版现钞。痛定思痛,他决定放弃这个儿子。

"我希望公安局像捆粽子一样把他拉出去枪毙。"这是巴男的父亲醒过来以后说的第一句话。巴男的妈妈和姐姐苦苦哀求,巴男的父亲只道:"你们可以救他啊,你们可以做'鸡'赚钱救他啊,我是绝对不会拿出一分钱来的。"

听着也是气头上的话,但是一连三天,不见巴男的父亲再提起这件事。

屋里很静,黄昏的风从早上打开的一扇落地窗口长驱直入,极其舒缓并将白得没有一点花纹的半透明的窗纱轻轻扬起,又轻轻落下。沁婷下班回到家中,微风拂面，白纱起舞的景象把她衬托得更像一位披挂上阵、血战归来的将士。她的脸上不觉漾起一抹自嘲的笑容，随即甩掉高跟鞋，褪下长筒丝袜，门钥匙、手提包以及公司文件等等扔了一地，似乎摆放整齐就不能消除她一天的疲累。

她现在给罗二公子打工，同样是一架庞大的公司机器，人事关系却变得十分简单，你只需对你的上司和那份职责负责。当然，资本家的情意永远在赚到钱之后，花红已经是最好的回报，沁婷知道，她将像一颗橙进入榨汁机一样。

你不能两全，脱离复杂的人事纠纷，面临的是超负荷的工作，只要还没倒下，肩头的分量便是无休止地增加。每个人都有很实际的一面，赏识你的人未必疼惜你。

光脚踩在优质的木板地上，那种感觉是彼此亲和的，沁婷决定去放洗澡水，待会儿好洗个泡泡浴。走进自己的房间，毫无思想准备的情况下，只见泪珠儿赫然坐在写字台上，半边身子倚着桌子上方的窗户，她聚精会神全情投入地读着一本东西，周遭世界完全置之度外。日光已是最后的余晖，犹如心有不甘的迟暮美人，有着失色前的明艳。室内的一切反而均处在黯淡之中，泪珠儿也有了模糊的轮廓。

沁婷的震惊在于她书桌上的抽屉是被撬开的，工具箱就在桌子的下方摊着，一派狼藉，而捧在泪珠儿手中的墨绿色的硬皮本，与其说是她的日记，不如说是她从未让人接近的关闭的心扉。

这一切来得太突然了,以至于沁婷完全不知道该说什么,也就在这一时刻,泪珠儿终于抬起头来,无比感慨道:"想不到你的文笔这么动人……"

沁婷的口气冷若冰霜:"你为什么要撬开我的抽屉?"

"我需要钱,很多很多钱……"

"你要钱干什么?"

"巴男被公安局抓了,我知道他没胆子杀人,我要想办法把他救出来。"

"不管怎么说,你也应该来找我。"

"我找了,可你到下面厂里去了,并且手机根本没有信号。"

沁婷突然吼道:"那你也应该等我回来,而不是撬我的抽屉!"

然而,泪珠儿却是少有的平静:"妈,S是不是我?"

沁婷没有说话,面色苍白,垂手而立,那一瞬间眼中掠过无尽的沧桑。

……维多利亚公园一直是菲佣的天堂,她们定期在这里聚会,载歌载舞,有时我觉得我并没有她们快乐。在香港,维园是我唯一的朋友,在这个灯红酒绿的世界,每个人都在为钱奔忙,谁会为谁的冷暖伤怀停下匆匆的脚步?而我和维园是可以默默交流的,关切有时是不问,不答,是倾听之后的如常。

今天是周日,维园里突然奔跑着许多孩子,他们穿着新衣服,一边吃着点心、水果,一边做游戏……后来才知道这是慈善机构在这里办的领养派对,难怪孩子们显得超常的机敏和活泼,可是到底能有多快乐呢?他们小小的年纪,已经会看大人的脸色,人们观察着他们,偶尔也会对话,在纸上记下孩子的号码,一种渴望的目光立刻从孩子的眼中倾泻而出,拥有一个家庭已成为他们至高的理想。

准备离开的时候,突然想起了S,尽管在心里一直不接受她,可她毕竟在一天一天地长大,并且总是在心中与她不期而遇。

很奇怪,那一天从妇产医院出走的时候,我是义无反顾的,没有回过一次头,也没有再看S一眼,我决心忘记过去的一切,只当什么都没有发生过。人在年轻的时候,做任何事情都是不假思索的。

……她还活着吗?会不会因为疾病或者欠缺照顾而离开人世?如果活着,她会是一个什么样子?是自己的翻版还是无端端就会招人厌烦的那种人?我并没有什么好奇心,特殊的经历早已把我练就的风动幡动心不动。只是这些年来,一直人为地患着失忆症,竟连自己也相信了过去的一切不过是一场噩梦。

然而,这一次竟是明显的自责,明显地感觉对不起她，想到她如果也是在这样一群孩子里，这样子眼巴巴地望着陌生人，这样的满怀希望，连天真烂漫中都带有目的和功利心，而最后又以极度的失望告终。这对她公平吗？不是她非要来到这个世界上。是的，我是在暗无天日的恍惚中，错过了把她做掉的时机，我不愿意见到任何一个我认识的人，包括我的父母，我不需要他们的援助之手，因为比较起他们的愤怒、同情或者厌恶，我宁肯独自承受这种精神和肉体的双重折磨，但是我怎么也没想到她其实是如影随形，从来就没有真正离我而去……

可能是在表面的风华之外，自己的内心也相当寂寞的关系吧，要不然怎么会突然产生了怜惜之情？真不知道是她需要我，还是我需要她？像我这样的人是没有今后的，更没有将来，离开大陆时的壮志豪情不过是自己天真幼稚的想法而已，早已在平凡的日子里化解得一干二净，老板是有年纪又有家室的人，我在他的生活中不过是一个点缀。其实这何尝不是一种遗弃？既然连自己都不能主宰自己的命运，为什么要苛求一个孩子呢？

想了很长时间，才做出收养她的决定，一个游移在外、飘忽不定的生命，如果有着你的血脉，你又如何释怀和超脱呢？总以为年轻，可以重新开始另一种生活，然而生活是一条河，根本无从截断，每一个自觉不自觉的抉择都不可能雁过无痕，比起同样是灌注在血脉之中的责任，遗恨显得微不足道。

可是，见到她的一瞬间，我感觉到了我们彼此之间那种深刻的陌生。她长得一点也不像我，那么毋庸置疑她的样子就是那个我最痛恨的魔鬼的样子。这是一个让我非常抗拒的现实，我该怎么办呢？接受她还是离开她？有好几次我都想掉头就走，缠绵于儿女情长这本来就不是我的个性，何况她会成为我一生的红字，挥之不去的耻辱，为了这短暂的温情，我可能要付出意想不到的代价。

……她不是无助，而是无望，而且她已经两次被退回福利院，我知道如果我决定放弃，那么就再也不会有第二个人把她从这里领出去了。

我们终将纠缠在一起，这可能是我们逃脱不掉的宿命。

……一剑说，S的身世完美得像假的一样。本来就是假的，所以完美，几次想告诉她事情的真相，但是我没有这个勇气……总希望有一天，S做出骄人的成绩，关于她的一切才变得有价值，谁会去炫耀生命中的垃圾？

可是S不仅让我失望，而且让我瞠目结舌，有时我真后悔……如果那天没有去维园，没有那一次深深的自责，生活会是另外一个样子？

怪谁呢？如果一直把她留在身边，她还会有那么多的陋习吗？

……每次看到S油盐不进，离心离德的样子，都想向她敞开母亲博大的胸襟。然而，做出骄人成绩的是我，其实这并不是我最需要的，也是我做梦都不曾梦到的，正因为成功来得太意外了，才格外地让人惊喜和珍视，所以我要尽一切努力维护它，维护这个属于我自己的神话。成绩，是我的另一个女儿，我能走到今天，实在是太不容易了，而清白，便是所有成绩的底色。

可以倾诉的苦，根本就不是苦。一个收养自己亲生女儿的母亲，你想一想她会有多少辛酸？……

……S从手术室里推出来的时候，就像从坟墓里推出来，脸色白得如同她身上的被单，就在那一瞬间，我真想扑过去把她紧紧地抱在怀里，我恨不得她身上的寸寸刀伤都落在我一个人身上。

人都是很普通的，从一开始我就错了，我以为自己与众不同，是一个娘心似铁的人，却原来我是如此的芸芸众生。

……S得了抑郁症，医生说这是创伤和失血造成的，更深层次的原因是她从小缺乏父爱，其实她又何曾有过母爱？我知道她的内心缺欠的是什么，这也是她行为怪癖、性格扭曲的重要因素。看到她一言不发，有时望着墙角一动不动的样子，我的心都碎了，真想对她说，孩子，别怕，到妈妈这里来吧。真想把一切的一切都告诉她。

可是一想到她这样不自重，交损友，年纪轻轻地消磨在妇产科病房，就觉得她根本不是自己的女儿，她身上的很多基因可能就来自那个无赖，或许她继承的恰恰就是邪恶。这让我心中的怨恨甚至压倒了同情，她为什么会是我的女儿？从形象到内心，她就没有一点我身上的影子，更不要说自强不息、不落人后的品质了……所以，多少次，话到嘴边我都没有说出来，这孩子太让我左右为难了。

有时，我想，这种在情感上的自虐到底是她造成的还是在向她赎罪？看见她，我就觉得我不配有爱情，我爱师晓梁，可我怎么跟他说起我这一段历史？隐情隐瞒的时间越长，你就越不愿意轻易地碰它，或者是没有勇气碰它……他将怎么看待一个像我这样的人？他其实也知道我在香港的历史……爱情太脆弱了，既经不起风雨也经不起考验，像他那样一个传统而又正派的人，让他包容我的一切根本就是罪过。可是我要这份爱情，我可以不结婚，可以没有道德负担，可是我无法永远生活在谎言里，如果我没有勇气告诉他最真实的我，那就只能亲手埋葬这段情缘……

有时，我会觉得我对自己越残酷，内心反而越释然，也许只有这么做，才对得起苦难的S吧，否则我对自己没有一个交待。

……吕潘眼中的我，是充满伪装的那个沁婷，被人呵护和垂青的感觉真好，其实我所做出的一切努力，不就是希望得到这个结果吗？有时我会觉得虚幻的生活更吸引人，我需要那种冰清玉洁、纤尘不染的感觉，那是我生命中最缺乏的东西，为此，我会永远感谢吕潘，我希望做他心中永远的女神。

一剑始终惊奇我对S的宽容，其实这是另一种形式的拒绝，越是负罪和抱歉，才越是肯付出和包容，这说明答案已在心底，不言自明。但是这些日子，内心总也无法平静，一次次想到会在渐渐老去的某一天，在一个有水的地方，应该是在树下，那种有巨大浓荫的树下，我向她讲述关于自己和她的故事，我讲得缓慢而平淡，但实际上，她完全知道我是因为她而封闭了全部的情感世界……S最终理解了我，而恰恰是她，包容了我所做的一切，我们紧紧地拥抱在一起……
　　……

那不过是她美丽的愿望而已，沁婷错了，她的缠绵悱恻的日记片段,并没有让泪珠儿哪怕是有半点动心,相反,巨大的震惊在极短的时间已经转变成了不动声色的恨。

屋里静极了,沁婷和泪珠儿只能是默默相对。

泪珠儿的一只手,牢牢地抓着墨绿色的日记本,仿佛抓着杀人的证据。她几乎没有表情地对沁婷说道:"你不想跟我说点什么吗?"

沁婷感受着艰难,她不知道该怎样开口,但她还是尽可能平静地说道:"安安,我不奢望你能理解我,但是我对你还不像一个亲生母亲吗?"

"那是你在平衡你自己,你需要永远地隐瞒下去,所以要把真相包装得像圣诞节的礼物一样。"

"你长大了就会明白,我们生活在水面上,而真相都在水底。"

"我不明白,我永远也不会明白,你为什么会为了表面上的风光,在精神上永远遗弃了我,你为什么就不觉得我比福利院其他的孩子更需要爱?而我一直都在寻找,甚至在梦中都在寻找我的亲人。"

"……你没有父亲,而我接受你也需要时间……"

"一切都太迟了严女士,可能我这个人,注定就不会让你满意。"

门,闷闷地响了一下,当沁婷恢复意识的时候,她发现屋里只剩下她一个人了。

泪珠儿从沁婷的生活中彻底消失了，学校里，她曾经租过的房子，都没有她的踪影，打她的 call 机更是没有回音，当然，她再也没回过家。

其实她并没有走远，像幽灵一样在这个城市里游荡，穿梭在一个酒吧和另一个酒吧之间，最后醉倒在热带雨林的更衣室，在地板上大睡特睡。她蹦迪，吃摇头丸，这样可以醉生梦死，在短时间内心花怒放，了无牵挂。

她以前一直以为自己是缺少亲情和爱，但现在她变成了一个恶棍或者说强奸犯的女儿，唯一能保护她的人根本没有勇气接受她。

这就是她心中的那个温馨的谜。这就是她一直在探寻的谜底。

她决定退学，正面教育对她来说太苍白了，难道她将来就做一个严沁婷那样的人吗？不，她对浮在社会表层的滥情太痛恨了，它让每个人都显得含情脉脉，但其实人心才是恶魔。她要写一本书，揭露一个是为了同时揭露另一个，她不怕把自己抛出去，让人们在鄙视她的同时也痛心吧！如果她心里也有一个魔，那就是她敢于同归于尽。

相比起泪珠儿，沁婷的内心就不可能是简单的仇恨，泪珠儿离去的那个夜晚，对于她来说无疑是备受煎熬的。因为对于那一段痛苦的心路历程，就连她自己都不愿意触动和面对。

是的，人没有必要夸大自己的苦难，沁婷承认随着时间的推移，肉体上的痛苦一直在淡化和消失，然而精神上的折磨却像一个新生儿一样，在一天天地长大，一天天地改变，直到今天成为她命中的劫数。不幸发生之后，一开始，最最压迫她的是羞耻感，而羞耻感是没有是非概念的，中国人的传统观念里，你是受害者也同样被人看不起，可怜永远和卑贱紧密相连。所以沁婷必然会选择沉默，否则她还怎么做人呢？

生下泪珠儿以后，她被这个巨大的秘密压得喘不过气来。尽管她跟这个女婴毫无关联了，她遗弃了她，但这毕竟是一件发生过的事，不可能真的遗忘。在她和云斌谈恋爱和结婚之后，她基本上没有过幸福的感觉，这显然是她心病的后遗症，她甚至已经丧失了体验幸福的能力。很多次她都很想把这件事告诉云斌，希望他能分担一些。可是她开不了口，云斌不是强悍的男人，平白无故地背上压力，对于他这样性格的男人是残忍的。

随之而来的是她在改变生活状态的同时，情感世界在逐日落寞，她对铺天盖地的名牌和花天酒地的生活并不见得有太大的兴趣，当然这和道德无关，无非个人喜好问题。在香港的那些日子里，她饱尝了工作的艰辛，和畸形生活带给她的无从与外人道的枯燥与沉闷的滋味。与其说她是罗时音的情人，毋庸说罗时音是她的一个性格怪僻的年老多病的上司，除此之外，她的生活中就再也没有其他人了，而她当然也不能随便地交友和谈情说爱，这是世人皆知的游戏规则。

时间和年龄是人生最好的导师,没有泪珠儿的生活并不像她想象的那么轻松,相反,在仇恨淡薄以后,她身上的母性开始萌生,如果她心地善良,她终会明白孩子是比她自己还需要怜惜的弱者,这才是她最终接受女儿的全部理由。

按照常规和常理,她们在彼此了解之后,应该生活得愉快和充满温情,随便哪一个夜晚,她们都有可能在灯下娓娓交谈,相拥而泣。可是她们都太特别了,她们都是生活中的异数,泪珠儿的冷漠和不羁,以及无论什么原因造成的心理与性格的缺陷,与沁婷意外的骄人的成功形成了鲜明的对比,在这种巨大的反差面前,沁婷犹豫了,她迟疑了,她突然没有勇气让这个秘密大白于天下。

如果泪珠儿稍微驯良一些,如果沁婷的成长经历再平庸一些,或许这个传奇就被血亲溶化了。可是恶习和名利都是人性中无法逾越的东西,有时会伴随我们一生一世,相比之下,爱是容易被牺牲掉的。

伴随着精神恶魔成长的,是泪珠儿也在一天天地长大,最终他们合二为一,成为沁婷生活中的最大难题。

事情变成今天这个样子,是沁婷没法预料的,冷静之后的她,很想跟泪珠儿好好谈一谈,她们需要的是坦诚和沟通。可是沁婷根本找不到泪珠儿,这让她无论是在上班还是下班的时候都显得焦虑不安,而这一切,她必须独自承受,没有人接下她肩上一半的担子。

终于有一天深夜,她家的电话惊叫起来,电话是公安局打来的。

泪珠儿的罪名是酗酒恣事,她在热带雨林大跳脱衣舞,据说热带雨林凌晨两点以后就变成无上装酒吧,从而引起大批男士的兴趣。此外,泪珠儿还拍裸照和地下小电影,就是登录黄色网站和拍那种极其廉价的三级片,制成光碟流入黑市。总之,她是被打击黄赌毒专案组收容的,如果沁婷不交巨额罚金将她保释出来,她将被送到劳教中心。

当沁婷见到泪珠儿的时候,她却是一副幸灾乐祸的样子。

泪珠儿浑身上下都是酒气,她的头发像箭猪那样被发胶固定住,可以用五颜六色来形容;她穿一条短得不能再短的毛边牛仔短裤,屁股蛋有半截在外面;上身是一件黑色的小背心,把胸脯挤得圆滚滚的,像两个肉包子。

沁婷简直被眼前的景象惊呆了,泪珠儿混在那些问题青年里似乎如鱼得水。以往她连公安局的门朝哪边开都不知道,现在她被公安佬当众训斥:走吧,到财务科交钱。不要只顾挣钱了,也抽空关心一下孩子,她变成这个样子,钱赚得再多又怎么样?沁婷忍气吞声地跟在公安佬身后,唯唯诺诺地点头称是。她铁青着一张脸,把人给领出来了。

她们在公安局外面的大马路上就吵了起来,这时黑夜仍笼罩着城市，街道上也十分冷清。泪珠儿说道："谢谢你的保金，我们在这儿就分手吧。"

"你必须跟我回家，我们要好好谈一谈。"

"有什么好谈的？我离开你不就成全你了吗？"

"安安，我承认在这个问题上是我的错，但你总不能因此否定我的全部，否认我对你的付出。"

"我没有否定你的意思，你现在还不够完美吗？你简直太完美了，你不是电器业里的戴安娜吗？又有一颗仁慈的心，你还要怎么令人炫目才肯满足？"

"你不要用这种口气跟我说话！我能取得今天的成功，那也是我努力的结果。"

"你不是说真相都在水底吗？"

"你什么意思？"

"我会了解到一个最真实的你。"泪珠儿意味深长地说完，转身准备离去。

"你给我站住！"沁婷只觉得手脚冰凉，她努力镇定自己的情绪，但是声音仍然有点颤抖，"安安，我请你告诉我，你为什么要这样作践自己？"

"我怎么作践自己了？"

"你到处脱，你还知道廉耻吗？严安，你未婚先孕我都没有指责过你一句，可你现在算什么？你知道吗？我的心在滴血！"

"我有脱的本钱我为什么不脱，而且我现在需要钱。"

"你要多少钱我可以给你。"

泪珠儿抬起眼皮，目光中有一种叫人琢磨不透的东西："就是为了远离你，不听你的摆布，我才不会花你的钱。"

沁婷已经被气晕了头，她几乎失去了理智，她大声地对泪珠儿说道："那你就不应该把我的电话告诉公安人员，而应该直接去劳教中心。"

泪珠儿看上去显得平静多了："你放心，这笔钱我一定会还给你的。"说完，她扭头离去，渐行渐远，直到消失在街道的尽头，或者是浓浓的夜色里。

沁婷一屁股坐在马路牙子上，失声痛哭。

泪珠儿第二次见到邵一剑，是在她的家中。泪珠儿并没有事先预约，而是到了楼下才打了一个电话上去通告。一剑开门的时候，脸上有些不耐烦，约摸是午后喝下午茶的时间，但好像一剑没有休息好，人看上去也是昏沉沉的。

"可乐？"她看着泪珠儿问道，多少有点无奈。

泪珠儿点点头，一剑便从冰箱里拿出一罐可乐递给她。接着，她拉开一张仿古的太师椅，还没坐下便道："安安，我真的不知道你的身世，你总不能勉为其难吧？"

"我现在对这个问题已经不感兴趣了。"

"……那我们之间还有什么共同的话题吗？"一剑愣了一下，才这样说。

"我想应该有。"

"这么肯定？你指什么？"

"我想知道我的母亲为什么会去香港？她在香港都干了些什么？"

"你为什么要知道她的过去？"

"不为什么，只是想知道。"

一剑想了想，有点用心挑拣字句地说："我听说你们俩的关系得到了极大的改善，从某种角度说，你的那次手术也是有积极意义的，这我非常高兴。我是你妈妈的好朋友，我想我们都爱她，那么她过去做过什么其实对我们来说都不重要。你说是吗？"

泪珠儿的嘴角挂起一丝似有似无的嘲笑，她转了转手中的可乐："既然不重要，你为什么不能告诉我呢？"

一剑给噎在那儿了。

泪珠儿道："如果我也同样提供一个与你有关联的信息呢？"

"这话你上次就说过，不过我想我已经练就得笑骂由人，宠辱不惊了。"的确，一剑身上已有了一种天然的潇洒，她是那种活出来了的女人。

"真的不好奇吗？"

"我已经过了好奇的年龄，不过你愿意的话，也可以说来听听。"

"如果你认为有价值，可以告诉我我想知道的事情吗？"

一剑笑道:"当然。"这时她还抱着一种游戏心态。

"你先生在外面早就有人了。"泪珠儿肯定地说,而且没有一点铺垫。

"不可能。"一剑表现得相当镇定。

"想知道是谁吗?"

"谁?"

"高中时他给我找的数学辅导老师。"

"他给你找过好几个老师。"

"其中之一吧,好像过去曾经是他的学生。"

"你看到他们做什么了吗?"

"一剑阿姨,你能告诉我我妈妈为什么去香港吗?"

良久的沉默,与此同时,一剑也良久地注视着泪珠儿。这是一个怎样的孩子呢?她不觉在心中打了一个寒战。

事后,一剑完全不记得自己都说了些什么,但她基本是有问必答,因为她一时失控,也很想知道和氏璧与其他女人相好时的某些细节。

她和泪珠儿后来沟通得还不错,彼此都很坦白。

泪珠儿走后,一剑悲从中来,她万万没想到最让她放心的人却是她生活中的隐患,而且人家的关系已经维持了那么长时间,看来是相当稳定的。她一直以为,在这个家庭里,只有她是可以收放自如的,也只有她有这个特权,因为她聪明、漂亮、能干,同时经济收入也占优势。她真恨不得即刻搭乘出租车,冲进和氏璧的办公室,像旧时的校董夫人一样扇他两个大耳光,然后再发问也不迟。

受骗的滋味是很不好受的,回想起他们日益走下坡路的夫妻生活,她一直以为是自己的问题,因为她始终摆脱不了成功男人的诱惑,自从她跟谢怀朴有过亲密接触以后,她有一种旗鼓相当的感觉,而且还提升她的品位。

女人心中真正的敌人是小女人或者俗女人,以前她等了这么久,无非想等到一个欣赏她才智的人,后来也一直没有心死。在她与谢怀朴结束之后,她把自己的偶遇变成了一种期望,无论这个人是谁,总之她接触到的人和她的现实生活差距实在是太大了,这使她对自己的生活提不起神来,觉得兴趣索然,她希望能和自己的另一半谈论政治、经济,共同面对复杂的局面和难题,这显然不是和氏璧之所长。

但现在看来,一切问题都源自和氏璧另有归宿,就这么简单。

不过她到底是个聪明的女人,冷静下来之后,她想,如果决定跟和氏璧离婚,当然选择大闹一场,但如果还想过下去,她是跟他摊牌还是装糊涂呢?

还想过下去的念头真让她无地自容,曾几何时,她还是风光八面的人物,而现在她毫无自信心可言。突然发现自己其实一无所有,情感方面根本是花痴加白痴,她甚至怀疑和氏璧早就知道她红杏出墙的事,那么这场戏还怎么唱下去呢?

事情到了这个地步,本应该适可而止的,但是今天的生活早已让诸多扣人心弦的戏剧为之逊色。

这个晚上,和氏璧回来得很晚。一剑在卧室里听见门响,她开着床头灯,睁大眼睛躺在床上,等待着和氏璧进来时好好跟他谈谈,但是具体谈什么,她脑子里也是一片空白。然而,她等了很长时间,和氏璧并没有进来,并且好像他不打算进来似的,卧室的门始终一动不动地关着。

一剑来到客厅,只见和氏璧坐在一盏落地灯下的沙发上抽烟,烟灰缸里已经横横竖竖挤满了烟蒂。他抬起头来,看了她好一会儿,才说道:"你怎么还没睡?"

"我睡不着。"

"我也是,一点睡意也没有。"他叹了一口气,又点燃了一支烟。

一剑没有说话,在和氏璧对面的沙发上坐下来,她注视着他,感觉到既熟悉又陌生。她想起他们共同的日子,没有激情和色彩,但是踏实。也许这一切都要结束了,她才体会到什么是不舍。

和氏璧突然艰难地说道:"我们离婚吧。"

没有人相信,他们是一对从未争吵过的夫妻。

一剑有点感谢泪珠儿了,否则她会像个高中生那样不知所措,而现在她显得相当镇静,她是半个公众人物,是不肯输面子的:"能告诉我她是谁吗?"

"你不认识她。"

"我不介意你外面有人。"一剑显然是赌气才这么说。

"可是她怀孕了。"

有时候坦白是杀伤力极强的武器,一剑一时不知说什么好。

"一剑,"和氏璧停顿了一下说道,"你一定会介意的,你从来都不是忍气吞声的人,就像你从来也没有甘心生活在我身边一样,你跟我在一起永远是飘忽不定的。"他没有再说下去,但已把他们之间的缘分道尽。

这个晚上,一剑不知不觉地走出家门,还好,她的采访车就停在楼下,是一辆白色的、陈旧不堪的神龙富康。她穿着睡衣、拖鞋驾驶着这辆车,在这座城市的主要干道上兜风,汽车好像要散了架那样飞驰,一如她那颗破碎的心。

自从藏蕾飞往英国以后,丹青下课走出教室就不再东张西望了。藏蕾几乎每周都有信来,详细介绍了那边学校的情况,她的考古专业在一家艺术院校里,所以校园风光和学生的气质都有着一种超凡脱俗的韵致,还寄来了学生宿舍的空镜头照片以及英国出名的建筑物,她和她的同学显得关系融洽。

有人拍了他一下:"喂!"

丹青回过头来，意外地发现是泪珠儿，欣喜道："怎么是你？"

"没想到吧？"

"没想到。"

"我到你宿舍找你，他们怎么都没有课？"

"佛教也不是什么必修，听听而已。"

"今晚有事吗？"

"你想干什么？"

"觉得很闷，所以想找你去泡吧。"

"我爸手臂摔断了，给他做好晚饭就没事了。"

"那我陪你做，反正闲着也是闲着。"

"巴男呢？"

"他没空。"

两个人直接去了菜市场，不管买什么，丹青都是人家要多少他给多少。泪珠儿不满道："你怎么也不还价？"然后跟人家讨价还价。

丹青笑道："其实也还不下来多少，只不过心里舒服一点罢了。"

"心里舒服也很重要啊。"泪珠儿坚持锱铢必较。

两个人看上去就像小夫妻过日子。

不知是不是泪珠儿的敏感，她感觉现在的丹青早已不是她以前所认识的丹青，不再是那个在盛世华庭和贵族学校里的偶像巨星一般的不食人间烟火的丹青。他现在变得随和、可亲、善解人意，还有一丝极其隐蔽的忧郁。

她开始喜欢这个人了,当然只是那种纯粹的喜欢。

走进余祥里,泪珠儿好奇地东张西望,见到墙上有新张贴出来的宣传招贴,斗方写得不怎么样,基本上是歪歪扭扭的:"全村电眼,小心作案!"丹青解释道:"电眼就是针孔录像机。"

"真的都安了?"泪珠儿瞪大眼睛,手指胡乱地绕了一圈。

"怎么可能呢?吓唬人的。"

"这儿的人真逗。"

"是啊,我以为我会不习惯,结果很快就适应了。"

厨房里的活儿,丹青干什么都笨手笨脚的,但他的态度尤其诚恳。泪珠儿在刮鱼鳞,鳞片也一星半点地挂到了她的脸上,但她收拾得挺起劲儿,一边自言自语道:"这才是家的感觉嘛。"

丹青一边切萝卜一边转过头来:"什么意思?"

"我从小在福利院长大,我妈把我接出来就放在乡下,住进盛世华庭以后,脖子上总挂着一串钥匙,我也不觉得自己有家。"

"我其实挺佩服你妈妈的,又漂亮又能干,你想想如果一个女人没有绯闻媒体还这么关注她,是一件多么了不起的事,她有家电业戴安娜之称。"

泪珠儿冷笑道:"她最喜欢的,不就是这个神话吗?"说着说着,她一刀把鱼头斩了下来。

"何况她还这样的富有爱心。"

泪珠儿下意识地用鼻子哼了一声,没有接话,而且至少沉默了好几分钟。

不知不觉之中,他们总算做出一桌菜来,看上去挺丰富,但还不知味道如何。这时崩牙昌也回来了,泪珠儿叫了一声伯父,崩牙昌不加掩饰地上下打量了泪珠儿一番,仿佛审视柜式空调。然后到厨房里去问丹青:"你的马子?"

丹青不快道:"乱讲,她是我中学的同学,有男朋友了。而且,"他停顿了片刻道,"什么马子不马子的,这是流氓语言你知道不知道?"

崩牙昌笑道:"你在你爸面前装纯情啊?你看你一天到晚甜兮兮的人见人爱,我还没嫌你呢!"

丹青只有干瞪眼的份儿,他知道再说下去也是鸡跟鸭讲。

三个人坐下来准备吃饭,丹青又道:"严安,不如给巴男打个电话,叫他来吃饭,反正菜真是做多了。"

泪珠儿半天没吭气,眼圈也红了。丹青忙问她发生了什么事?泪珠儿简单把情况说了说,丹青对这种事只能是一筹莫展。崩牙昌拿起筷子道:"先吃饭,先吃饭,天塌下来也要吃饭啊,而且我在局子里面有一个熟人,这种事保证搞掂。"

听他这么一说,泪珠儿眼睛都亮了,一个劲儿地给他夹菜,还左一个伯父右一个伯父叫个不停。崩牙昌喝多几杯酒,又有人拥戴,话就开始无边无际了:"我这个人是没钱,可是我讲义气啊,人面关系广,认识我的人都是跟我称兄道弟。公安佬怎么了?下来办事,还有上面压下来的案子,到了下面还不是靠我们罩住,所以他们交我们这样的朋友一点也不吃亏,我那个熟人就是,总叫我有事 call 他,我又没事……"

泪珠儿激动地抓住崩牙昌的一只胳膊:"伯父,这件事你可一定要帮我啊,我先替巴男谢谢你……太好了,他总算是有救了。"

崩牙昌道:"本来嘛,人又不是他杀的,剩下的事就全靠走关系,如果他真杀了人,那谁也没办法,对不对?!只是……"

泪珠儿忙道:"我知道我知道,打点关系肯定是需要费用的,我会去想办法。"

三个人紧锣密鼓地吃了一阵,菜的味道很一般,泪珠儿起身道:"汤还不错,我去把汤再热一热吧。"说完,端着汤盆进了厨房,刚一进去,便传来锅盖落地的巨响。

崩牙昌道:"准是没干过活的,家里也不缺这个吧?"他没表情地用拇指搓搓中指和食指,就是那个代表钱的经典动作,又往厨房看了一眼。

丹青道:"爸,你在公安局真的有朋友?"

"有个屁呀,没钱谁跟你交朋友?"

"那你刚才……"

"不骗她骗谁？把钱花了告诉她路子走不通，她能把我怎么样！咬我啊？！"

丹青气得脸也白了，可是声音又不能大，怕让泪珠儿听见，结果五官给扯得不成样子："你……你怎么可以这样呢？"

崩牙昌不解道："你刚才不是说她不是你的马子吗？"

这个晚上，泪珠儿和丹青从酒吧间出来的时候，已经是午夜十二点刚过，他们喝得很畅快，微醺而没有完全醉倒，这其实是一种境界。分手时，丹青略有一点摇晃地叮嘱泪珠儿，不要随便相信任何人，包括他爸爸，巴男的事绝不是钱就能搞掂的，反正巴男没杀人，总不至于判死刑吧？等事情有了眉目再花钱也不迟。泪珠儿看着丹青一本正经的样子，也只好一边哦着，一边点头。

泪珠儿一样觉得头顶的那片天空旋转不止，但思维和感觉都还在："……丹青，谢谢你陪我喝酒，我今天把退学报告递上去了，实在没地方可去……"

"退学？"丹青给惊得酒也醒了大半，"为什么要退学？"

"没意思，就是觉得没意思……"

"那你靠什么生活？"

泪珠儿迟疑了片刻，才道："不至于饿死吧。"

"那你妈妈同意吗？"

"……我想我跟她之间本来就没有关系，以后也就不会再有关系了……我想我能对自己负责。"

丹青一时无话，似乎欲言又止，但他还是说道："严安，我觉得你对你妈妈有点……不知是不是我太敏感，我觉得从小时候起，你就对有些问题格外地在意……那时我不理解你，觉得你很怪癖，好像与天下人结仇一样……其实你也知道，我们能选择的东西不多，身世就更加不能选择……你看我亲生父亲，有的时候我对他真的很失望，不是因为他穷，而是他得不到我的尊重，我常常想，社会上的穷人那么多，为什么偏偏他是我父亲呢？只有这种时候，我才多少能理解你的心境……但是不管怎么说，我们都不算最糟，我们都碰上了天下最好的养父母，也才有了今天。那么，我们为什么不能用一点点包容之心，对待我们不愿面对的现实呢？严安，……你明白我的意思吗？

"我其实完全可以离开余祥里，不是有一句广告词是：难言之隐，一走了之吗？你说我会多么热爱余祥里吗？会真的觉得余祥里比盛世华庭好吗？……我无非是觉得，我得到过那么多的爱，为什么就不能对自己的亲生父亲宽容一点，爱他多一点……严安，就算你不喜欢你妈妈，而且永远也不会喜欢她，可是她毕竟领养了你，培养了你，她对你倾注了心血和爱这一点总没错吧。"

泪珠儿没有说话，但她还是被丹青的真诚所打动。

她在心里说道，丹青，谢谢你让我相信在这个世界上还有真诚，但你是不会理解我的，因为我不是你。

上午在办公室,沁婷接到学校打来的电话,校方告诉她泪珠儿退学的消息。

在赶去学校的路上,沁婷想起上次她也是以同样的心情和车速拼命地赶,只不过上次是去医院罢了。不过这一次她的心情相当沉重,因为她知道,如果不是由于她和泪珠儿之间的裂痕越来越难以愈合,泪珠儿是不会做出这么荒唐的决定的。

假如可以选择,她会选择泪珠儿重新大病一场,哪怕是让她捐一个肾,她都不会犹豫,她要让泪珠儿知道她有多么爱她。

然而面对平庸的日子,泪珠儿是不会相信她的,她太年轻,并且性格极不柔顺,在阅历上更是一张白纸。她不会体会到她的不容易,包括她渴望获得成功,渴望得到别人的羡慕和尊敬,虚荣也是人生的一部分,这个世界上根本没有什么无所谓,你也一定会在意别人怎么看你。人只有活到一定的份儿上,才能明白这个层次的道理。

校方显然并不知道泪珠儿在校外的所作所为,他们对她的评价还不错,成绩也属于中等偏上,只是觉得她内向了一点,而且不喜欢参加社团活动,巴男入狱以后便成为独行侠。

沁婷不便多说什么,只是请求校方暂时保留泪珠儿的学位。

离开教务处以后,沁婷神情严肃地去了泪珠儿的宿舍，铁架子床的上铺已经空空如也，裸露的床板无言地宣布泪珠儿去意已定。想起前些日子在公安局的一幕，沁婷再也无法保持平静和优雅的风度，她知道泪珠儿在报复她，泪珠儿明明知道她希望她变成什么样的人，她无数次地对她说过，要学有所成，如果不能出人头地，就健康并且快乐地生活，成为人群中的大多数。可是她偏要成为离经叛道的另一种人，她要她痛苦，要她为自己的错误付出代价。

根据宿舍里的同学提示，沁婷找到了泪珠儿的出租房，地点当然是简陋和潮湿的，由于她是房客的母亲，房东便给她开了门。

天色还只是黄昏，但屋里已经很暗了。沁婷打开灯，屋里显得很凌乱，陈设也都是过时和破旧的家具，幸好还有一扇窗，沁婷决定先给房间透透气，然后帮泪珠儿打扫一下，她相信她不会很早回来，但是她今晚下定决心要见到她，无论有多么难沟通，她都不能放弃。她想，她不能第二次遗弃她。

一阵风吹了进来，桌上的一摞稿纸顿时随风而起，飘得满地都是。

这是一篇关于泪珠儿自己的真实故事，以第一人称叙述，故事是从一条路开始的。

……每天上学，我都要出现在这条路上，与我同时出现的是一个十八九岁的女孩，她坐在一辆自制的轮椅上，身体瘦弱极了，两条腿显得毫无分量地飘荡在座椅的下端，双拐就插在椅背上，可是她脸上的神情却很安详。我那时候年纪还小，如果从懂得羡慕是一种感觉开始，这是我羡慕的第一个人，因为每天的这个时候，我都看见一个白发老人推着这个女孩，从轮廓上看，你不会怀疑他是女孩的父亲……从年龄上看，他好像不应该这么老的，头发也不应该白得这么彻底。

我风雨不改地出现在这条路上，而这一对父女同样如此，至今我也不知道他们这是到哪里去，女孩是去上学还是做工？唯一知道的是，从这个父亲的脸上，我读到了无怨无悔。

有一篇世界闻名的文章叫做《假如给我三天光明》，当时的我就曾经想过，假如让我有一个亲人，我宁愿一辈子坐在轮椅上……

透过无常甚至乖戾的个性，沁婷读到了女儿脆弱的内心，泪水从她的眼中流了下来。她索性坐在地上，一张一张捡起飞落的纸片，如同捡起因失落而飘散在她记忆之外的故事。

天完全黑了下来，泪珠儿似乎还没有回来的意思，沁婷手握一叠稿纸坐在窗前的椅子上，她良久地坐着，心情无以言说。然而，在她看似平静的外表下，情感在竭力地挣脱痛苦的深渊。

她冷静下来，这个世界是不相信眼泪的。如果让她袒露心声，同样催人泪下，可是这有什么意义呢？她可不愿意成为人们街头巷尾的谈资，更不能让这件事曝光，她会被一种无形的东西吞没的。

沁婷在床下找到一个脸盆，泪珠儿早就学会抽烟了，在她的桌上找到打火机是一件轻而易举的事。她点着了第一张稿纸，接下来是第二张，第三张，悲情故事顿时化作黑色的蝴蝶……

这时候门哗的一下被推开了，泪珠儿出现在门口。

她冲过来，望着那盆黑灰，伸手进去刨了刨，马上被烫得把手缩了回去。她气得嘴唇直哆嗦，指着铁盆厉声道："为什么这么干？"

"……本来就是写给我一个人看的故事，我已经看完了。"

"我还没写完你怎么就看完了？而且我也不是写给你看的！"

"那你想怎么样？"

"出版、发表，怎么样都行。"

"你在盛世华庭长大，不会有人同情你的。"

"我根本不屑于博同情，只有你才会在意所谓的成功、理解、同情，我的目的只有一个，那就是揭露你，揭露你也就是揭露人的伪善。"

"你要报复我？"

"为什么不？人们会认识一个真正的你。"

"严安，我们还不是敌我矛盾吧？"沁婷绝望地说道，"我们为什么就不能坐下来，把这件事情谈透？"

"对不起，我不是你的客户，更不是什么空调经销商。"

"可你是我的女儿。"

"以前不是，现在也不是。"

"那你是什么？"

"听过《农夫和蛇》的故事吗？我就是那条蛇，而且我现在有发言权了。"

沁婷站了起来，冷若冰霜道："你把我的日记本还给我。"

"休想。"

"那好，我们用现代人的方式解决，你现在不是很需要钱吗？我给你钱。"

"我还需要母爱，从我生出来的那天起，你能给我吗？你能想象一个孩子多少年来做的同一个梦是我的妈妈，她在哪里？可是你为了你自己，为了所谓的成功和辉煌，为了什么完美的形象，宁肯眼睁睁地看着我备受煎熬……"

"难道我没有受煎熬吗？你知道一个女人要在社会上立足，要在事业上成功有多不容易?！你为什么不想一想，如果我当初不管你，从此对你不闻不问，还会有今天的麻烦吗？"

"那你就去为自己有一颗善良的心而后悔吧，我知道我现在的内心很变态,很扭曲,我需要爱,可是我总是拒绝爱,甚至拒绝所有美好的东西,这一切都是你造成的,是你毁了我的一生。"

我再也不愿意见到你。泪珠儿一字一句对沁婷说道。

十

说是资产重组,但在重组的漫长过程中,谢怀朴的庞大的、曾经显赫一时的窗口公司遇到了种种难题,有些根本无法逾越,终于难逃轰然倒塌之命运,宣布破产。

所幸的是,谢怀朴并没有查出什么致命的问题,有些违规现象,但毕竟不是中饱私囊,钱没装进自己的口袋,什么都好说。虽然查了很长时间,但专案组的作风还是实事求是的,谢怀朴恢复了自由身。

藏院长的意思,无论如何两家人要一块吃顿饭,以示庆祝。谢怀朴没有什么心情,尽管他可以回家而不是送进监狱,要知道能从双规中最终脱身的人,算得上凤毛麟角,大部分人会在职权、经济、个人生活等方面难逃干系。但他的位置是彻底的没有了,自认为在金融方面的才华以及多年积攒下来的经验失去了用武之地,这是让他最为伤感的一件事。不过他还是答应了一块吃饭,反正藏院长两口子也不是外人。

这回去的是小饭馆,取名叫作客家王,客家菜本来就没有豪华款式,要了一个单间,也是很敷衍的。饭店是谢怀朴定的,藏院长说不成样子,但谢怀朴坚持一切从简,其实是不愿意在好的饭馆里见到熟人。

普通的饭店不是不能吃,只是相比起当年的风光,令人生出无限感慨,天地之变有时只在一夜之间。

饭店里热闹非常,在这个世界上,大部分人追求的是一种殷实、实惠的作风,所以价格便宜的特色餐厅应运而生,家家爆满,喧嚣的声浪此起彼伏。服务员均是一些乡下妹,手脚麻利但是脸色呆板,偶尔一笑反而怪吓人的,通常她们的反应比较迟钝,急得穿黑制服的领班想踢她们的屁股。

鲍雪穿一条白色的两边开衩的旗袍裙,上身是一件领袖蓝的中袖针织衫。谢怀朴也是穿普通的格仔棉布衬衣,藏院长两口子均是一身便装。但是他们在餐厅里仍显得和这里浓重的市井之风格格不入,像是随时准备走出非洲的西方人。

小房间里面好一些,但也有各种声音不断袭入,桌布、茶杯、餐具总让人怀疑它们的卫生程度,只是四个人都做出不介意的样子。

鲍雪笑道:"客家菜里我只知道一个酿豆腐。"

藏师母拿过菜牌:"酿豆腐肯定是要点的,还有一个咸鸡不错。"

随便要了几个菜,大伙边吃边寒暄起来,说的都是一些闲话,并没有人提到丹青和藏蕾。

藏院长呷了一口客家米酒道:"怀朴,你其实已经很幸运了,没有谁是双规以后还会查不出问题的。"

谢怀朴叹道:"我不是不想贪,只是不敢贪而已。"

藏师母忙道:"不说这些了,来来来,喝酒喝酒。"

吃饭期间,鲍雪一直没有说话,这时突然说道:"前两天小提琴大师帕尔曼在音乐厅演奏,你们去听了吗?"

藏院长笑道:"我们这几个人里,恐怕只有你是他的知音了。"

鲍雪感慨道:"他的风格是有强烈的倾诉力,同时又让音符自由流淌,仿佛从内心里涌出的清泉。不过我迷上他,还是因为他温暖和如丝绒般柔美的音质,也许是因为他四岁就得了小儿麻痹症,从此落下了终身残疾的缘故吧,他的音乐里没有一点盛气凌人的东西,永远都不嚣张,不堂皇。就像他了解你的往事,深知你的遭遇,懂得你的内心一样,他的演奏相当松弛,却让你有至深的感动。"

鲍雪滔滔不绝地说着,她的旁若无人会让人有一点小小的担心。

谢怀朴对藏院长说道:"她每天都要听这个什么曼的音乐,一遍一遍放他的原声碟,放的次数实在是太多了,老实说我听得都快吐了。"

鲍雪突然目光如炬道:"那是因为你听不懂。"

怀朴笑道:"跟你相比,我当然是外行了。"

伊扎克·帕尔曼的《一封信》是鲍雪百听不厌的专辑,她热爱音乐的苍劲有力,深刻纯熟,有时,鲍雪会跟随演奏不间断地喃喃自语。

鲍雪又谈了好长时间的音乐、小提琴、帕尔曼，其他人也像约好了一样，没有人打断她，甚至希望她聊一些远离生活现实的话题，或许是缓解内心焦虑的一种办法。

藏师母心想，幸好还有音乐与鲍雪相伴，否则真不知道还有什么能借以抚慰她的那颗长满荒草的心。

饭后，藏院长突然提议："两位夫人，我听说附近新开了一家大型商场，不如你们去逛逛，我跟怀朴在那里的咖啡厅等你们。"

藏师母诧异道："真是太阳从西边出来了，你一向不逛商场的，今天倒很体贴呢。"

新开的商场还是颇为豪华的，有七层那么高，中间偌大的一块空地是通透的，空中飘浮着无数个七彩气球，所有的专卖店都是出尽百宝，招贴林立，尽可能地把客人揽入自己的怀抱。鲍雪和藏师母很快就消失在人流里。

二楼的咖啡厅，基本是抽烟或者喝各种饮料的男士，藏院长和谢怀朴找了一处相对僻静的地方坐下来，要了两杯卡布基诺咖啡，隔着一层起泡的鲜奶，怀朴少少地抿了一口，不禁被它的浓苦香醇倾倒。

"你好像有什么话要对我说。"谢怀朴道。

藏院长倒是开门见山："明天你就陪鲍雪到医院来，我找专科医生给她检查一下。"

"她不是挺健康的吗？也没有听她说有哪儿不舒

服啊。"

"她有些不正常。"

"我怎么没发现?"

"你当然不会发现,你只是普通的眼睛,而我是医生的眼睛。并且你也不要以为颠三倒四,又哭又笑才是精神有问题,每个人的表现方式是很不同的。"

谢怀朴沉默不语,不过他还是很难接受藏院长的初步诊断。

藏院长沉吟良久,道:"我还是告诉你吧,很早以前鲍雪就来找过我,其实你在外面有多少红颜知己她都知道,只是她性格内向,又因为身体不好,缺乏自信心,加上她格外看重这个家,所以她对你是很忍让的,同时把一切希望都寄托在丹青身上。现在丹青离她而去,你又遇到了这么大的事,她更不能把心中积压已久的幽怨发泄出来。如果她大吵大闹,口吐怨言或许还是正常的,可是她大谈音乐,一下就谈了四十分钟,包括她在家里的种种表现,你能说这是正常的吗?"

"那你的意思是……"

"她必须到我们的康复中心接受心理辅导。"

谢怀朴又不做声了,眼睛看着咖啡上的那层泡沫,好一会儿才毫无情感色彩地说道:"想不到丹青的事会搞成这样。"

"后悔啦?"

"放在其他时候或许会,现在一无所有了,反而觉得人生其实是没有什么事是值得后悔的。"

藏院长笑道:"你的那些红颜知己,可有一个留在你的身边在精神上支持你?"

"没有不散的筵席,我不需要什么雪中送炭,男人嘛,有本事就叫女人陪着你笑,哭,那就是你一个人的事了。一个人有多高的位置,就有多丰富的生活,这就是所有男人都要拼命使自己成功的理由。"

"话是这么说,可是人家鲍雪跟着你就是伤心落泪和担惊受怕了。"

谢怀朴愣了一下,显然他从来也没有这么想过。

藏院长又道:"我知道你对得起任何一个女朋友,过去你威风八面,无数的人想巴结你,现在你两袖清风,女人一哄而散也不出奇。可是你敢说你也对得起鲍雪吗?人家也是金枝玉叶,就凭她跟你这么多年,从来没有抱怨和数落过你,你也应该对她负责啊。"

谢怀朴长叹一声,不禁关切道:"她的情况真的有这么严重吗?"

藏院长郑重其事地点了点头。

谢怀朴不觉吸了一口冷气。

下午没课,丹青被通知回龙行天下公司开会。

平时他较少去公司本部,因为他研究的无双软件是财务方面的软件,一般情况下,他在自己的宿舍就能埋头钻研。他的那台戴尔牌手提电脑,是他上大学那年谢怀朴送给他的生日礼物。

公司仅有的几个人都在台式电脑前忙碌着,他们跟丹青打招呼也无非是挥一挥手,或者以击掌的形式。丹青走进单间办公室,与他合作的两位兄长不知在谈论什么,见到他,自然停止了说话,让座、倒水显得比以往热情少许,丹青坐下之后,彼此又闲聊了一轮闲话。

言归正传时,一位学长搓着手指说道:"丹青,今天可能是公司最后一次开会了。"

丹青不得要领道:"怎么回事?"

一位学长看了另一位学长一眼,似乎从他的眼神中得到了鼓励:"我们……我们想把这间公司卖掉。"

"为什么?"丹青颇不理解,"我们不是经营得还可以吗?"

一位学长苦笑道:"如果经营惨败,公司还卖得出去吗?"

丹青正色道:"你们是想卖,还是已经把公司卖了?"

没有人吭气,答案当然已在沉默之中。

"就算我不重要,你们也曾许诺过我有干股,至少商量的时候也该通知我一声吧?"丹青无不伤感地说道。

"其实谈来谈去是一件非常无聊的事。"两位学长都想把这件事解释清楚,"我们以为你不会在意的,而且现在我们这样的公司多得数不胜数,有些公司开业即是倒闭,等到那一天就没有解决的办法了。"

丹青火道:"我为什么不在意?我是把公司当成一件

事来做的，我开发的财务软件最多还有一周就成功了。"

"没那么简单吧。"

"果然如此，你到哪都是一匹黑马，现在的伯乐可能比千里马还多。"

丹青突然笑道："看来我爸爸说的没错，你们完全是冲着他来找我的，现在他的公司宣布破产了，当然我也就毫无价值。你们不就是这么想的吗？"

两位学长几乎指天发誓，根本不知道丹青的父亲是谁。说到后来，他们发起火来，认为这是一个对于他们人格修养伤害极大的问题。可是他们越是暴跳如雷，丹青就越是觉得说到了他们的痛处，"这是一个经济社会，你们怎么做我都能理解，可是你们甚至连承认这点的勇气都没有，这不得不让我反思，大学是一个教会人虚伪的地方。"

"那好吧。"一位学长这样说，"既然我们说服不了你，那么我们就让事实来说话，我们等你一个星期，如果你拿出财务软件，我们就不把公司卖出去，继续经营，并且寻找更大的风险投资商。"

整整一个礼拜，丹青自知不能回余祥里，便把一周的饭钱交给狮头婆，嘱她管崩牙昌一周的饭。狮头婆道："告诉你，真的是看着你死去的老母分上，又看你这样有情有义，否则我哪里会理你那个神憎鬼厌的老爸？！"

然而，这一周显然是白费了，丹青拿出的自称是无双的财务软件在测试的过程中，有两个数据出了问题，程序没有办法运营下去，只能宣告失败。他的两位学长表现出极大的理解和宽容，又给了丹青两周的时间改进现有的问题，但结果是更多的问题纷至沓来，这件事终于不了了之，龙行天下公司也换上了新的首席执行官。

分手的时候，两位学长约丹青吃一顿散伙饭，痛痛快快地喝一杯，被丹青婉言谢绝了，他不愿意维持表面的友谊，何况心里已经有了疙瘩。不过他的一位学长还是告诫他说，计算机软件工程就像是在漆黑的屋子里寻找黑猫，千万不要轻易说，我抓到它了。

这天晚上，丹青睡在余祥里的小屋里，窗外很近的地方就是另一座古老残旧的楼房，可以听见各种奇怪的声音，同时，那边的灯光熄灭才是自己房间的黑暗真正到来，有时你刚要入睡，眼前却唰地一亮，精神也为之一震，原来是别人家的灯光肆无忌惮地投射进来。然而，对于生活中的简陋，丹青常常是不敏感的，甚至不以为意，有时还会油然而生出一种亲切之感。

残屋白天都要开灯，被崩牙昌称为黑得老鼠都找不着洞。丹青决定只要挣到钱，先为老爸买间房，以了他的心愿。富裕家庭给人的自信心是不可估量的，丹青从小就没有怀疑过世界因我而改变。

这晚可能是那家人举家外出，丹青一直沉浸在黑暗里，第一次有了切身的挫败感，也第一次体会到自己的世界不如想象中的完美。

丹青毫无睡意地躺在床上,本来他结结实实地辛苦了三周,身心已十分疲惫,应该好好睡一觉才对,可就是不困。而且这件事本身好像并不怎么清晰,几近雾里看花,根本连一个可以怨恨的对象都没有。

越是夜深人静,丹青越是清醒,这时他发现有黯淡的灯光从房门与地板的间隙中倾泻进来,寂静中可以听到微弱的器皿碰撞的声音。

他起身推门走进外屋,只见崩牙昌坐在餐桌前,餐桌上放着一些丹青很陌生的东西,崩牙昌一只手臂仍吊在胸前,另一只手不甚灵活地将白色粉末状的东西放进小袋中,又在一架破旧如废品的天平上过秤。他看了丹青一眼,视而不见。

丹青不自觉地坐到崩牙昌的对面,看了一会儿,道:"这是什么?"

"可卡因。"

丹青的眼睛都瞪大了。

"害怕了?"崩牙昌道,"这是要掉脑袋的事,对不对?"

"你知道还这么干?!"

"烂命一条,赌什么不是赌。"

丹青一把抓住崩牙昌的那只好手,他手上吃快餐用的那种塑料勺掉在地上,上面还沾着白粉,丹青道:"别干这种事,等我挣了钱都拿来给你花。"

崩牙昌大力甩开丹青的手,捡起塑料勺吹了吹,冷笑道:"我等你?只怕等成了鬼你烧纸钱给我吧。你不是刚被炒了鱿鱼吗?那个有钱佬的爸也破产了,我等你?还是你等我吧,等我们发达了,天天去吃鸡煲翅。"

"勤劳可以致富啊。"

"这话你也信?余祥里的人哪个不勤劳?哪个致富了?"

"那你也不能拿自己的生命开玩笑啊?"

"这些东西又不是我生产的,我也不吃这种东西,人家看我醒目嘛,叫我销一点,都算是关照我啦。"

"你还能有人家公安干警醒目?"

崩牙昌抬起眼皮,看了丹青好一会儿,诡秘地笑道:"钵仔,公安佬哪有你醒目?"

"我?你什么意思?!"丹青惊得站了起来。

"记不记得我们一块去电器城,你在那看盗版碟,有人撞了你一下?"

"那么多人,我哪记得?"

"不记得更好,就那一下,成交了,钱他会送到夜总会来。流动作业,就是公安佬跟在我身后能把我怎么样?"

"从你们身上查到毒品就是证据。"

"所以才要称啊,不够分量你判我什么?是我自己吸的行不行?我这个人不贪,绑在身上几公斤不是找死吗?!"

丹青急道:"爸,我们不能做这种事,你明不明白?每一个善良的人都不会做这种事!"

崩牙昌不以为意道:"我不是什么善良的人啊,从来都不想做什么好人,做好人有什么意思?"

丹青闭上眼睛,几乎背过气去。崩牙昌又道:"你要是看不下去,就回你有钱佬爸那里去,我说过多少遍了,我不用人照顾,以前挨了多少刀也没有人照顾,你回到那边去,他们破产了也还是上等人,总有办法咸鱼翻身。"

"我到哪去并不重要,问题是你做这种伤天害理的事,你还像个父亲吗?也许从你手里买货的人跟我一样年轻,你知不知道?"

"什么伤天害理,你跟我讲耶稣啊,这种事你以为我不做别人就买不到货了,真是没见过大象拉屎。有买的就一定有卖的,你看我不像老豆可以不认我的,有什么关系。"

一切都是在一瞬间发生的,微弱灯光下的丹青脸色苍白,他忽地抓起餐桌上的一把水果刀,对准自己的左腕,扬声道:"爸,你立刻把这些东西从下水道冲走!否则我就死在你面前,你信不信?"

"你有神经病啊!"崩牙昌也站了起来,一边厉声道,一边将一袋东西揣进怀里,"老实告诉你吧,你的命都没有这东西值钱!冲走?冲你的头!要死你就死,关我屁事!"说完并不理会丹青,径自收拾好作案工具,扬长而去。

丹青呆立在桌前,雕塑一般。

小屋的门在崩牙昌身后关上，还抖了几抖，丹青始知，他的世界不仅不完美，而且竟是一片灰色的沼泽。

崩牙昌回到夜总会，这里的人还都在兴头上，他在更衣室的破沙发上躺下，想想不对，便起身踅回余祥里，敲开狮头婆的门。狮头婆穿着大背心，睡眼惺忪地来开门，见是崩牙昌不觉手护胸脯叫道："怎么是你？都几点钟了，想博懵占我便宜？！"

"嗨，几十岁人了，就是你发娇，我还嫌你老呢！"

"呸呸呸，嘴巴黑过锅底。"

"你赶快去我家看看，钵仔发神经要自杀……"

"哇，你别吓我，为什么事啊？"狮头婆的哈欠打了一半，急忙问道。

"我怎么知道？可能是失恋了吧。"

"回头认你这种爹，当然要失恋啦。如果我是他女朋友，都跟他掟煲……你看着我干什么？听不懂啊？掟煲就是分手。"边说边找来一对鞋穿上，披了件衣服出门口。见崩牙昌原路返回，不禁问道，"你不回家啊？"

崩牙昌痞笑道："你办事我还有什么不放心的？"

见他没事的样子，狮头婆也有点疑疑惑惑的。不过等她见到丹青时，果然是大惊失色，丹青歪在椅子旁边，整个人倒在血泊之中，狮头婆不顾一切地扑上去抱住他："钵仔，你怎么比你妈还傻！为一个女人，值吗？"

丹青早已不省人事。

天美的秋天,并不是收获的季节。

由于空调业内各大厂家的残酷竞争,也因为去年"冷夏"造成的产品积压,加之全国空调市场的需求量是一千五百万台,而空调生产总量却始终在二千万台徘徊,这就说明总有一部分产品是要被挤出局的。在如此严峻的情况下,沁婷与罗二公子最终商定,天美空调将以最为悲壮的手段杀入市场,血战到底的口号是:三年不赚钱,以利润换市场。

今年虽然是暴热,但空调战仍狼烟四起,杀得血肉横飞。天美即便是有沁婷挂帅营销大权,仍然是举步维艰,一开始价位就急降百分之二十五,就算卖得多,也只是赚了吆喝,旺名不旺财。

但在清理库存和消减仓租方面,罗二公子十分的满意。

秋天,沁婷褪下战袍,深感身心疲惫。泪珠儿退学之后,再也没有回过家,她几次找上门去都是撞锁,因为不愿房东可以随便开门,泪珠儿又加上了一把明锁,有时在门口等几个小时,也不见她回来。后来发展到她干脆搬离了那里,房东也不知道她的去向,让人感到她突然人间蒸发了。

一天沁婷下班回家,明显感觉家里有人来过,但见泪珠儿的房间,东西已经拿走了大半,一看就知道是不准备再回头了,桌上也没有留下片言只字。

沁婷的内心一阵落寞,良久地坐在女儿的房间直到天幕低垂。屋里的光线越来越暗,最终只剩下家具的轮廓,然后就是她沉思时一动不动的曲线,她突然觉得自己是过于执着了。其实,对工作对生活对感情何必如此心重呢?雪雁在她走后,上层的确受到震动,重新调整了领导方针,不仅暂停了接挂贫困企业的措施,同时订出纪律,明文规定不允许任何人往企业私自塞人。然而,沁婷付出的却是自己创下的血汗江山,同时离开她并不愿意离开的至爱,舍生取义。

然而,师晓梁并不领情,就在沁婷准备正式到天美上班的前一天,师晓梁给她下了最后通牒,要么留在雪雁,要么断绝来往。果然他遵守诺言,从此以后,再也没有给沁婷打过电话,并且换掉了自己全部的电话号码,包括手机。

对女儿,她也算是倾其所有,付出了她所能付出的一切。可是她又得到了什么呢?

纵观每一段肝肠寸断的历史,她想她的失败恰恰就在于执着,一个女人,凡事对自己要有交待,要争强好胜,甚至于要让一个最不应该爱你的人爱你,那就注定活不好。为什么她不能嫁一个爱自己的人,过平静的日子?有一个靠等而下之的炒作手段红极一时的明星说过:我为什么要活得这么惨?这种历尽沧桑之后的抱怨让沁婷颇有同感。

此后的第三天,沁婷便到内地去做市场调查以及全面了解各大经销商售后服务的状况。抵达长沙之前,她没有给吕潘打电话,她想给他一个惊喜,同时对他毫不保留地说出自己的故事,如果他的选择不变,她愿意跟他结婚。

女人,总有苦撑不住的时候,总得有人为你分担。

这依然是一个沸腾的城市,如果说成熟的市场经济已经将大城市的人们逼成了晚期癌症患者,每一张没有表情的脸都掩盖着一份痛苦的挣扎,那么生活在中小城市的男男女女,还远没有感受到好日子将给人带来怎么的压力和艰辛,他们的脸上洋溢着回光返照般的勃发英姿,一人抱定了一个改革开放发财梦。

再也不是看万山红遍层林尽染的年代了,到处可见方兴未艾的基建工程,一座高楼拔地而起,就有一百座楼房在紧张的修建之中。

下午,沁婷在宾馆里休息了一会儿,然后洗了澡,换了一身衣裳,多少消除了一些人在旅途一切从简的感觉。这时,她拨通了吕潘手机的电话号码。

接电话的是一个陌生的男人,声音有点懒洋洋的:"你找吕潘?请问你有什么事?"

沁婷一时不知说什么好:"……请问,你是……"

"我是他的朋友,有事跟我说一样的,我会转告。"

"他没出什么事吧?"

"出什么事?他好得很。"

"那么他人在不在长沙?"

"当然在啊,我说你到底怎么回事?到底有事没事？"

"我就是奇怪，他为什么自己不接电话呢？"

"有什么奇怪的，他今天晚上结婚，现在忙得脚后跟朝前，这你总该明白了吧。"

沁婷的第一反应是立刻挂断电话，仿佛她无意间把电话打进了克格勃总部，人即像触电了一样把话筒丢下。

她没有激愤，只是不解，一个自称被你迷倒的男人，一个曾经肯花工夫送给你九百九十九朵玫瑰的男人，怎么可能说都不说一声便迎娶新人？即便是在所谓的后现代社会，这也不能不算作令人难以理解的谜团。

但不管怎么说，事情已经发生了，对于当今社会，生活才是最精彩的小说和戏剧，人们已经习惯于接受超出想象的现实。

她第二次把电话打过去，说自己是吕潘的好朋友，从外地来居然碰上他大喜的日子，所以要去买一份礼品，不知道新娘子是高个还是矮个儿？陌生男人马上说，当然是高个儿，而且人长得很漂亮，比吕潘小十五岁，大学毕业生，来公司就职时间不长，身后一群追求者，但她就是喜欢吕潘。吕潘一直也没答应，这次结婚好像是突然决定的。沁婷又问了今晚的婚宴在哪里办？接电话的男人说了一个酒店的名字，还说有三十桌之多。

走出宾馆的大门，沁婷有一种很奇特的感觉，那就是她的意志似乎是离开了她的体内，但又引领着她的躯壳，做出极其正确和冷静的决定并且实施这些决定。譬如她搭乘计程车去了市中心，在一家珠宝行里为新娘子买了一条镶碎钻的项链，同时配有相应款式的耳坠儿，这样一套饰品装在一个深色天鹅绒托底的盒子里，显得十分名贵。

只是她的意志会突然出现偏差，不时地提醒自己应该呆在宾馆里，或者趴在床上失声痛哭才对。

当然她看上去还是理智的，与正常人没有任何区别，在买完东西又把它包扎成礼品包装之后，她去了咖啡厅，把剩下的时间消磨掉。

礼品包装纸是酒红色的，亚光，有粗糙的质感，深紫色镶金边的缎带贴身守护，在一侧系出一朵精致的小花。对于沁婷来说，记忆变得极不可靠，只有这一件实物还能不时地提醒她发生了什么事，以及她即将到何处去。

这样坐了多久已经不重要了，直到泛青的暮色四起，沁婷便搭乘计程车去了吕潘摆喜宴的那个酒店。那可能是当地最好的酒店了，门口是一条热闹的街道，人来人往，车水马龙，沁婷进了酒店，找到楼上的大型餐厅，门口有许多人在纪念册上签名留念，有好事者还要提上花好月圆之类的祝福性质的话，另有些人在彼此寒暄、恭喜，操持录影机和照相机的人更是忙个不停。

沁婷一眼认出了吕潘，她从容而微笑地注视着他，而当他发现她的时候，竟然是有些肃穆地向她走过来，握手是极其深情而有力的。吕潘穿了一件深色的中山装，这让他平添了几分文气，中和了他身上的狂野之风。他看上去还是相当激动的，但又不知说什么好，这时他的新娘子走了过来，吕潘便把她介绍给沁婷，沁婷也就把礼品及时奉上。

这时有人把吕潘叫走了，沁婷忙对新娘子说道："你也赶快去接待客人吧。"

新娘子没有要走的意思，仍然定定地望着沁婷，好一会儿才道："没关系，我爸妈会接待他们的，摆酒也是他们的意思。"

沁婷一时无话可说。

新娘子又道："吕潘总提起你呢。"

沁婷莞尔："说我什么？"

"他说你是一个让男人很难忘记的女人。"

沁婷心中苦笑一下，其实放下也还是很容易的嘛，忘记更不在话下。然而嘴上却道："他是一个不错的男人，你会很幸福的。"

"你比传说中的还要优雅。"

一张包装纸而已，沁婷没有接新娘子的话，指指她手中自己送上的礼盒："不想打开看看吗？"

"现在？"

沁婷微笑地点头。

首饰之完美让新娘子的眼睛都亮了，女傧相感叹了一声，有些人围了过来，他们都在赞叹这套饰物的华贵，沁婷便利用这个空当，抽身离去。

沁婷回到酒店的房间，先踢掉了高跟鞋，然后坐在镜子前面，把脸上涂满卸妆油，再用柔软的纸巾把粉底擦净，这时她才真正松了一口气，仿佛卸下了千斤重担。她捞起话筒，在服务台订了一张第二天一大早的飞机票，刚放下电话，铃声又响了，这一次是罗二公子，他们谈工作谈了大约四十多分钟。

在这之后，沁婷才去泡澡，她泡了很长时间，其间脑袋里空空洞洞，什么都没想。

直到穿上丝质的睡衣，坐在床上打开电视，而每个台都是她不想看的，直到这时，她才悲从中来，突然间泪流满面。她拿来纸巾盒，像对待工作那样认真，踏实地哭，最终鼻子也被纸巾揉红了。

眼泪像决堤的洪水一样收拾不住，她自知，对于吕潘，她并不是那么爱他，真正感慨的是自己的人生，为什么总是错过，一次又一次，像云斌，像吕潘……难道这就是她的人生吗？她还将错过什么呢？

门铃响了，应该是服务生来送飞机票了，打开门，新郎倌单手撑着门框，抬起头来。

她也不觉得惊奇，没有理会他，踅身回去，吕潘跟在她的身后，关上了门。

两人沉默了良久。

吕潘还是第一次看见沁婷这样伤心欲绝，不禁问道："你怎么了？"

"没怎么。"沁婷又抽了一张纸巾，眼睛望向窗外。

"出什么事了吗?"

"别人的风月,自己的凄清。你满意了吧?"

"还有什么要说的吗?"

"没有了。"

"那好,我说。"吕潘不请自坐,但又什么都不说,只是出神地看着沁婷。

"你说啊,我是很想听听你结婚的理由。"沁婷的口气轻慢,其间有掩饰不住的怨恨,"你可以喜欢年轻漂亮的大学生,这谁都能理解,何必标榜自己崇尚和追求的是另一种人,就算是逢场作戏,你表现得也有点过分了吧。"

吕潘冷冷地回道:"但至少我付出真情了,可是你呢?你跟我说过一句真心话吗?你信任过我吗?"

沁婷忍不住笑了起来:"吕潘,你有没有搞错,今晚结婚的人是你!"

吕潘没有接沁婷的话,突然说道:"严安来找过我了……"

沁婷愣住了,但语气还是淡淡的:"她找你干什么?"

"她把一切都告诉我了……这也就是我突然结婚的原因。是的,我是诚心诚意地爱过你,我自己也不知道是什么原因,就是对你着迷……但是你的城府太深了,深不见底……我突然发现我从来没有认清过你,也不知道你的所思所想……你是我生活中的第二次海泡石事件,那就是我知道你的价值,但是我提炼不出来,无论我付出什么样的代价,我都不可能成功……何况你爱的人也不是我……可是你需要我,有我在你的身边,就可以去折磨那个你爱的人……

"……严安这孩子是有很多毛病,你也曾向我无休止地抱怨过她……但是你能要求她什么呢?她出生的时候你遗弃了她,从此再也没有回头,直到你良心发现,等待她的也不是什么温馨的母爱,她七岁割双眼皮,八岁垫鼻子,十岁的时候耳朵还做了手术……其实她长得一点也不像你,可你却像中了魔一样要改变她,你要至少在表面上切断跟她所有的联系……你在日记里写道,看着孩子受罪,你曾躲在洗手间里痛哭,可你还是一次次地这样做……

"你让我觉得可怕,我的脑子突然乱了,翻过来倒过去地想,也不知道哪一个你才是最真实的……也许你会说,哪个你都是真实的……可你从来没有对我坦陈过心迹。

"……我是一个内心很自负的男人,商海搏击,万险千难,我承认有我做不了的生意,但我不相信有我驾驭不了的女人,结果我失败了。在你面前,我显得那么幼稚可笑……我结婚就是为了彻底地忘记你,就这么简单……"

沁婷的脸色纸一样苍白,眼皮低垂,始终望着地面:"你的话说完了吗?"

"就算说完了吧……"

"那就请回。"

吕潘像一个拳击场上的输家,极其茫然,本来,他以为沁婷会震怒,或者痛哭流涕,或者伤心落泪,但事情好像不是这样,沁婷的越挫越勇,横下一条心的坚冷再一次震撼了吕潘,其实她才是最吸引他的女人。

他下意识地冲上去抓住沁婷的肩膀,几乎把她整个人端了起来,低声咆哮道:"……你这个女人怎么会这样?!我在自己的洞房花烛夜跑来跟你谈这些,你觉得我心里特别好受是不是?你为什么要这样对待我?要这样对待自己?……你到底是怎么回事?!你流露出你软弱的一面难道会死吗!……"

门铃再一次响起,两个人必须恢复到常态。沁婷打开门,是服务生来送票了,她看了一下起飞时间,问道:"怎么是中午的票?"

"上午没有班次,一大早是七点四十分起飞的,怕您起不来……"

沁婷的嗓音突然提高了八度:"你怎么知道我起不来?我说要明天一大早的票,你凭什么给我买中午的?!"

服务生愣住了,眼睛定定地望着沁婷。

沁婷又道:"还愣着干什么?赶紧去换票吧。"

服务生结结巴巴道:"……这是打折票,不退不换……"

"谁让你买打折票了?我说过我要买打折票吗?"沁

婷再一次火起，吕潘急忙过来劝解道："明天一大早我送你去机场，临时补票，这是小问题，很容易解决的。"说完之后，又将服务生打发走。

沁婷将机票放进自己的手提包："不用麻烦了，明天我就坐这班飞机走。"

"干吗这么客气？"

"我是一个坏女人，顶风臭十里，离远一点总是好的。"沁婷走到门口，拉开门等待着，明显是赶吕潘走。

是啊，再说下去有什么意思？今天是人家大喜的日子，就算他们相拥而泣，又能改变什么呢?！无论她是一个怎样的人，总之他决定放弃，即便有一万条理由，也只能说明，爱是有限的，随时都有可能不爱。

十一

平静，永远是生活的表面，自有它深藏不露的另一面。

一剑和和氏璧正式分居了，可以说是和氏璧心平气和地搬离了这个家。他将搬到哪儿去？一剑没有问，可能是女方的家吧。何以说搬就能搬进去住？想必其中有深厚的渊源和故事，他不说，一剑也觉得没有必要发兵一万，自损三千，问明白了，自己也不过是被抛弃的一方，又有何脸面？

做自强不息的女人有什么好？至少不能死拽着一个男人哭天抹泪。对一剑来说，这一次的打击不可谓不大,其实已经大到她不知该如何抱怨,就像人得了感冒可以逢人就说,得了癌症反而无声无息。

和氏璧走后,一剑很快恢复了单身时的凌乱生活,一个心情糟糕的女人,绝不可能把家里收拾得一尘不染。

她离开办公室的时间越来越晚,写文章,上网,打长途电话,反正用公家的东西总是让人心情愉快,家里又没有人等着她,想起从前的自己,现在看来也不过是一种模拟的生活,在真实中扮演着不真实的角色,这一点倒是让她倍感可悲。很晚回家,可以栽倒就睡,不至于有整整一个晚上要打发,如果还是睡不着,就喝一杯红酒,办法总是有的。

当然她也四面出击,到处挖料探宝,希望能煲出最引人注目的文章吸引读者,她的酷评越来越尖刻,时常语出惊人,有时也怨气冲天,这当然是不可避免的。一剑是一个清醒的女人,她知道最幸运的女人是得到感情,其次便是事业有成,在缺少一样时,你必须牢牢抓住另一样,否则你就没法活好。

这样生活了一个多月,本来她以为自己会逐渐适应眼前的局面,毕竟她不是多么爱和氏璧,只不过对于家庭的解体缺乏思想准备而已,但是现在看来,她内心的凄寂一点都没有缓解。

周末的下午,她拿起电话:"喂,沁婷吗?"

"是我。"

"打过很多次电话,你出差了?"

"对。"

"忙吗?"

"还好。"

"晚上一块吃饭吧?"

"你怎么知道我要找你?"

"你在找我吗?"

"你来电话时,我正在翻你的电话号码。"

"有事吗?还是心情不好?"

"不是不好,是很不好。"

"我真高兴,因为我现在糟透了。"

"这是你最喜欢的疗伤办法,以毒攻毒。"

"别人的不幸从来都是我的治病良方,晚上我买披萨到你家去吧?"

"也好。"

"那就晚上见了。"

"一剑……"

"嗯。"

"你还像以前那样疼我吗?"

"怎么突然这么肉麻?"

"你现在是我唯一的亲人了。"

丹青费了很大的功夫,才找到一份工,他参加在校学生的求职大军纯属无奈,因为能够改变崩牙昌现状的只有一样东西,那就是钱。

他给一个洪姓的富商做地产经纪,当然这不是他的本行,对口的事总是不好找的,何况还要配合自己的机动时间,只有课余和双休日他能集中精力做事,平时还不能调课落课,附加这些条件,能找到一份工资不算太低的事,也算是都市童话了。

洪富商原来只是一个增城的农民,后来靠圈地卖地起家,发得不清不楚,成为常人不敢小看的房地产开发商。他的为人处事相当高调,有两个贴身助理,四五个保镖,有一个律师行因为他肯签约而得以生存。个人兴趣方面,除了一些众所周知的癖好之外,便是喜欢购买豪宅,同时又像换女人一样不断地出让,重新寻觅心头所好。

见工时,洪富商是不重学历的,也不怎么喜欢过分精明的人,只有他看着顺眼,能帮他撑得住门面的人他才肯点头。

手上的伤好了以后,丹青的心境始终是灰色的。

他知道这样下去不行,便决定借找到工这件事让自己重新振作起来,想来想去,最合适的好兄弟还是泪珠儿。

前段时间泪珠儿找过他,主要是想让他介绍合适的房子,他便把自己租的那间让给了她,自己反正是住余祥里。后来他帮泪珠儿搬好了家,就再也没去过那边,其间只有一次是泪珠儿 call 他,说一块吃饭,算是答谢他为她找到的房子。他们吃了一顿东北菜,聊了一些闲话,泪珠儿说她早就不在热带雨林做了,而是去了大医院的华侨楼做陪护,是按小时算钱的,这样干一段,就可以安心写作一段,不用整天为了一张嘴,小打小闹地在外面混。丹青问她在写什么,她回说没写什么。

丹青打传呼机给泪珠儿,她很快就回了电话,听了丹青的邀请,想了想道:"酒吧好是好,实在也是太吵了,不如我去买点菜,你过来一块做,上次一块做饭的感觉还不错,吃完饭还可以安安心心地喝啤酒。"丹青觉得她说的有道理,也就答应下来。

从学校出来,丹青就搭公车直奔他租的那间小房。

屋里清洁了一些,以前驱之不去的淡淡霉味也没有了,不过如果不是屋里还晾着女人的内衣裤,仍然不觉得这里有多少少女情怀。

泪珠儿已经买了菜,又在剖鱼,这一次两个人的手势都熟练了不少,而且有了量的把握,清蒸了一条福寿鱼,另外烧了一个南瓜一个豆角,汤是咸蛋芥菜汤。吃起来家常,但味道还不错。

丹青闷头吃了一会儿,才发现泪珠儿好像并没有什么胃口。

她看了他一会儿,说道:"你怎么瘦成这样?女朋友回来了?"

"这跟她有什么关系?"

"你不是那么纯洁吧,可以每晚大战三百回合啊。"

"我有那份心情就好了。"丹青忍不住叹息一声,不过这的确让他想起藏蕾。说实在话,对于她的形象他都有些模糊了,一方面人是处境动物,不在一起总有不在一起的问题,想交流的时候也是远水解不了近渴;另一方面,像所有的人一样,藏蕾的来信在逐渐减少,就算是有信,也是兴致勃勃谈那里的学校怎么怎么好,有多少名门子女在那里读书,老师同学多么的有教养,最重要的是她无比地适应那里的生活,只恨没有早两年就去,认为在国内读大学基本是蹉跎岁月。

丹青觉得自己的问题根本提不上台盘,不说也罢,只好写些一切都好之类的话。

"谢丹青,你应该知足了,有两个爸爸爱你,不像我,什么都没有。"

"不提这些好不好?烦。"

丹青真的是心烦,崩牙昌的事像山一样压在他的心头,他不可能说服他,也不能跟外人提。他已经好长时间没去盛世华庭了,他知道父亲的心情不好,也知道是因为自己的疏忽给父亲招致灭顶之灾,他真是没有脸面出现在他的面前,他希望自己的学业和工作都稍有起色之后,再去探视父母,而不是灰头土脸地去见他们。

泪珠儿不说话了,嘴巴咬着筷子头,眼光越过丹青的头顶,神思悠远。

丹青突然说道:"你是不是根本不希望我来?"

"没有啊。"

"我的确是拿你当难兄难弟,如果这让你讨厌,我以后就不来烦你。"

"我心情不好跟你没关系。"

"不想说就不要说,吃鱼吧。"

泪珠儿夹了一块鱼,又用筷子挑它的刺,挑干净之后也还是没吃,神情极其平淡道:"巴男的案子审下来了。"

"怎么样嘛?"

"判挺重的,拿刀的那个人是死刑,他是无期。"

"这么重?就没有办法想了吗?"

"想办法也是以后的事,现在的人,谁肯为了几个钱给你担着干系,何况又是杀人案。他爸也花了钱,不过不是为他,是仁武那伙人不干,每天有人坐在他公司里等他,让他花钱摆平这件事。"

"那你决定怎么办?"

"我能决定什么?无非是买福寿鱼还是鲩鱼,还能决定什么?"说这些,她也依然很平静,但是眼泪还是流了下来。

丹青走过去,搂住泪珠儿的肩膀,她终于埋下头去,发出受伤的困兽般的呜咽声。

"为什么不去找我呢?抱着我哭总比抱着一棵树哭好点吧。"

"……那时候还没有正式宣判,但仁武给我打电话说可能判得很重。我心里乱成一团麻,去了巴男家,他一家人都不搭理我,我又去了余祥里,你也不在家,你爸说他认识看守所的人,能让巴男少受罪……我就把身上所有的钱都留给他了……"

丹青大力扳过泪珠儿的肩膀,大声道:"我不是叫你别相信他吗?"

"……那样的晚上,心里一点着落也没有,你说我还能相信谁?"

这之后他们开始喝啤酒,越喝越觉得酣畅。

丹青倒酒时,泪珠儿看见他手腕上的纱布:"你的手怎么了?"

"没事,擦伤。"

"叫我看看。"

"伤口有什么好看的。"

"你给我看看!"

丹青拗不过泪珠儿,解开纱布道:"看吧看吧……"

泪珠儿捧着丹青的手腕看了看,肉紧道:"还痛吗?"

丹青摇了摇头。

"为什么?"

"什么为什么?"

"你这哪里是擦伤,分明是刀伤嘛。"

丹青不语,埋头重新把纱布缠好。

泪珠儿穷追不舍道:"为你的女朋友啊?"

丹青犹豫片刻,道:"就算是吧。"

"你傻不傻啊?"泪珠儿提高了嗓门,神情严肃地盯着丹青,"我们难道还不惨吗?我们不能为别人死,要让别人为我们死。"

丹青听了这话，不知不觉打了个冷战。

对于有些人来说，有些时候会在某一天的早上睁开眼睛，自己的世界已经在天地间翻了个个儿，一切都不一样了。

沁婷不属于大多数人，那么她碰上什么事都是有可能的。

因为是星期天，她大睡特睡了一个早上，十点钟起床这在她以往勤勉的生活习惯中是不可想象的事。发了一会儿呆之后，她洗了个头，把头发用柔软的毛巾包起来，然后泡了一杯极品毛峰，茶水是碧绿色的。

伴随着洗发香波的茉莉余韵，日子总是得过下去。

电话铃响了，应该说劫难也就在这一刻来临。一个极其久违的万分熟悉的声音在她的耳畔响起，是师晓梁："你疯了吗？怎么什么事都往外说？你还嫌你的风头不够？你是昏了头，还是另有目的？"

对于铺天盖地的责难，沁婷完全懵了，不知如何作答。

师晓梁又道："还没看报纸吧？你出大名了。"说完不等沁婷回应，收线了。

就算见过风雨，在不知情的情况下，人还是会慌张的，而且是师晓梁来电话，沁婷已经预感到事情的严重性。她赶紧换了一身便装，头发还湿淋淋的，便冲到盛世华庭的超市,买了一份当地发行量最大的报纸,忍不住在光天化日之下打开。

这回她可不是在精英天地栏目里,社会新闻版登出了她当年和泪珠儿、一剑在福利院门口拍的旧照片,旁边是极其醒目的黑体字《她收养了自己的亲生女儿》,沁婷的脑袋嗡的一声,差点没一头栽倒。

报纸上也清清楚楚地写着,采写人是资深主笔邵一剑。

两周之前,她们有过一次闺中密谈。那时她刚从湖南回来,心情很糟,而一剑买了披萨饼去了她家,两个人都互相袒露了心底的秘密。开始她并没有情绪失控,可是人不可能永远理性,当一剑为了情人的不忠,丈夫的离去而失声痛哭时,勾起了她对自己无限的哀思,她是在一分钟之内,说出了自己背负的精神重担。

她说,有多少次,她都想告诉女儿事情的真相,可是一看到她身上的种种劣习,甚至接受她就等于接受一种抹不去的耻辱时,虚荣心和功利心便成为自己坚不可摧的天性,一次次地把女儿从身边推开。

现在说什么都晚了,女儿与她不共戴天,理想的结婚伴侣也另娶他人。

当时屋里只开着壁灯,她完全没有注意邵一剑有什么特殊的表情,但她知道,一剑整个傻了。

但沁婷绝没有想到一剑会出卖她,在她的业绩炒得最火的时候,一剑也写过她的文章,但对她在香港的一段历史三缄其口。也许那时候邵一剑还没有危机感吧，现在她什么都没有了，总不能再放过稍纵即逝的机会，现代社会，名就意味着利，大名就意味着大利。

后来的事实证明，因为沁婷的必然缺席，邵一剑成为唯一有能力也有条件诠释她的人，她反反复复地在媒体露面，接受采访，参加各种各样的女性问题的讨论会。也有人尖锐地指出她这么做愧对朋友，对此，一剑的解释是工作一直是她的亲密爱人，她有可能为了它在所不惜，同时读者也不能既要求她拿出最有价值的新闻，又要求她高风亮节。

沁婷不知道自己是怎么走回家的，可以说是一路空白，没有思维，也可以说是乱七八糟，延伸出无数种可能，她有一种在劫难逃的预感。

出人意料的是，邵一剑站在她的家门口。

她看上去没有休息好，面容憔悴，一副内心备受煎熬的模样。

沁婷手握着报纸，冷眼相看道："你还想知道什么？"

"……你骂我吧。"

"我骂你干什么？本来利益就比友谊重要。"

"我就想问你一句话，我们真的完了吗？"

"你说呢？……邵一剑，我非常感谢你曾经无私地帮助过我，而我一直也无以回报，总算这回我用我的名誉扫地报答了你。我们扯平了。"

一剑的眼圈不由自主地红了，但她听到的是砰的一声,严沁婷家的大门在她的面前关上了,走廊里空空荡荡只有她一个人。

当然,很快这里就聚满了各路记者,一团一团的前赴后继,而且极有耐心地敲门。沁婷不得不打电话请小区管理处的保安来维持秩序,请他们尽快离开,女事主绝对不会对媒体说一句话。除此之外,她打电话给罗二公子请长假,二公子显然是看到了报纸,不过他并不觉得这算什么事,反而天美公司的名字将在报纸上成百上千次地出现,收到的是不花广告费的广告效应,可谓求之不得。所以他一再强调这次沁婷是带薪休假,并送她一句切实可行的忠告:假如无可避免地处在黑暗之中,唯有静静地等待。

沁婷无意间踱到窗口,但见已有无数大炮式照相机一丝不苟地对着楼上,伺机抓拍。她便把窗帘一一放下。

不过她的意识始终是恍惚的,如在梦中。

相比之下,泪珠儿的表现就高调得多,不难想象,记者们把她从地底下刨出来是轻而易举的事,她对媒体反而是开门迎客,有问必答,采取了积极配合的态度。

她的勇敢,率性,直面人生的态度征服了许多人,特别是她在知道了事情真相以后,毅然退学宁肯去当钟点看护也要远离虚伪的慈悲,更是牵动人心。她正在写的一部题为《身世之谜》小说的消息见报后,她再一次成为各大出版社追逐的目标,版税回报一路飙升,直至百分之十三,起印数首次为二十万册,即使当红的畅销书作家也自愧不如。

小说还没出来,泪珠儿已经拿到定金,影视改编权归属问题又被炒得沸沸扬扬。

更有音像公司争相为她策划专场演唱会,尽管泪珠儿五音不全,仍挡不住音乐人高昂的热情,关键的是市场,市场选择了泪珠儿,某音像公司精心策划的"野草春风——泪珠儿真情告白演唱会"本打算只演一场,但售票情况空前的好,加演至三场,门票仍旧销售一空。那些从不看明星演唱会的家庭主妇也愿意为泪珠儿献上一份母爱,瞠目结舌的演出公司只好做出演出多少场不封顶的决定。

有人说,泪珠儿不知救了多少人,她让媒体从业人员忙得团团转,出版界闻风而动,伴歌伴舞人员有饭开,就连卖报纸的摊贩也可以提前收工。更重要的是,她满足了具有滥情习惯的龙的传人的情感需要,为她伤心落泪至少还可以净化心灵,总比无聊至极满嘴跑舌头传播黄笑话强。

当泪珠儿成为大众焦点时,她便从谢丹青的视野里消失了,她的call机早已不用,估计已经换成了手机,同时她搬出了出租屋,把钥匙留给了房东,室内一遍狼藉,几乎与国民党撤退时差不多,丹青翻来翻去,并没有留给他的片言只字。

所有能找的地方他一一找过,包括医院的华侨楼,尽管他明知她不会再在那里当看护了。为了见到泪珠儿，他决定去泪珠儿演唱会的后台耐心等待，中午一点左右，他买了两斤包子和一瓶矿泉水，和打扫后台的清洁工聊了起来。小伙子在吃了他的包子之后告诉他自己是湖北人，出来五年了，回家乡反而不习惯，住不够两天就想走，不管怎么说还是城里方便。小伙子精瘦精瘦的，但看上去不笨，他说可以确保丹青不被清场时赶走。

下午四点半钟，泪珠儿在许多人的簇拥下来到后台，在进化妆室之前，她看见了丹青，便把他带进独立化妆间，又用居高临下的声音请所有的工作人员离开十分钟，那些人都像奴仆一样离开了。

"说吧，有什么事？只要我能办到的。"泪珠儿说这话时，将一张写有她手机号码的名片递给丹青。

"你觉得这么干有意思吗？"

泪珠儿愣了一下，但发现丹青的不以为然是认真的，也只有放下脸道："不是我要这么干，是我必须这么干。"

"为什么？"

"我不想当看护，吃盒饭，住在臭气熏天的出租屋里。"

"你被人利用了你知道不知道？！"

"我也利用他们。"

"你五音不全唱什么歌？你现在像小丑一样在表演！"

"那你说我应该怎么办？像我这样一个父亲身份不明，母亲又不肯承认的女孩，现在被别人踢爆了身世，你说我应该怎么办?!"

"我不知道。"

"那你就别在我面前指手画脚!我要拿回我失去的一切。这是老天爷给我的机会。"

"可你替你母亲想过没有?她有她的苦衷,现在她已经被千夫所指,还不能解你的心头之恨吗?……她就是有天大的错也还是你的母亲。"

"叫她去死吧。"泪珠儿恶狠狠地说道,但她话音未落,脸上已挨了丹青旋风般的一巴掌,顿时眼前一片金星。

"我一直以为你心地善良,原来你比你的母亲更凶残。"丹青贴着泪珠儿的耳际说道,"……那一次你做手术,又得了抑郁症,你不知道你母亲是怎么失魂落魄地来找我,我当时很奇怪,说找巴男才对,可是她坚持你要见的人是我,后来她说,'我是她妈妈,我知道她是怎么想的……'她在我面前流下了眼泪,我当时都糊涂了,搞不清这是怎么一回事?那种血肉相连的真情让我相信,她是爱你的,是一种本能的爱……"

说完这些,丹青头也不回地离去。

几乎是同时,泪珠儿身边的工作人员一拥而进,他们化妆的化妆,做头发的做头发,换服装的换服装,泪珠儿也就像玩偶一样任由他们摆布。

可是那又怎么样呢?泪珠儿对音犹在耳的话无动于衷,谢丹青,你不是我,你绝不可能理解我的感受。我的悲哀在于,并不是我不愿意被感动,而是我早已失去了感动的能力,你说,这是谁造成的?!

事实上,洪富商有关房产方面的事,根本没让谢丹青插过手,并不是洪富商的房产业务已经不活跃,丹青也按月如数拿到他梦寐以求的工资。只是洪富商的助手派给丹青的活儿,不是陪老板玩腻了的过气女人逛街当跟班,就是帮老板挑三级片的盗版碟,先铺天盖地地看,然后选拔出最刺激的留给老板享用。

社会与学校不同,现实和想象不同,这些简单的人生道理丹青是清楚的。

当他把第一个月的工资甩在崩牙昌面前时,崩牙昌眼前一亮,由衷赞道:"钵仔,你好嘢!"

"你什么时候收手?"

"才出一个月的粮就想让我收手?"

"难道你要像李嘉诚一样才肯收手吗?"

"那还用收手吗?!"

"有吃有喝,你为什么要违法乱纪?"

"什么法?你不认它就什么也不是。"

"拜托你为我想一想好不好?我不想看着你去送死!"

"好啦好啦,不干了行不行!一天到晚死死死的,人都给你说霉了。"

丹青陪过气女人逛商店,通常拿一本书,但只要进了珠宝行,一本书都快看完了,过气女人还在那里挑得起劲。老板说,叫她们花够了,无聊透了,空虚到顶,自然还得离去,省得你赶她走,她一哭二闹三上吊。金卡放在谢丹青手上,买东西消费可以,总不能让她们划钱给小白脸。

过气女人是柳叶眉,长了一双勾人的丹凤眼,皮肤很白,人也苗条,在街上走还是挺有回头率的,可无论如何她身上透着一股俗气。

有时她是请闺中密友吃饭,开很久的车在一个水上的凉亭式餐厅,吃一道名叫暗送秋波的菜,其实就是鸡蛋皮包着菠菜;还有一道菜叫悄悄话,猪舌头和猪耳朵炒在一块儿。为吃这样的东西长途跋涉,有钱的女人就可以玩这种无聊游戏。

丹青坐在另一张桌子上,独自点了一份咖喱牛肉套餐,三下五除二地一扫而空,然后看书,温习功课,总之什么也不耽误。

餐厅是六角形的,不太大,她们的谈话有意无意地飘过来。

"……那个人挺靓仔的嘛,干吗不泡他。"

"喊,一个穷小子,有什么可泡的。"

"……解解渴也好啊……"

"你渴了?"

"讨厌!"

"我想我还不至于倒贴吧……"

丹青心里堵得慌，他恨的不是她们，而是自己。

他已经重新搬回自己的出租屋，一是难免跟崩牙昌发生口角，他们隔三差五总会吵，为各种大事小事。二是满坑满谷的三级盗版碟，他也说不清楚。这些东西，他开始看时还血脉偾张，有过生理反应，不过很快就只剩下一个感觉，想吐。

实在看不下去了，便随便拿几张去交差，马上给洪富商的助手骂："那些碟你到底看过没有？闷得老板都睡着了，拜托你每月开工出粮，敬业一点行不行？"

丹青觉得自己在一天一天变成垃圾。

南方四月的天气本应该是细雨连绵，但不知为何今年的四月总是艳阳高照，阵阵南风干燥而爽利，很多人不见得那么热爱雨季，但是雨季不来还是觉得不应该，做些无谓的抱怨。人心着实难测，就像我们每天都在骂有钱人，但又希望自己立刻摇身一变而成为有钱人一样。

这一天，丹青下了设计课，刚一打开手机，这是洪富商给他配的，便接到老板助手的电话，叫他回公司一趟。

"你，从今天晚上开始，"老板的助手这样对他说，"每天晚上去三百六十度泡吧，什么时候泡上了，什么时候收工……"

洪富商看上一个女孩，是新出炉的选美季军，而三百六十度是一个时尚酒吧的名字，平时云集着不少当红的时尚人，也是季军常去的地方。

丹青不快道:"我泡上她有什么用?我又不喜欢她。"

"当然不是要你喜欢啊,让你帮老板把她泡过来,懂不懂?"

"老板干吗自己不去?享受过程嘛。"

"你见过老板级人马自己去泡妞的吗?"

"我又不是拉皮条的。"

"那你是什么?你真以为你是房产经纪啊!退一步说,不把老板伺候舒服了你就想提房产佣金,钱要是这么好赚,还有人去当鸭吗?啃不下去都要啃。"

"我不干了总可以吧。"

"当然可以,都不捞了还有什么不可以?……不过我告诉你,泡上了老板会封红包,四位数。"

丹青还是犹豫了。

老板的助手搂住他的肩膀,语重心长道:"年轻人,说硬话有什么难?你要是不为钱,早就走了,还等到现在?!"

离开公司以后,丹青进了一家电影院,是港产的打斗片,连演两部号称双响炮,银幕上打得拳脚有声,身后的人大嚼爆米花,香气逼人,内心里空洞无物,这种感觉也不能说不好。电影演完之后,爆米花的香气再次逼人,连胃里也空洞无物了,他乘着夜色,在麦当劳买了一个巨无霸,又喝了大杯装的可乐,觉得人生还是很充实的。

晚上,丹青的行尸走肉并没有去三百六十度,而是神使鬼差地去了崩牙昌的夜总会，像是有充分的预见性那样，他目睹了崩牙昌被捕的全过程。当然，崩牙昌并不是什么大毒枭，他是作为某某某特大冰毒案的一个微小环节被带出水面的。

十二

一连数日，师晓梁总是在半夜里惊醒，梦中的情景是一样的，就是严沁婷披头散发地向他走过来，这使他心里很不舒服。

如果你在知道了一个女人的全部之后，仍放不下，这是不是爱？

中年人如果还有爱的话，当然不会是花前月下的蜜语或者眉目传情的缠绵，而是一种相知，一种扶持，一种任何人无法替代甚至是亲人也无法给予你的力量。正如沁婷所说，我们都不属于雪雁，因为我们都希望它超出我们的大限永远地生存下去，成为中国不可多得的百年历史以上的企业之一，无论我的出走有没有作用，雪雁必须走上漫漫的股份制转变之路。

的确，经过多方的努力，也因为大环境的成熟，雪雁确实踏上征途。

也正因为如此，沁婷的慨然才能够长久地盘踞在师晓梁的心头，他曾经无数次地喟然长叹，只有她知道他到底想要什么。

本来，相忘于江湖，相知于心中无疑是人生的一种至高境界，师晓梁深知自己除了挥剑斩情丝还能做点什么呢？所以当时他用决绝的办法了断了一切。然而，事情并没有结束，当沁婷成为社会新闻的女主角，又是被最好的朋友出卖时，他还有办法让自己安然若素吗？

这是四月里的第一场雨，来势凶猛，师晓梁照例在梦中醒来，他站在书房的窗前，由于他没有规律的作息时间以及不分昼夜的电话，他一直是睡在书房里的。现在他站在窗前往外看，黑暗的地方当然是漆黑一团，但是街灯可以顾及到的光柱里，便可看见雨柱如小手指般粗细，而且笔直如按着尺子画的线条。

不会出什么事吧？

这个念头先是让他吃了一惊，接着便开始坐卧不宁，会出什么事呢？他并没有进一步的预见，但总之他心里乱糟糟的，最终他出了家门。

如他期许的一样，沁婷家的窗户亮着黯淡的灯光，他打电话上去，是录音机的声音，想必是逃避记者的，他想了一下，还是没说什么，挂了机。

沁婷出现的一瞬间，倒是令他颇感意外，她穿了一身套装裙，烟云色调，头发梳得一丝不苟，腿上穿着颜色恰到好处的长筒丝袜，半高跟的船鞋，一副准备上班的打扮。看着半夜来敲门的师晓梁，一身水汽，完全愣住了。

师晓梁不禁问道："你干什么去？"

"不干什么……"

"那你穿这么整齐？谁半夜穿这么整齐？"

沁婷神思恍惚，却凄然一笑道："……想体面一点吧。"

听了这话，师晓梁一时没有明白其中的含义，他注视着沁婷的眼睛，但沁婷很快就移开了视线，一只手下意识地背在身后。

师晓梁抓过沁婷手中的药瓶，但他手上有水没有抓住，夜里的玻璃破碎声至少是白天的十倍，接着是大珠小珠落玉盘。

白药片滚了一地。

师晓梁一把把沁婷拉进怀里，他搂着这个让他曾经无数次心动，又让他望而却步的女人，想对她说点什么，但最终他只是鼻子发酸，却什么也说不出来。而沁婷早已伏在他的怀里泪如泉涌。

在这之后，他们相对而坐，心情都平静了不少。

"为什么要这么做？"

"很自然……就像天不下雨或者天要下雨一样。"

"还生怕别人不知道你是职业女性。"

"你知道我的习惯是搞利索了以后才见人。"

"真的没想过找我吗？"

"找你？说什么？"

"说你很害怕。"

"我是很害怕，像我这样的人恐怕只能进地狱……"

"一切都会过去的，让别人体会你需要时间。"

"你真这么想吗?"

"真的,你到里屋睡会儿吧,我在这儿翻翻报纸。"

她看了他一眼,真希望他不那么好,不那么让她留恋。

期末考试在即,丹青觉得他的这一场噩梦该做完了。

他在出租屋里昏睡了三天三夜,醒来之后脑袋像被拆洗过一样条理分明,整洁干净。他想他所有的潇洒之举,皆因他心中有底线,脚下有退路而已,他真正的家其实在盛世华庭——那个不用打电话进门就有热饭吃的地方,那个翻过一万次脸也还是有一张笑脸迎接着他的地方。那里有爱他的父母,有优雅的环境,有他认同的人生。

正如父亲所说的那样,富人注定是不完美的,但是穷人也未必个个都能进赞美诗,永远不要把希望寄托在你未知的事物上。

选择星期六下午回家应该是比较明智的,丹青认真地洗了洗脸,又刮了胡须,很久以来第一次在镜子前面多逗留了一会儿,他觉得自己的样子有点怪怪的,虽谈不上丑陋,但已经不再是年轻一代雅皮士的现身标本。

然而,山中方一日,世上已千年。

在丹青两次确认了门牌号码的情况下,他发现他家院子里的网球场已经被彻底铲平了,取而代之的是一个修砌的十分完好和具有工艺美术特色的水池,水池很大，但没有鱼，只有为数不少的鹅卵石，还是颇有观赏性的。此外，母亲最爱坐在下面的油纸伞也荡然无存，目前那里搭着竹制凉棚，下面放着一个八仙桌，好像随时准备开饭一样。

一位慈眉善目的老女人提着浇花的水壶走过来："你就是谢丹青吧？"

丹青心里颇感奇怪，但还是点点头。

老女人道："进来坐吧，你爸爸妈妈有封信叫我交给你，"老人总是有些唠叨，她接着说，"我说不如寄给你，他们说你一定会回来拿的，还是他们了解你。"

丹青坐在凉棚下的八仙桌旁，感觉老人进去了很长时间，这时楼上传来断断续续的钢琴声，这让他想起母亲教学生时的情景，她是一个爱孩子的人，有着超乎寻常的耐心。但是他始终在想，他的父母到什么地方去了呢？这里显然不是请人看房子，而是另易其主，这么重大的事他们也没找过他。

好几次，他在余祥里崩牙昌家的门外，听见里面争吵的声音，都以为是有人找来讲理，以为父母会找到这里来叫他回家，但是这种他认为一定会发生的事从来没有发生过。

老人总算出来了，她手上拿着一封信，口中抱怨着孙女找各种各样的理由不练琴，一会喝水，一会吃梨，一会儿上厕所，所以把她都给耽误了。她把信递给丹青，接着又夸这套房子怎么怎么好，丹青想等她喘息的机会脱身,但她从哈尔滨来时讲起,讲她的儿子多蠢女儿多能干,怎么发家致富的,而且一环扣一环根本没有停顿。丹青开始神不守舍,眼睛越过老人的头顶,心里又惦记着兜里那封信的内容。

他突然一阵心烦,很想大吼一声让她住嘴,甚至他想对她说我已经走投无路,山穷水尽,不知该怎么办好,你却跟我大谈什么发家史!你女儿能挣钱跟我有什么关系!

当然他不能这么干,但心里真是觉得像崩牙昌那样每天骂骂咧咧的生活就是痛快。

回到出租屋,他独自一人在灯下读信。

是父亲的笔迹:

丹青我儿,见字如面。

当你看到这封信的时候,我们已经离开你,飞往加拿大你大姨那里,你知她一直叫我们去长住,但总也没有机会。这次是因为你妈妈的身体时好时坏,医生说换一个环境生活会对她的健康有好处。

你的心情我完全可以理解,每个人都是从年轻的时候走过来的,只是,没有人可以同时踏上两条路。我曾经非常害怕你吃苦,不想看着你头破血流,但如果那注定是你今后的路,我会对你说,你必须走下去,无论碰上什么样的困难,不仅接受,而且面对。盛世华庭不是你最后的栖息地,我们不是报复你，而是爱你。

这种爱是时间赋予我们的，你一天天长大，我们一天天老去，就像一棵树，我们关心的不再是它的种子来自何处，而是它的躯干和枝叶怎样才能更茂盛。同时，这棵树已经不可避免地深扎在我们心中。

我们留了一笔钱在藏院长那里，除了用于你的学费和生活费之外，我们还担心你的身体，这种病叫作脊髓痨，有可能在你长大成人之后，体内残存的梅毒菌破坏脊髓的背部神经而导致发病。主要症状是下肢刺疼，像有一根烧红的钢针插入一样，身体会出现共济失调，走路不稳，尤其是在黑暗的地方或者闭目行走的时候会更为明显，所以当你发现自己走路时腿部抬得比别人高，两腿比常人分得开，就一定要到医院里去做检查。

血亲是神秘而伟大的，我从来都不怀疑这一点。我也不是一个不自私的人，但是对你，我们虽然没有给过你生命，但却极其希望赠予你生命的光辉，这完全不是道德观所能决定的事……

你的亲生父亲早年遗弃了你，无论他现在变成什么样子，你在接受现实的同时都不要对生活失望，因为罪恶的形成固然与社会有着密切的联系，但个人的言行与选择，才是善与恶的终极分野。同时，路就在你的脚下，而你的身后，有我们默默的支持……

信没有读完,但是丹青已泪眼模糊。

他并不知道到底是谁给了他一颗善感的心,许多时候,他会想到,如果他在余祥里长大,那么他的生活将是一个什么样子?他会变成一个怎么样的人?

这是他第一次透彻地感到悲哀,其实,有多少爱,就有多少悲哀,它们就像山水,像生死,像秋夜风鸣,像英雄佩剑美女桃红一样无从分离。他所以能够体会,并不是因为他受过良好的教育,懂得更多的道理,明辨更多的是非,而是他亲身经历了这种刻骨铭心的折磨。

所有的爱,所有不求回报的付出,皆是命中注定。

那是在十一个月以后,崩牙昌被执行死刑,在丹青的要求下,公安局同意他前去送行。自然是一个下着凄凄冷雨的凌晨,五点多钟,他按时来到看守所,被有关的人员带了进去,执行警察已经荷枪实弹,神色凛然。似乎是在一个灰色的走廊,水泥的地板和墙壁被一盏低瓦数的日光灯照出一片惨色,崩牙昌换了一身干净的衣服,据说早上也吃了点东西,他的手被铐着,公安分局的局长点了一支烟放在他的嘴上,不怕死的人走到哪儿都受人敬重。

"还有什么要说的吗?"局长问道。

崩牙昌木然道:"死都死了,还有什么好说的。"

电视二台的一个女记者把话筒伸了过来:"人之将

死,其言也善,就说两句吧。"

站在一旁的丹青推开了话筒:"你不要逼他。"

女记者还想坚持,丹青一下火了:"电视台有什么了不起?我们又不是为你们而生,为你们而死!!"

女记者一声未吭,赶紧走了,反正今天执行死刑的也不是一个人,所以局长才会出现在现场,唯恐发生意外。采访别人也是一样的。

局长拍了拍呆如木鸡的丹青,对崩牙昌说道:"你看你有一个多好的儿子,知道后悔了吧?"

崩牙昌笑笑,表情是不置可否。走廊里的人太多了,各忙各的,当着这么多人,他们也不能说什么,很快崩牙昌就被押上了警车。

他们互望了最后一眼。

很长一段时间,丹青都不能相信这个他既憎恶又与他有着割不断的关联的人死了,永远都不会再在余祥里或者夜总会出现了,更不可能再令他撕心裂肺、痛心疾首地与之争吵。他永远地去了,就像当年不认他时,是冥冥之中为了他好,为了他有一个好的前途一样,这一次的早走,或许也是让他早一点解脱吧。

于是那种悲哀又像潮水一般地在他的心头蔓延开来。

最初闹得沸沸扬扬的事件总有一天是会平息下来的,尘埃落定之后,也总会有一些貌似深沉的人提出生活在盛世华庭和余祥里的人到底谁更幸福?丹青始知,这样的问题不知有多么愚蠢。

他仿佛在一夜之间长大了。

盛世华庭如同海市蜃楼一样在他的眼前消失了,深爱他的父母——在他心目中像日月星辰一样永恒的存在也离他而去。丹青知道,一封信所能包含的内容实在是太有限了,而他们想说的,又何止千言万语?

一切都在父亲的掌控之中,他知道他会遇到什么样的难题,假如能靠一腔热血就包打天下,这个世界不是太简单了吗?父亲也一定知道他会败下阵来,会回到盛世华庭,这是整整一代年轻人的梦想:实在不行,我还可以回到从前的生活里去。但其实这是不可能的,父亲是在用行动让他死了这条心,正如他在信中说的那样,假如你的生活之路注定崎岖,那你就必须往前走,走到底。因为我们不可能伴你一生。

丹青从心底感激父母,也只有他们会这样提醒自己。否则,他一定会变成一个颓废青年,就像泪珠儿一样,变得让他无法确认,他们曾经有过同一种不幸和焦虑,但却滋生出完全不同的两样情怀。

人只有在没有退路以后,才能真正踏实下来,真正脚踏实地。

很长一段时间,丹青一边完成学业,一边决定找工打,为的是锻炼自己的意志力。但好像他身上无形的光环已经散尽,一切都变得不顺利起来,没有人需要他。

那是因为你的身子还俯得不够低。这句话是在梦中父亲跟他说的。他曾找过藏院长,但他说他不知道他父母亲的新电话,都是他们打回国内,时间也没有规律。这是父亲的作风,他怕听到他的声音后会心软。

所以,他也只能在梦中与父亲母亲交流。

一年一度的进出口商品交易会如期举行了,大学生们纷纷利用课余时间出现在交易会会址门口。他们手举着木牌,上书"翻译"二字,漂亮的女同学除了翻译还会加上"公关"之类的字样。要知道交易会久负盛名,开放的中国又张开无比热情的手臂,迎接着世界各地的来宾。

国内的企业想方设法要把自己的产品推销出去,国际宾客又要削尖脑袋钻进这个博大的市场,他们之间需要一个桥梁。大学生们无疑抓住了这个机会,他们推销的是自己,挣钱、体验社会是一回事,如果幸运的话,说不定能找到一份合适的工作。

交易会会址外的广场上彩旗飞舞,同时人才攒动,各路人马都在这里找机会,提供各种服务,很快形成了人才超市。

丹青也挤在人群里,他举的牌子上写着"翻译兼介绍电子产品"。别人都竭力地在找顾主搭话,顺便推销自己,譬如要人吗?是韩国的客人吗?我是学日文的,不过我的师兄韩文可是一把好手。或者,我是正宗的美国口音,这样会让客人感到亲切一些。丹青不知道该如何举荐自己,和陌生人搭话对他来说是有障碍的。阳光变得越来越刺眼,在阳光下,他觉得自己变成了一棵树。

顾主们都愿意找女孩子，她们温文可人，几乎没有什么目光在丹青的脸上稍作停留。好不容易有一个戴着眼镜的老女人来到丹青跟前，刚问了一句：你的工资怎么算？不等丹青做出任何回应，马上有一个可以说长相丑陋的女青年冲过来，亲热地叫道：阿姨，我不要工资，我只是为了锻炼一下自己，管饭就行。

老女人看了女青年一眼，又看了丹青一眼，见他仍没有什么明确的表示，便扶一扶眼镜带着女青年走了。

那一瞬间，丹青的感觉差极了，他突然想到了黑奴市场。他妈的，那些趾高气扬的公司老板们就差没拍拍他的骨架，看看他的牙口了，挑女孩子的时候，眼神像挑三陪似的，他为什么要受这种鸟气？丹青扛着木牌，准备离开人群。这时一个尖厉的声音叫住了他，他知道，那是父亲。

如果这注定是你的人生之路，那你就得坚持住，走到底。

记住，身子俯得要比别人更低。

丹青扛着他的那块木牌，返身回到他刚才的位置上，周围依旧是穿来穿去的人流以及讨价还价的嘈杂声，他却像赌气一样，一动不动地站在人才超市里。

直到第三天，才有一个中年男子向他走来，在他面前停下脚步，注视了他好一会儿。

丹青忙道："我是学英文的。"

来人十分干脆："我不需要翻译。"

"介绍电子产品也行,我是计算机专业的。"

那个人又摆了摆手。

丹青索性道:"那你需要我做什么呢?"

"提一个暖水瓶跟在我身后,你愿意吗?"

原来,这个人是推销"忘不了"方便饭的。厂家让他在交易会的每个摊位上派送若干盒,可是人家嫌烦,试也懒得试,于是他自己想出办法,亲手帮客人泡好方便饭,人家不好意思,只好试吃。他自称这种方便饭只要一吃,绝对忘不了。

这个人因为忙不过来,想找个帮手,报酬方面,当然是微乎其微的。

丹青想了想,再站下去,十五天的交易会就给站完了,便一跺脚决定跟着这个半疯的人试试自己的运气,或者说检验一下父亲的话是不是真理。

说走就得走,他问道:"我这块牌子怎么办?"

那人毫无商量的余地道:"扔掉。"

丹青像接到最高指示那样把木牌扔掉了。

这一次的人生体验对丹青来说太独特了,重要的不是赔笑脸和挨白眼,而是工作最终结束时,中年男人拍着他的肩膀说:"小伙子,你将来能干大事!"

"何以见得呢?"他笑了,他们在一家小饭馆对饮,算是吃分手饭。

"你知道我在人才超市找了多少人?"

丹青摇了摇头。

中年男人伸出一个巴掌来:"不下五十个,没有一个人肯干这种活儿,还说我有病。只有你,你是好样的……"

喝了几杯酒之后,中年男人告诉丹青他原来是国家机关的一个处长,后来单位合并,一大堆人无处可去。"我还不算是最差的,"他说,"毕竟这个方便饭厂还是我的亲戚开的,还有的处长去卖马桶呢。"

"那叫洁具。"

"叫什么那也是拉屎用的啊。"

丹青笑了,不再与他争辩,看得出他心里已经不好受了。

中年处长说,他已经参加过两次交易会了,但是方便饭仍然没有销路,面对方便面成熟而庞大的市场,他们几乎没有成功的希望,然而,在你坚持不下去的时候坚持下去,这才是在市场经济中能占领一席之地的铁律。

他的话,让丹青沉思良久。

在这之后,丹青在电脑城找到一个卖电脑的活儿,没有底薪,卖一台提成一台的钱,由于竞争激烈,卖一台组装机,提成也就几十块钱,还要免费负责售后服务。

这在从前是不可想象的事,以他的才智,在龙行天下公司时都嫌公司规模有限,无论是人员配备还是租用民屋,都是一切从简的原则。当时他就立下雄心壮志,要做这一行的神奇小子,有朝一日注册自己的公司,而且一定要在电子一条街上立足,成为业中主流,而不是跟在后面瞎起哄。

然而现在他懂得了，实现梦想必须脚踏实地，你认识自己有一个过程，市场认识你同样有一个过程，而在这个过程里去干力所能及的事，比清谈空想现实得多。

一天晚上，丹青在睡梦中接到一个电话，是他的一个买电脑的女顾客，咋咋呼呼地说她的重要文件在电脑中突然消失，她简直要急疯了。丹青一看手表，已经是半夜两点钟了，怪不得房东叫他听电话时脸板得像铁一样。

丹青骑着破自行车在冷风中疾驶，他住的地方与女事主的家是城东和城西两个方向，而女事主根本说不清是电脑出了问题还是她的操作有问题，总之她强调那份文件她第二天开会就要用。为了区区几十块钱的提成，他真是不想在夜里赶过去，合同上只写了保证售后服务，并没有说随叫随到啊，什么事不能等到第二天再做？

但是，人是很奇怪的，有时想是这么想，做起来又完全是另一回事。

他也不知道是怎么说服自己的，直到穿过一条条清冷的街道，他心里一遍一遍地想，谢丹青，这难道就是你的人生吗？马上，他就听见了父亲的声音：谢丹青，你以为你是谁？没有一个成功的人不是从零开始的！

女事主穿着一件红色的睡袍，在客厅里来回踱步，她烫着满头麦穗那样的蓬松发型，乍一看活像一只母狮子。丹青一进屋，她就喋喋不休地讲丹青帮她组装的电脑怎么乌龙，总之麻烦不断。丹青没有讲话的机会，只好坐在电脑前操作电脑，发现一切正常，但是文件的确是没了，问女事主文件的名称，她说没有名称，看来她也是个生手。

生手惹出来的问题是没法预见的。

丹青开始找文件，女事主熬不过，靠在客厅的沙发上睡着了。

丹青把她的文件找出来后，打印好，才叫醒她。本以为她会感激自己，但女事主什么也没说，递给他五十元道："算你的加班费，别嫌少啊。"

"谢谢。"结果是他反过来谢母狮子。

"你是刚参加工作的吧？"

"勤工俭学。"

"嗯，还算有出息，就为这一点，我送给你一个忠告，这可是私人收藏，比那五十块钱值钱：不要太相信温情的东西，那是最靠不住的。"

丹青注视着女事主，脸上有些茫然。

女事主道："今晚如果你睡觉了，我就不能睡觉，明天还有可能被炒鱿鱼。经济社会是个竞技场，别人不顾你的感受做出任何事来都是可以理解的。明白了？"

丹青点了点头。

"你可以走了，"女事主用手遮着嘴打了个哈欠，"五十块外加一个忠告，我年轻的时候可没有这么好的运气。"

谢丹青重新出现在大马路上,不过他这会儿睡意全无,心情还挺舒畅,他吹着口哨,是《恋曲一九九〇》,两手撒把骑着自行车,像二流子一样愉快。

没有人永远是热点新闻的座上宾。

在那种万箭齐发般的热闹劲儿暂且停歇之时,泪珠儿被某出版社正式"接管"了。经济社会,谁都不会无缘无故地买单,你总不能收了定金以后就不当作家了,而成为一名歌手,大肆进军歌坛吧。

出版社给泪珠儿找了一个度假村,有山有水,风景无比秀美也算安静宜人。同时派了一名编审级的女编辑陪伴她,并且起到督促她的目的。这是一个五十多岁,看上去相当干练的女人,不胖不瘦,皮肤黝黑,眼神里充满警觉,一脸的霸气或者说有几分凶悍。早年她毕业于名校的研究生班,是才气很高的人,可以说做为他人作嫁的工作以后很有点虎落平川的味道,幸好后来这些才华都体现在了她的抓稿上,这些书稿又总能点在读者的醒穴上,以至于渐渐地不少知名作家都以搭上她成为炫耀的资本。

她对作者是很爱护的,但不温情,她说走吧去吃点好的,或者走吧去桑拿把头部按摩一下都是命令式的口吻,脸上一点笑容都没有。

对外,女编审封锁了一切有关泪珠儿的消息,她的理论是要吊住读者的胃口,否则他们会像腻烦了肯德基全部转向麦当劳一样。

但是《身世之谜》的进度实在不容乐观,泪珠儿不是不努力,她几乎是不分昼夜地伏案疾书,但多半都成了废纸,坐在电脑前面更是一片空白。这当然与她的经验有关,她还不能娴熟地把握素材,另外一个重要的原因是她用倒叙的手法写这件事,越接近童年越是有一种令她窒息的情绪干扰着她,令她无从描述。

女编审的表情越来越凝重,不光是因为全国春季书市的日子每天都在逼近,在强调市场经济的今天,每一件事都难以逃脱进入商业化操作的规范,一本销路势头很好的书,在书市里发行和不踩点的随心所欲,效果绝对是不一样的。另一大压力的由来,是社里打电话告诉她,有消息灵通人士透露,邵一剑也在给一家出版社写书,写的是不同角度的同一件事,整个过程全部暗箱操作,到时拿出来一定是重量级炸弹。

以邵一剑熬成了精的笔力,泪珠儿岂能同日而语?

可是她知道这种时候不能再逼泪珠儿了,因为两个人已同样是膨胀到极限的热气球,根本经不起任何风吹草动。

自从离开谢丹青的出租屋以后,泪珠儿觉得每走一步都是她始料不及的。最初的冲动是她在震惊之余的确想写出自身的感受,更重要的是决心报复严沁婷,她认为她是一个无比虚伪的人。但是现在,她的敌人突然找不到了,确切地说她消失了,化作一缕青烟,因为严沁婷已经被千夫所指,在这个克隆人即将诞生的年代,连自己的亲生女儿都不敢相认的母亲是必定要受到唾弃的。今天的人们已经习惯了用张扬的观念解释所有的问题,每个人都是自己心目中的英雄,这种感觉太牛了。

于是一场亲情的纠纷变成了一个纯粹的商业事件。

然而,泪珠儿对母亲的怨恨并没有因此而了结,那些情绪都还在,那些曾经发生过的点点滴滴依然沉淀在她的心中,可是她还谈不上有写作功力,根本无法与苦难冷眼相对,如果她要把这些东西写出来的话,就只有重活一次,重新体验一遍,这无疑是痛苦的,只不过这些痛苦分段标了价,最终不会白痛苦罢了。

这样下去会疯掉,此时是泪珠儿唯一的想法。她不顾一切地寻找到自己的双背包,从房间冲了出去。

她的房间在走廊的顶里面,靠外面的一间是女编审住的,女编审的房间永远门户大开,正对门的一面是一个茶几外加两把单人沙发,女编审总坐在右边的沙发上,总之有看不完的书和从社里带来的稿子。

你不能说她在监视泪珠儿,但的确她从房间里跑了出来,一把拉住泪珠儿:"小严,你到哪儿去?"

泪珠儿两眼发直道:"不知道……反正出去走走吧……"

"那我陪你去吧。"女编审边说边把自己的房门带上。

"你去干吗?"

"你连到哪儿去都不知道,我不放心啊。"

"我如果去找男朋友呢,你也去当电灯泡呀?"

"小严,这是我的责任。"

泪珠儿陡然火起:"你还别跟我提责任!怎么谁对我都有责任啊?这是我最不爱听的两个字,每个人对自己负责就完了,用不着对别人负责!再说了,如果不是为了这本书,你会理我吗?你会多看我一眼吗?责什么任啊!"

女编审一下懵住了,尽管泪珠儿从来不是一个乖乖女的形象,但还是蛮听话的,平时招人疼爱,让人倍感她的身世凄凉。现在她突然变成了一个问题女孩,这让女编审一时无法接受:"你怎么这么说话?"

"我就这么说话,我恨这个世界,也恨所有的人!"

女编审的声音倏地提高了八度,气势如虹道:"严安,你不要太过分了,你的今天并不是我们出版社造成的,不过愿买愿卖而已,我一个五十多岁的老同志来给你当三陪,你至少对我还应该有一点尊重吧!"

泪珠儿一言不发,扭身回到自己房间,开始收拾东西,将所有的用品一股脑儿地往箱子里装。

女编审跟着她走进房间:"你要干什么?"

"我不卖了行不行?"

"你单方面违约是要付出代价的。"

"我去当鸡,也会把你们的钱还上!"

足有半个多月的时间，不知是什么原因触动了天怒，连绵不断的暴雨每天都要把这座城市横扫一遍。

任何时候，沉默都是化解激烈矛盾的法宝。

沁婷的生活也恢复了暂时的平静，她足不出户，幸亏盛世华庭是买一瓶酸奶都可以送到家中的高档住宅区，有着优质的服务，她完全不必担心因为物质问题而必须抛头露面的尴尬。精神方面，她彻底失去了女儿，但是师晓梁勇敢地站在了她的身边。

他们每天通一个电话，有时，师晓梁会趁着夜色来看看她。

"你真的就不怕别人说你吗？"有一次，她这样问他。

"怕什么？"

"我可是在一口热锅里的人，随时随地都会被炒成渣，和我的名字联系在一起，是注定没有好下场的。"

师晓梁轻描淡写道："那又怎么样？我更相信自己的眼睛。"

他是一个真正的男人，可惜我没有这个福分。沁婷想道，内心无比怅然，看来她是没有看错他的。他跟吕潘就是不一样。

"可是，"她说，"……你太太难道不会怨你吗？"

"怨过，吵过。"

"那你……"

"这是原则问题，你为雪雁付出过很多，现在你碰到了困难，我不能不援之以手。"

"仅仅是道义上的吗？"

"感情上也有，但我们都不是庸俗的人。"

"我有庸俗的一面，我一直从心里很喜欢你……事到如今，也不怕说出来了。"

"我知道。"

"你怎么知道？"

"人非草木。"

"你呢？能不能也跟我说心里话。"

师晓梁是一个不容易动感情，也不善于表达感情的人，正因为如此，他在女人的眼里另有一种魅力："有些话不说比说出来好。"

"可是有些话不说出来是会后悔的。"

师晓梁叹道："我想百年之后，我们会变成蝴蝶的。"

这句话就这样轻轻地落入了沁婷的心海，她是一个不幸的女人，女儿的失而复得，得而复失；现在以艰辛换来的成功又被打上了大大的问号；她再也不是社会精英的组成部分，而是一个刻毒的母亲，角色的转换就在一夜之间完成了；她一生看重的东西敌不上任何一个人的说三道四，蜚短流长，谁都可以诅咒她几句，因为她不是一个好女人。

可是她得到了一个人，得到了一个她所爱的男人的心，这也算是倾城之恋了吧。

一天深夜，她又听见了那个熟悉的敲门声。

又碰上风雨交加的天气，来人裹着一件军用雨衣，沁婷忙道:"赶紧把雨衣脱下来,我给你挂到阳台去。"

来人脱掉了雨衣,沁婷吓了一跳,这个人不是师晓梁。他显得很狼狈,满脸雨水,头发和胡子都没有修剪过,一身灰布衣服也湿了一半,脚上只有一只鞋。慌乱之中,沁婷觉得自己根本不认识这个人。

"阿姨,我是巴男。"

沁婷定睛一看,果然是巴男,便脱口而出道:"你不是……"

"是的,我一直呆在看守所里,可是今晚看守所里的院墙突然被暴雨冲垮了,我也不知道该怎么办,看见大伙呼呼地往外跑,我也跟着跑……哨兵鸣枪示警,但是根本没有用,大伙跑得更快了……我不敢跑回家去,那就死定了,只好跑来找严安……"

"可她早就不在家住了。"

"那我……"

沁婷在一分钟之内做出了决定:"你还是先洗个澡,吃点东西吧。"

"谢谢阿姨。"

巴男进了洗澡间。这个晚上太滑稽了,沁婷心想,两个身陷绝境的人被关在了一起。不过她来不及多想,一边给巴男下了一碗面条,一边给他找换洗的衣服,可是她家里怎么可能有男人的衣服呢?幸好严安喜欢穿一些男女不分的装束,她找到一条牛仔沙滩裤,给巴男递了进去。

一切妥当之后,她坐在客厅里的沙发上发呆。

茶几上紫红色的电话机突然变得巨大无比,她该怎么办呢?巴男真是给她出了一个难题。

她对电话越来越望而生畏了,她从谢丹青那里找来泪珠儿的电话号码,可是一听到她的声音泪珠儿就立刻挂机,她们之间已变得水火不相容。在报纸上看到泪珠儿的所作所为,她真是心急如焚,人们怎么不理解她,怎么骂她都不是问题,大众也需要痛定思痛,就像她痛定思痛也就不再恨邵一剑了——她一定是穷途末路了才会这么干,如果这么干了便可脱离困境那就让她这么干吧。

作为母亲,她最想对泪珠儿说的一句话就是:这是一场没有赢家的战争,无论是她自己,还是泪珠儿和邵一剑,都将被大众公正评价,而泪珠儿越是表现的激烈和超常就越没有退路。譬如有媒体问她:你作为一个强奸犯的女儿有什么感受?不觉得这是你一生的红字吗?还有记者说:你母亲是受害者,你也是受害者,可你们好像都没有同情心,是不是被伤害过的人就格外心冷?

媒体可以给人扬名,也可以置人于死地。

然而她的话,泪珠儿已经一句也听不进去了。

巴男大口大口地吃着面条,他看上去饿昏了,里面的生活,可以想见。

"你打算怎么办?"沁婷问道。

巴男含糊其辞道:"不知道。"

沁婷也不想再难为他了,不是她自己都没有想出什么招儿来吗?"你吃完先睡会儿吧。"她说。

巴男临进泪珠儿的房间之前,突然转过身来,定定地看着沁婷,像要把人看穿似的:"阿姨,你不会报案吧?"

沁婷摇了摇头:"你自己的人生,你自己选择。"

"我能给严安打个电话吗?"

沁婷把泪珠儿的电话号码递了过去,她看得出巴男十分激动。

然而,泪珠儿的手机关机了。

星期天的早上,丹青接到藏院长的电话,约他中午到家里吃饭。

上午在电脑城上班,中午,丹青径自去了藏院长家,藏师母为他准备了好几个菜,这让他有一种回家的感觉。

吃饭的时候,藏院长说道:"丹青,藏蕾又打电话又写信来,她希望你快点到英国去。"

丹青低头不语,他能说什么呢?本来崩牙昌死后,他已经了无牵挂,完全可以赴英国完成留学计划,他的同学都已经走了不少。然而事过境迁,他的家庭出现了极大的变故,父亲失去了重要的位置,经济方面的问题也随之而来,母亲治病花了不少钱,他们移民这件事是需要很大花费的,而父母留给他的钱也只够在国内的开销。没有了强有力的经济支持,出国留学就成了一个可望而不可即的梦想。

他还记得上一次到藏院长家来，无意之中在藏院长的书房里发现了母亲的会诊报告，他知道母亲的身体一直不好，但他没想到她为了他，这个为了儿子付出了一切的母亲却成了他的牺牲品。

"出了这么大的事，你们怎么不告诉我呢？"当时丹青这样问藏院长。

"告诉你能改变什么吗？"

丹青无言以对，负疚之感几乎令他窒息。

藏院长叹道："丹青，你的父母并不完美，但他们爱你至深。"

"可是藏伯伯，我到底做错了什么？"

"也许你没有错，你寻找亲生父母是出于本能，可是你养父母对你的爱也已经变成了本能。"

藏院长说，病中的母亲从来也不提丹青，但总是看他的照片。藏院长对鲍雪说，你心里难过，一定要把感受说出来，这对你来说非常重要。可她什么也不说，如果有人提到丹青，鲍雪只反复说一句话，我爱丹青。

每次想起父母，丹青都觉得深深地对不起他们，他不会再对他们提出任何要求。

藏院长显然知道丹青的难处，这时他起身进了卧室，回到饭桌上的时候，他把一个信封推到丹青面前。丹青看了看，是厚厚一叠美金，他用询问的目光看着藏院长。

"你不用想那么多，赶紧办出国手续吧。"

"可你们供藏蕾读书已经供得很吃力了,这钱是借的吧。"

藏师母苦笑道:"现在能借到钱,就已经很不错了……"

"那你们拿什么还呢?把老骨头熬成油?"

"你不要说得这么难听嘛。我们总会有办法的……"藏院长含混其词地说道。

丹青把钱推到藏院长面前:"我已经决定了,在国内完成学业。"

藏院长道:"你可想清楚了,这关系到你的前途啊。"

"有些人家里穷,可以不上学养家,我不会为了我自己的前途不顾你们的死活。"

藏师母道:"丹青,也许这个问题我不该问,你是不是……又有女朋友了?"

"我爱藏蕾,我会等她的。"

藏院长感慨道:"丹青,你变得让我们不认识了。"

下午还要回电脑城上班,丹青吃完饭便起身告辞。藏院长老两口把他送到门外,经过一场意想不到的风波,他们觉得这个大男孩懂事了。这时电话铃响了起来,藏师母接听电话,一个劲地朝丹青招手,丹青以为是藏蕾,便走过去听电话:"喂,是藏蕾吗?"

一个清晰的声音从远方传了过来:"不,丹青,我是妈妈……"

丹青叫了一声妈妈，顿时泪流满面，一句话也说不出来。

整个事件的走向开始脱轨，这是泪珠儿始料不及的。

没错，媒体，高曝光率给她带来了许多实际利益，知名度也如日中天。但是随之而来的负面影响根本无法忽视，对于她的遭遇，是有很多人同情她，可是有更多的人需要这种离奇的悲情故事来调剂麻木的神经，更有记者报料说她同时又是一个不良少女，不仅有性格缺陷，而且抽烟喝酒，是三级网站的常客。

逃离了度假村，泪珠儿感觉像飞出笼子的鸟儿一样，她一下子轻松了很多，连呼吸都顺畅了。她一个人漫无边际地在大街上闲逛，体会着自由自在。

不过，心情是好不起来的，因为她无处可去。她像一个疯狂的赌徒，把一切都赌出去了，她从此没有家庭，没有学校，没有朋友，更加没有所谓的人生目标。最后一次见到谢丹青时，他扇了她一巴掌，同时她在他的眼中看到了极其厌恶的目光，这种目光是她从小到大都非常熟悉的。

她从来没有像现在这样想念巴男，他是她在这个世界上唯一的亲人。就是一句话不说，他们也可以在一起坐很久。

时间像水一样地流去，中午，她走进一家小面馆，要了一碗酸菜面，还没吃呢，就有人把她认了出来，他们的表情怪怪的，有人像看稀罕物一样地看着她，还小声地指指点点。泪珠儿吃了一口面条，但是在嘴里磨来磨去地吞不下去，她一直很相信自己的反叛精神，不过那是对主流文化而言，面对小市民的汪洋大海，她觉得自己一下子就被吞没了。

她放下筷子，疾步离开了小面馆，闷着头在大街上狂走，似乎希望立刻摆脱掉什么。街道，人流，橱窗几乎是在她的耳边快速地后移。

突然，她被人狠狠地撞了一下，或者是她撞到了别人，总之她的额头剧痛，手上拿着的书稿等物也撒了一地，她蹲下来捡东西，听见那个人破口大骂："你没长眼啊？"她抬起头正要还嘴，一下愣住了，这个人居然是仁武。

仁武也傻了："怎么是你啊……"边说边蹲下来帮忙捡东西。

泪珠儿有一种见到亲人的感觉："仁武，你怎么留长发了，好像很傻嘛。"

"别人留我也留啊，你知道我这个人什么都怕拉下，反正人有我有就对了。"

两个人站起身来，仁武道："你走得这么着急去哪里？"

泪珠儿道心灰意冷道："我哪有什么地方可去。"

"你现在出大名了，个个人都巴住你吧？你是摇钱树啊。"

"摇你个头,找个地方去吃饭吧,我请客。"

仁武想了想道:"去吃火锅好不好?我的一个哥们儿开的,里面放罂粟壳,香到飞起,我三天不吃就会想。"

"走啊,还等什么?"

"你是不是真的没事?"

正说着,泪珠儿的手机就响了,她看了一眼是家里的电话号码,听也没听就取消,从早上起,这个号码不知显示了多少遍。

"当然没事。"她说,"你走不走?"

火锅店大得出奇,好像半个城的人都不用上班,都可以坐在这里甩开膀子打边炉。由于地方大,人多,反而没有人注意泪珠儿,她和仁武被带到靠窗的位置,仁武要了一个红白锅底,点了一大堆鱼头和牛羊肉,酒当然必不可少,还没吃呢已经兴奋得脸都红了。

看到仁武,泪珠儿自然想到巴男,便道:"不知巴男现在怎么样了。"

仁武道:"他这个人,死就死在他老爸手上,他爸不肯花钱啊,所以他才判那么重。"

"他爸不是花了一百多万吗?"

"一百多万算什么?人家李嘉诚从张子强手上买儿子,七个亿都花出去了……土财主就是土财主。"

"你们也是手太黑了,不死人就不会有这种事。"

"人在江湖飘,那哪能不挨刀。是巴男自己要出气啊,那个狗屁导演又不知死,懂个三拳两脚还不是把命搭上去了。"

"那就没办法了?"

"等等看吧,总会有机会的……对了,你这两天看报了没有?"

"没看。"说实在的,泪珠儿已经害怕报纸上再出现自己的名字了,从一开始的兴奋到现在的难以招架,已令她谈报色变。

仁武道:"报上说,巴男他们那个看守所由于山体滑坡把围墙给压垮了,好多犯人跑了出来,报纸上叫他们自首,说是会减刑,骗鬼去啊……不知道巴男跑出来没有?他如果来找我,我把他送到新疆去,躲两年就没事了。"

"真有这种事?真有人跑出来吗?"泪珠儿忍不住瞪大眼睛。

"当然真的,不过巴男没来找我,肯定是他腿软,没跑出来。"

泪珠儿眼里的光芒熄灭了,无精打采地望着窗外。

仁武见到火锅就没命,吃得昏天黑地。这时他的手机响了,不知为什么,泪珠儿的心怦怦怦地跳了起来,因为她的手机号码巴男是不知道的,巴男唯一可以联络的人就是仁武。可是仁武只顾着吃,泪珠儿急道:"你还不赶紧接电话!"

"急什么?没有一件事比吃重要。"仁武抹了一把嘴,慢吞吞地接听手机,"……要账的事你急个屁呀,你以为你是谁？落了定金就催催催，他妈的派出所长叫我搞辆车，作为罚没车处理扩充警力我还没时间去办呢，就你的事着急？你要不能等就塌定好了……"仁武收了线骂道："一个小K，抠门儿的鬼一样，叫会计连钱带账一起卷走了八百万，有一回请我吃饭是咸菜送白粥，说这样很养命，他妈的我烂命一条不用这么养法。现在好了，他都快得心梗死了。"

"为什么不报警啊？"

"他的账见得了光吗？说不定全是假账。你真是幼稚。"

没有巴男的消息，泪珠儿也知道自己的期待根本是异想天开。不过她真是没有什么胃口，吃了几筷子就开始发呆。仁武辣得满嘴跑舌头道："吃啊，你看什么？"

泪珠儿仍旧望着窗外，对面一座新起的高楼颇为雄伟，绿色的玻璃墙在阳光下熠熠生辉。泪珠儿眯缝着眼睛道："你看对面的高楼，从上面往下一跳，就什么事也没了。"

"你认识我还用说这种话吗？我什么事不能帮你摆平？"

"你连写自己的名字都掉笔画，能帮我写书吗？"

"写什么书啊？拜托你这么屎的桥段都能想出来！人家不仁你就不义这是天理，有什么必要写书？有什么好写的？你以为写出来就有人看啊？这个世界谁会陪着你伤心掉眼泪，还不如看女演员的写真集呢，真是猪脑子。"

泪珠儿无言以对，但好像仁武的话格外醒脑一样。

这时她的手机又响了，泪珠儿刚想挂机，仁武伸手拿过电话："是你妈吧？让我来教训她几句。"他颇有英雄气概地接听电话，但他显然吃了一惊，一声不吭地把手机递给泪珠儿。

她诧异地拿过电话，刚一接听便刷的一下站了起来。对方是巴男焦躁的声音："你干吗不接电话？你有病啊？"

泪珠儿还从来没有见过巴男发火，可她已经顾不上那么多了，她抓紧手机，像抓住了一个生命的按钮，她说："巴男，你现在在哪里？"

"我在你家。"

"那你不要动，我马上就过来。"

"不用了，这两天你妈妈跟我谈了很多，我也觉得自己不适合逃亡生活，我决定自首，说不定还能减刑……"

"巴男，你千万别犯傻，你是无期，怎么减也是二十年，二十年意味着什么你知道吗？那你就彻底完了。"

"可是我有什么办法呢？我走到今天这个地步，都是我自己造成的，我也只能愿赌服输啊，我这个人从小就没有什么能力，东躲西藏的怎么过啊，还不是会被抓住，如果在里面表现好，或许还有希望再减一次刑……"

"你什么也别说了，我现在就过来，在见到我之前你哪儿都别去……"

"严安，我是很想见到你，可是……再说自首的时间最后期限是今天下午两点,我们没有时间了,如果以后有空,你还是去里面看我吧……"

"巴男巴男,你听我说,你别听我妈的,她这么做是为了报复我……"泪珠儿飞速地看了看手表,已经一点五十了。

"她为什么要报复你呢?"巴男不解道,"她对我很好,也没有报警,我想这都是因为你……"

泪珠儿扔下二百元钱,拉着仁武就跑。

计程车箭一般地驶向盛世华庭,然而这时,巴男已经在沁婷的陪伴之下,走进了公安分局的大门。

生活的链条无论把多么不可思议的事情联系在一起,它自身的本质是丝丝入扣的,其中一个环节断裂,事情就会变成另外一个样子,而断裂的可能又无处不在。然而,更多的时候,生活把许许多多的不合理融合得天衣无缝,让人无话可说。

有一段时间,泪珠儿曾独自漂流,长沙只是她去过的地方之一,远不是她足迹的终点。她去过卢海花的家,去过南京、安徽……凡是母亲在日记中提到过的地方,她都走了一遍,她也找过师晓梁,他们谈了一个晚上。

奇怪的是,母亲留给每个人的印象都是善良和坚韧的,她的才华和聪慧更是不在话下,同时她肯于付出,而且是没有回报的付出,这是许多男人都做不到的。

孤身上路,本来是为了一个极其简单的理由——揭露一个虚伪、残忍的母亲。但是,她得到的答案似乎在描述另一个人,而她自己也慢慢地被这个女人风化了,她想到她对她种种的好,那是一种不动声色的关爱,一种长年累月被病人所折磨般的隐忍,尽管这一切都敌不过仇恨的顽强与久远,说到底,却还是变成了自己跟自己的较量。

只是,也想过就这样算了,默默地接受命运的安排,至多从此了断,尘封往事。太多的例子是说人会在最后一刻幡然悔悟。

其实她一直处于极度的矛盾心情之中,偏偏这个时候,在她没有任何准备的情况下,媒体掀起了轩然大波,她还能怎么做呢?一个人在公众面前的表现是不可能深思熟虑的,也许她的所作所为就是本能,当然也有表演和作秀的成分,谁知道呢,总之她根本来不及细想就必须粉墨登场。

恶的链条迅速地排列起来,看上去坚不可摧,儿女情长对她来说只能是过了期的可乐,味道全部变了。

是的,相比之下,善的链条是容易断裂的,也就是在这一瞬间,看着自己最心爱的人被这个女人带走,于是,它彻底地断裂了。

"……严安,是你吗?"

黑暗中从身后传来的这个声音,令泪珠儿全身的汗毛唰地一下立了起来。她身边是久经考验的仁武,当即也吓得一哆嗦。泪珠儿手上的西瓜刀当啷一声掉在地上。

这件事并不是经过精心策划的,当泪珠儿和仁武赶到盛世华庭时,她的家中已经空无一人,她知道她来晚了。突然,一股热血直冲她的头顶,泪珠儿不顾一切地把这个家,这个她无比痛恨的家砸烂了。仁武站在她的身边目瞪口呆。

转眼间,这儿变成了一片废墟。

也就是在同时,一个罪恶的念头在她心头升起。而当她做出这个决定的时候,她突然觉得放下了千斤重担,她所有的烦恼不都是因她而起吗?那么很简单,除掉她。

沁婷的相框丢弃在地上,上面的玻璃已经粉碎。泪珠儿指着她对仁武说道:

"帮我把她做了。"

"你确定吗?"

"确定。"

"行啊,给个数吧。"

泪珠儿没说话,用手比画了一下,仁武搬开她窝下去的两个手指。

泪珠儿看看自己的手,仿佛在下一个决心:"好吧,就这么决定了。"

离开了盛世华庭,她感到了久违的轻松。

她开始放纵自己,每天跟仁武和他的一班人马在酒吧泡着,蹦迪,大声地说笑,看谁都不顺眼,她再也不害怕公众的目光,她用刻毒的目光回望着这些人,甚至对他们吼道:"看什么看!"

如果有人要打架那就更好,你有多狠,就有多痛快。她知道这个决定里也包含着对自己的解脱。

这当然也不是什么在极度不冷静的情况下的义愤之举。出版社方面出现了一位副社长,在做了一番劝解工作之后,他很诚恳地对泪珠儿说道,你和女编审都连续工作了很长时间,又都是炮仗脾气,有冲突这是难免的,我们决定给你换一个编辑,相信你们一定会合作愉快。这个编辑是个睡不醒,性格很肉,泪珠儿表示要合作还是女编审吧,这种选择让副社长深感奇怪,但女编审得知以后却热泪盈眶。

泪珠儿开始以每天一万字的速度叙述着她的故事,人只有把什么都放下了才能做如此彻底的剖白,面对了她不愿意面对的一切。

那些文字写得相当匆忙和粗糙,技巧和雕琢方面几乎是零,你可以感觉到作者并不想在这些文字面前停留,似乎十万火急地要赶到一个什么地方去。那种力量是没有人可以阻挡的,飓风海啸一般。

书稿最后写道:

> ……我也不知道为什么我会顽强地生活在仇恨里,这也许是每一个没有被遗弃过的人所不能理解的,毕竟我们是极少数,而生活是为大多数人准备

的，这也就是我以我的方式离开的全部理由。

直到那个夜黑风高的夜晚降临，仁武用手臂卷着从大众搬屋公司拿来的包大柜的毡子，可以说肮脏不堪，初时的颜色十分可疑并且难以辨认，他打开破烂不堪如麻袋片一样的毡子，里面是一把锋利的西瓜刀。

"真的敢杀人吗？"他问泪珠儿。

泪珠儿极其漠然地说道："有什么不敢的。"

"我真想不通，像你这样的女中豪杰，怎么可能看上巴男这样的人。"

"你不懂。"泪珠儿只是快速地说了这么一句。

毡子散发出一种难闻的气息，泪珠儿皱起眉头。

仁武说道："……他们会以为这是民工干的。"

一切都是有备而来，只是仁武并不知道泪珠儿为什么会这么痛恨住在盛世华庭的这个女人，当然他也不想并且不需要知道。按照习惯做法，他扑到大床上，用毡子蒙住女事主的头，她连哼都没来得及哼一声，泪珠儿已经乱刀砍下。在一片漆黑之中，他们感到有喷射状发黏的液体溅到了脸上，身上，血腥之气如暗香般游移，时隐时现。

黑夜赋予人的胆量是不可预测的，白天不可想象的一件事，夜晚或许不在话下。只是，他们的确都被那个声音给吓住了。

老练的仁武第一个反应是蹲下身去摸刀，他知道即使没有勇气再回身做任何弥补,也不能把凶器留在作案现场。然而刀还没有摸到,床头灯温柔的光芒洒满了室内,仁武当即一屁股坐在地上。

"……安安,你能过来一下吗?"那个声音软软的,软到了人的心窝里。

泪珠儿情不自禁地回过身来,她的眼前一片血光,沁婷便在这血光之中,而她自己,也正在从这血光中走出来……那是她五岁的时候,第一次从福利院出走,那时她坚信她可以找到妈妈……可是不到一个礼拜她就被送回来了,当时她头发乱如野草,脸上黢黑,一双忧伤的眼睛毫无生气,烂了的鞋子用铁丝勉强地连在一起,没有人告诉她今后会怎样,或者还有没有今后……

她们就这样在血光中重叠地出现。

决定做这件事并不是泪珠儿的一时冲动,而是一个了结。她就是这么想的,否则她无论贫穷还是富有,也无论是受到荫护还是在现实面前撞得头破血流,她都不能释然,或许在她看到日记的一瞬间就已经埋下了伏笔。不管怎么说,她在干这件事的时候,从始至终都是冷静的,甚至还想到了严沁婷跪倒在刀刃之下,求她不要这样做,她说,你不能这样对我,安安,你这样做太没良心了,我做了一个母亲所能做的一切……

然而意外没有发生,母亲没有提前从梦中惊醒,然后在她的面前失声痛哭。

母亲只是对她扬起一只血淋淋的手,仿佛要够着她似的,她说:"安安……我对不起你,我想说的就是这些……"

那只手是在垂落之际被泪珠儿无意识地接住的,四周一片寂静,失聪一般的寂静,她捧着母亲渐渐冷却的手,久久地默然不语……